Les crimes de Rue

Pierre Saha

Les crimes de Rue

Collection polars en nord
dirigée par Gilles Guillon

RAVET-ANCEAU
ÉDITEUR DEPUIS 1853

Dans la collection
polars en nord

1. *Le Vagabond de la baie de Somme*, de Léo Lapointe
2. *L'Anneau de la Myère*, de Jean-Christophe Macquet
3. *Gérard de Waben*, de Jean-Christophe Macquet
4. *La Morte du canal*, d'Emmanuel Sys
5. *Mort à Dunkerque*, de Christophe Lecoules
6. *La Foire aux manèges*, de René Cyr
7. *L'Affaire du boucher du Vieux-Lille*, de Christophe Debien
8. *Drame au cap Gris-Nez*, de Christine Desrousseaux
9. *Les Peupliers noirs*, de Lucienne Cluytens
10. *Les Jurés de Saint-Omer*, de Jean-Pierre Fauchoix
11. *La Tour de Lille*, de Léo Lapointe
12. *Vacances picardes*, de Philippe Sturbelle
13. *Chiens d'Arras*, de J. Wouters
14. *Bienvenue à Dunkerque*, de Maxime Gillio
15. *Épluchures à la lilloise*, de Sandrine Rousseau
16. *Nord Western*, de Gwen Orval
17. *Une nuit de carnaval*, de Christophe Lecoules
18. *Braquage à Fives*, de Pierre Willi
19. *Les crimes de Rue*, de Pierre Saha
20. *Chaud beffroi*, d'Emmanuel Sys

Avertissement

Rien de ce qui est narré dans ce récit n'est vrai. Si j'ai souhaité camper cette histoire dans la région de Rue et de la baie de Somme, ce coin de terre et d'eau auquel je suis viscéralement attaché, cela ne signifie en aucun cas qu'il faille tenir pour probables, plausibles ou véridiques, les faits développés dans ce qui n'est qu'un roman policier. Toute ressemblance avec des personnages existants ou ayant existé ne serait qu'une pure et bien involontaire coïncidence.

P.S.

Du même auteur

Liancourt **(Mémoires en images, Alan Sutton, 2007)**

Titre original : Inventaire après décès

5, rue de Fives, BP 90019, 59651 Villeneuve-d'Ascq cedex.
ISBN : 978-2-914657-42-6
EAN : 9782914657426
ISSN : 1951-5782

À Léon, mon gamin des bois,
fauché en pleine jeunesse
tandis qu'il traversait la rue.

Chapitre 1

C'était un petit matin frisquet de début novembre, un jour des Cendres, un jour des morts ou quelque chose dans ce goût-là. Une vilaine aurore sale avait réveillé Maurice Lobgeois et le tenait d'humeur chagrine, malgré les suaves mélopées d'Erroll Garner qui, depuis le rez-de-chaussée, enveloppaient toute sa baraque. Il trimballait un affreux mal de crâne, furieux contre lui-même d'avoir passé une partie de la nuit à rêver d'un gros type qui en d'autres temps et lieux l'avait agressé. Lobgeois appartenait à la race de ceux qui cultivent un esprit contrariant, aussi n'était-il jamais rassasié d'anxiété et de misère. Naguère, il passait le plus clair de ses heures à geindre, à réclamer son comptant de cafard. C'est à croire que ce gars-là prenait du plaisir à souffrir. Il allait haletant, cherchant un filet de souffle, comme égaré au milieu de ces aurores de brume épaisse qui s'accrochent et se déchirent aux peupleraies, mouillent l'herbe des prés et le cuir fané des chaussures. L'âme de Maurice Lobgeois n'était jamais au repos, alors même que sa vie venait de prendre un nouveau tour. Souvent, lorsqu'il lui arrivait de s'abandonner à quelque rêverie, il se faisait la réflexion qu'il ne parviendrait jamais à être heureux et qu'un petit je-ne-sais-quoi viendrait toujours lui barrer le chemin d'un bonheur simple et tranquille.

Dressé sur son grand lit bateau, il recouvra son calme : le gros qu'il avait cauchemardé était loin d'ici, loin des abords de la grande forêt où il avait trouvé refuge depuis presque un an. Il ouvrit les yeux sur le plafond jauni de sa chambre qu'envahissait la douce pâleur du jour qui s'engouffrait subrepticement à travers les volets clos. Il plia puis étendit les bras, poings serrés, tout en maugréant qu'il devait être déjà bien tard et qu'Astrid était partie bosser depuis longtemps. Il faudrait faire sans elle une dizaine d'heures au moins. D'elle ne traînait plus qu'un relent de parfum, un ou deux improbables cheveux abandonnés sur l'oreiller et puis rien d'autre, vu qu'elle n'aimait rien tant que l'ordre et la propreté. L'homme se saisit des cheveux, d'abord des yeux, puis du nez et enfin de la bouche, comme s'il tenait là de précieux trophées. Il s'allongea à nouveau, plaquant l'oreiller de sa compagne sur son visage, puis il ferma les yeux pour mieux s'entendre respirer.

Respirer, il voulait juste respirer. Depuis si longtemps qu'il avait été malheureux, il commençait enfin à être bien, à se sentir mieux dans son corps. D'abord les sensations, la tête on verrait plus tard ! Il se sentait renaître grâce à cette femme, grâce à cette maison grossière où tout ce qu'il possédait lui appartenait, grâce à ce nouveau job qui lui laissait le temps de respirer et d'oublier un peu les jours anciens.

Oui c'était bien ça, c'était tout simplement ça et rien d'autre : il voulait respirer, respirer et respirer encore, le plus profondément possible, quitte à s'en faire claquer les bronches ou péter les poumons ! C'était pas du luxe après tout.

Ce temps perdu en vains salamalecs signifiait pour lui prendre le temps de goûter un peu à la douceur des lieux. Et si c'était ça le bonheur ? Un truc incroyable, sans forme ni fond définis, un truc qu'on monte sans notice, à la va-vite, en quelques gestes simples : respirer, manger, dormir, travailler et mourir un peu chaque nuit dans les bras réparateurs d'une femme. Jamais il ne s'était cru capable de se retrouver ici, après avoir rompu avec un passé qui le menaçait d'un claquage en lousdoc. De ce passé précisément, il n'avait voulu conserver que ce qui l'arrangeait, même si, quelquefois, un profond sentiment d'ingratitude le tenaillait du côté de la conscience. Or, c'était précisément celui qu'il surnommait complaisamment « le Gros » qui avait encore gâté son sommeil ! On croit qu'on peut comme ça, d'un coup de baguette magique, se libérer de ses chaînes, macache ! Fume garçon ! Ça voulait dire qu'une fois de plus, il s'était rejoué cette foutue commission paritaire au cours de laquelle les syndicalistes l'avaient étrillé à grands coups d'arguments et de questions vicelardes auxquelles il n'avait apporté aucune réponse satisfaisante, tout juste un sourire de niais angoissé, deux ou trois borborygmes et puis un long, très long silence, un silence confus, terrible, qui l'aurait expédié six pieds sous terre de honte s'il n'y avait pris garde. Maurice la Tchatche ne maîtrisait rien de ses dossiers, il se retrouvait là, noyé dans sa pauvre posture de dilettante quand l'assistance attendait un technicien froid en costard trois pièces, un propret bien apprêté, avec des réponses imparables. Dansez, filles et garçons ! Sortez la muleta, les banderilles, les olé, les gestes déplacés, les insultes et les fleurs pourries ! On s'en va gaiement lui couper les oreilles et la queue à la bête !

Le temps du matraquage passé, on l'avait renvoyé à ses statistiques, à ses chères études, seul dans ses vingt-deux mètres, face à face avec son incompétence. Il revoyait son chef, furieux qu'il ait pu être tellement inconséquent sur un dossier aussi sensible et aussi dérisoire qu'une carte scolaire ! Car c'est important une carte scolaire, je le dis pour le contribuable néophyte qui lira ces lignes ; il en va de l'avenir de la Nation. Faut pas jouer avec des trucs comme ça ! Lobgeois ne le savait pas que c'était si important une carte scolaire ! Il était descendu dans la salle de réunion en songeant qu'il trouverait toujours quelque chose à en dire, et qu'à défaut d'être convaincant, il phraserait pour épater la galerie.

– C'est politique comme dossier ça, chef, avait lancé l'inspecteur d'Académie en rentrant. Faut jamais s'planter sur une carte scolaire, bon Dieu !

Insensible à la phraséologie syndicale, humilié devant ses pairs par des gens qu'il ne connaissait pas, Maurice tentait depuis de vivre en paix avec ce souvenir pénible qui remontait toujours à la surface comme font parfois de vieux cadavres gorgés d'eau, un jour, à fleur de nénuphars. Il cauchemardait souvent, comme cette nuit-là. Il se souvint, la peur au ventre que, là-bas, on avait fini par l'excuser, tellement sa gueule de cocker pitoyable faisait peine à voir entre les étages de l'inspection académique. On savait surtout qu'il avait raté son entrée en matière et qu'on devrait autant que possible se passer de ses services quand l'avenir de l'Éducation nationale en général et des paillerons « Jacques Duclos » ou « Youri Gagarine » de la banlieue nord en particulier, seraient en jeu. Il s'était mangé son avoinée l'avorton, sans rien voir arriver et sans deuxième chance ! La messe était expédiée en cinq-sept et tout rentrait dans l'ordre. C'était toujours un qui nous la jouerait pas à l'homme providentiel et qu'on inviterait un matin à venir sécher ses escarpins dans les couloirs austères de la rue de Grenelle ! Il avait pris sa ration, mangé chaud comme on dit, mais c'était rien à côté de ce qu'il risquerait de prendre encore demain. Parce qu'étant entendu que chaque jour charriait son flot d'infamie dans ce département où la démence institutionnelle n'est plus à décrire, il était écrit d'avance qu'il en prendrait sûrement d'autres des tourlousines du même genre, des pelletées, voire tant et plus qu'on finirait par l'assassiner régulièrement à coups de railleries vachardes. Chacun se tairait lorsqu'il s'apprêterait à prendre la parole, le chef lui-même serait sur le qui-vive, prêt à lui couper le sifflet au premier dérapage. Il serait le brave con de la famille, celui à qui on fait fermer sa gueule d'un mot, celui qu'on saoule quelquefois sous prétexte qu'il est marrant quand il est cuit dans son jus, celui qu'on affuble d'un sobriquet ridicule mais qu'on aime bien quand même. Il serait, comme qui dirait, l'épagneul breton de service, on le caresse de temps en temps certes, mais pas question qu'il bave sur nos gabardines ou qu'il s'amuse à nous grimper aux cannes !

De ce passé proche et brûlant comme braise mal éteinte, Maurice concevait une rancœur tenace contre la terre entière et contre ce gros couillon d'Escartefigue de banlieue qui avait ricané de son infortune, en l'invitant sans le nommer, sans même lui adresser un regard, à revenir en deuxième semaine avec des outils lisibles et le discours crédible et percutant qui va avec, entendez le truc bétonné contre lequel, bien entendu, il n'aurait d'autre choix que voter contre, par habitude. Par réflexe historique ! Pas de compromission avec les suppôts du grand capital, d'où qu'ils viennent ! Sûr qu'il se ferait un devoir de le saigner un jour ou l'autre, entre deux caddies de supermarché, ce verrat, ce damné de la terre, ce forçat de la faim ! Juste histoire de lui rappeler les bonnes manières ! Il ne manquerait sûrement pas non plus de se faire le petit teckel teigneux avec ses cheveux longs et gras qui lui avait servi son phrasé pompeux et rauque avec la dernière insolence :

– Je suis littéralement atterré par ce que je viens d'entendre…

À lui il ferait bouffer son disque, sa rengaine à vomir sur son vieux phono pourrave. Sans oublier le pavillon qui va avec. Car voyez-vous, ces mecs-là, c'est à vous dégoûter du syndicalisme, comme d'ailleurs de toutes les structures suffisamment organisées en surface pour grignoter sous l'eau le pain glacé de ce qu'il reste de l'iceberg. Il en était revenu du syndicalisme et des partis (mêmes causes, mêmes moyens, mêmes effets, disait-il), lui l'anarchiste du dimanche matin. Il en était revenu des syndicats comme de toutes les mafias qui polluent la surface de la terre sous prétexte de s'occuper de vous, après s'être d'abord grassement occupées d'elles. Et voilà que lui, le syndiqué de toujours, venait de se faire cornaquer par des syndicalistes aguerris, de l'autre bord certes, mais des collègues *a priori*, quand même.

La bagarre passée, la vengeance consommée, les comptes soldés, il se disait qu'ils iraient boire un coup pour faire glisser tout ça ! Car l'attitude du gros avait, sans qu'il s'en doutât, sonné le glas d'une carrière d'inspecteur primaire jusqu'alors sans relief et sans histoire. Tout s'était admirablement passé depuis son arrivée en banlieue. Pas la moindre anicroche. Tout juste un violent cafard, rien qu'une perte totale de repères qu'il n'était jamais parvenu à compenser par un métier dont il n'avait seulement jamais perçu l'intérêt ni les subtilités profondes. Mais pour un peu, fût-ce ce malencontreux ratage, Lobgeois serait devenu inspecteur d'Académie, juste pour faire plaisir à son père qui ne voulait pas mourir avant « d'avoir vu ça ». C'était son rêve, sa coupe du monde de foute à lui, rien que pour lui ! Il en était désormais plus question des projets des autres ! Remisée la gonflette et les soirées dansantes à se pousser du col devant des ménagères de plus de cinquante ans sidérées par tant d'audace. Au clou ! Maurice ne s'était pas relevé de l'affront qu'on lui avait fait mais, paradoxalement, il dut peu à peu admettre qu'aussi rude avait été celui-ci, il l'avait aidé à se libérer durablement de ses plaies d'enfance. Désormais, la honte le disputait à une sorte de reconnaissance fraternelle. Il lui faudrait encore du temps pour qu'il puisse vivre en paix avec cette histoire-là.

– Avoue que dans leur position, toi aussi tu aurais tiré sur l'ambulance ! Imagine un instant que, ce jour-là, l'inspecteur d'Académie se soit rué sur un syndicaliste et que celui-ci, acculé, en perdition, ait multiplié les signes d'essoufflement, avoue que tu lui aurais foutu la tronche sous l'eau, du pied gauche tiens, juste pour te renier complètement, mon salaud !

Quelquefois s'était-il fait cette réflexion-là, le coup de la situation renversée. Il avait rongé cent fois, mille fois son frein, et quand même, ça le reprenait encore souvent certains dimanches soirs. Parfois, il rejouait une nouvelle fois la scène, sauf que là, plutôt que de s'écraser, il se mettait violemment en colère, insultant la piétaille syndicaliste apeurée devant un tel déchaînement de violence ! Il refaisait tout en grandiose, en technicolor, en grandiloquent : la table retournée, les cris des femmes, les insultes et le doigt tendu vers l'ennemi. C'étaient des « Arrêtez-le ! Vous voyez bien qu'il est fou ! », « Ne l'écoutez pas, il ne sait plus ce qu'il dit ! », « Lobgeois, Lobgeois ! Monsieur l'inspecteur ! Calmez-vous ! Mais qu'est-ce qu'il a ce con ? Je vous ordonne de vous calmer » ; « Mon cul ! », qu'il leur répondait à ces oiseaux de mauvaise augure. La tempête assoupie, l'animal apaisé, sonnait l'heure de la convocation chez le recteur, celle qui précède le conseil de discipline et l'inévitable révocation au terme d'un déferlement médiatique sans précédent, avec risque de grève en réponse à ce coup de grisou patronal, inadmissible en ce début de vingt-et-unième siècle. Il y avait encore les propos maintenus, les actes crânement assumés. Et puis, j'allais oublier le dernier mot, le dernier mot lancé à la face de toutes ces mines tellement attristées par ce gâchis funeste, ce dernier mot subtil, royal, emprunté au Don Quichotte de Cervantès : « Vous trouverez un autre chien pour ronger votre os ». Il se rêvait en Lino Ventura, héros fatigué mais fier, celui qu'on va fatalement rechercher au moment critique parce qu'il a l'expérience et qu'il est seul à l'avoir, mais qui, devant l'assistance médusée, lance un cruel :

« Lobgeois ? Mais y'a plus de Lobgeois ! Il est en baie de Somme, Lobgeois ! Allez tous vous faire foutre ! Et puis allez donc chier à Calais, vous verrez la mer ! »

Ça, c'était pour le rêve. La réalité, c'est qu'il n'avait rien fait ni rien dit du tout. Trop lâche, trop faible, trop con ! Pas assez méchant, bien trop respectueux des autres pour ce genre d'humanités professionnelles. Lobgeois resterait à jamais l'incarnation du bon benêt naïf, le degré zéro de la niaque. Sur quoi il ne fit rien, rien d'autre qu'aller chialer sa misère dans son coin, sous les persiflages de tous ceux qui assistaient à la première branlée du jeune loup. On raillait dans les bureaux les mésaventures du petit nouveau qui finit par se promettre qu'il n'y aurait pas d'hallali. Il se mit en congé, au grand soulagement de ses collègues qui trouvaient que sa face de rat à demi-crevé devenait inquiétante. Certains craignaient peut-être qu'il en vînt à caner dans l'ascenseur ou autres lieux. On l'assura qu'il avait bien fait de se résoudre à s'arrêter, qu'il ne faut surtout pas hésiter à prendre tout son temps pour se soigner, que les antidépresseurs, y'a que ça de vrai quand on va mal de la tête, même si du coup, on va plus mal encore du côté de la libido. Mais enfin, faut savoir se montrer magnanime, se dire qu'on ne peut pas tout guérir d'un coup, que l'existence est faite de sacrifices, que Dieu est bon, qu'on fait encore de bons films et qu'on écrit aussi de bons livres et qu'enfin, on se le dise et se le tienne pour dit : tant qu'on a la santé, on préserve l'essentiel !

Le peu qui restait à Lobgeois, on le lui prit et il dut faire avec ! On venait de le placardiser, sciemment certes (dans l'intérêt supérieur du service, on dit aussi), et jamais personne ne prit de ses nouvelles. On ajouta l'oubli à la détresse, une couche puis une autre et ainsi de suite jusqu'à l'enfouissement total. L'oubli, l'oubli de l'homme planqué derrière ses oripeaux de petit fonctionnaire ne fonctionnant plus du tout, ce fut un coup de trop. Le coup de trop. Ce furent tout à la fois la massue, le nerf de bœuf, la gégène, la paire de claques dans la gueule ramassée à la place du voisin ! Cet oubli n'était rien moins qu'un oubli prétentieux, merdouilleux, immonde. Il ne manquait plus que les palmes académiques au tableau, décernées à titre anthume pour l'ensemble de son œuvre, à la va-vite, comme un César refilé à Bernard Blier ou une « Victoire » de la musique à Serge Reggiani. « Il va bientôt nous claquer un câble, pépère. Vite, un oscar pour notre bonne conscience ! »

À partir de cet instant, Lobgeois « arrêté » s'était retrouvé enfermé dans son appartement du quartier chinois de Paris, la « capitale du monde intelligent », comme disait Alexandre Dumas. Là, il n'avait plus aucune chance de croiser Boudard dans l'avenue de Choisy ou dans la rue Auguste Perret où l'Alphonse avait jadis fréquenté l'école de ses moutards à lui. Ce Paris-là ne ressemblait à rien d'autre qu'à une banlieue interlope, un amoncellement de béton sans âme, artificiel, chinetoquisé à outrance : des odeurs de ragoûts peu ragoûtants imprégnaient une ribambelle de commerces de pacotille pour touristes de bananes. Les ouvriers de chez Panhard ou des chocolats Meunier, les tanneurs, les petites mains de la couture et les beautés de la place d'Italie, bref, tous ces pue-la-sueur qui vous mettaient l'ambiance et graissaient la patte aux cocos, ils avaient tous foutu le camp, et les cocos avec, par la même occasion ! Pas de doute, il avait vraiment touché le fond, Lobgeois !

Un jour, il était descendu chercher des allumettes. On ne le revit plus. Un mois plus tard, alors qu'on le croyait déjà mort et enterré, il rendait officiellement son tablier de fonctionnaire au chef et annonçait son intention de divorcer de son épouse. C'en était bel et bien fini ! Il avait arrêté son choix un matin que le hasard l'avait trouvé assis, grelottant sur la plage de Cayeux. La mer, en se retirant, faisait un vacarme épouvantable à cause du ressac qui étrillait patiemment les galets. Il faisait un froid à claquer le bec aux cafetières mais Lobgeois s'y trouvait fort à son aise, muré dans sa solitude, gavé de café amer, les pieds brisés par la caillasse. Il avait tiré de sa poche un reste de carte téléphonique, machinalement. Ses mains rougies n'avaient même pas tremblé lorsqu'il avait composé le numéro de l'inspection académique.

– Je voudrais parler à monsieur l'inspecteur d'Académie, s'il vous plaît... Oui c'est urgent, maintenant ou jamais !

Les secondes s'égrenaient encore dans sa tête, sans oublier la petite ritournelle criarde et la voix suave qui toujours vous invite à patienter. Ces secondes avaient paru des heures.

– Ah ! Bonjour, mon ami ! Comment allez-vous ? Justement, j'envisageai de vous appeler, mais vous savez ce que c'est, on n'ose pas déranger les gens en arrêt maladie, c'est comme qui dirait la coutume dans not'département !

Le chef s'était bien réjoui de savoir son inspecteur toujours en vie mais il n'avait rien compris à sa décision de quitter la Fonction publique. Il lui avait conseillé de se donner le temps de la réflexion, que l'Éducation nationale était une bonne mère compréhensive qui lui dispensait un bon traitement mensuel, des congés que d'autres n'auront jamais, et qu'il serait dommage de plaquer la dite mère à cause d'une vulgaire déprime ou une poussée de dent de sagesse. « Pensez à quelle mission formidable nous sommes conviés chaque jour que Dieu fait (ah non, pas Lui, je plaisante, c'est pas autorisé par les textes, ah ! ah ! faut bien rire un peu, n'est-ce pas ?). Pensez donc à tous ces milliers d'écoliers qui n'attendent que nous sur le chemin de la Connaissance et tout le toutim... »

Quant à l'annonce faite aux siens, Maurice avait préféré raccrocher le combiné. Il s'était senti bien lâche d'avoir ainsi abandonné sa famille, cette femme qu'il aimait mais avec laquelle il ne voulait plus vivre, et aussi ses deux gosses. La messagerie de son téléphone portable était saturée de leurs appels de plus en plus désespérés. Il n'avait répondu à aucun d'entre eux car il se doutait que le premier rappel vaudrait une retraite en bonne et due forme. Il s'était contenté d'expédier une carte avec quelques mots griffonnés au verso : « Vivant, en bonne santé. Rappellera plus tard. Courage. Papa. » C'était une carte un peu mièvre avec un chaton de calendrier des Postes et Télégraphes. Il s'était dit comme ça que ça ferait toujours plaisir à la môme.

Il s'était promis de les re-contacter dès qu'il aurait refait sa vie, un jour que son allure de vagabond laisserait place à une autre, plus propre ou disons moins honteuse. Il avait choisi d'assumer sa solitude quitte à en payer le prix. Il n'y avait désormais plus que lui et lui seul dans la barque. Pas même son chien qu'il adorait. À présent qu'il avait remis les compteurs à zéro, les autres ne pourraient plus être responsables de rien. Mais c'est bien plus que de la peine qu'il éprouva, il y eut de la honte aussi, surtout vis-à-vis de sa femme à qui il n'avait rien à reprocher et qui avait donné bien plus qu'il n'est raisonnable de son temps à l'entendre mégoter ses caprices d'enfant gâté névrosé, ses thèses de troisième cycle toujours avortées, ses reconversions professionnelles ébréchées sitôt l'annonce de la première contrainte. Il savait qu'elle morflerait et qu'elle n'aurait même pas la possibilité de lui venir en aide. Il craignait qu'elle lui parlât des enfants, du passé, des années passées côte à côte, autant d'armes redoutables qu'il n'avait osé affronter. Il savait aussi qu'elle finirait par haïr l'être instable qu'il était, cet adolescent futile qui avait attendu quarante ans pour se révolter contre des ombres. Elle le haïrait oui, parce que son échec à lui sonnerait également le sien et qu'elle se sentirait coupable de n'avoir rien vu venir. Maurice se croyait injuste, il se sentait piteux, on ne pouvait pas lui reprocher d'être honnête, car c'était véridique. Mais c'était ainsi. Il ne se sentait plus l'âme de revenir une nouvelle fois sur ses pas. Il avait décidé de ne plus faillir et de refaire sa vie. Quant à savoir à quoi cette vie ressemblerait, il n'en avait pas la moindre idée. Cette pensée volage lui avait longtemps collé le vertige.

Bien qu'il se soit longtemps senti coupable de lâcheté, il fut bientôt soulagé d'avoir osé tout plaquer. L'affaire lui paraissait tellement énorme qu'il lui arrivait encore de ne pas croire qu'il ait si facilement coupé les ponts avec sa vie antérieure. Sa hardiesse rappelait celle d'un héros de Simenon, un certain monsieur Monde, qui un beau matin avait plaqué sa belle situation sous prétexte qu'il était malheureux et que jamais rien ni personne ne lui avait apporté la reconnaissance et l'amour auxquelles il aspirait légitimement. Lobgeois n'avait pas tout à fait quarante ans mais il s'était senti vieillir d'un coup depuis qu'avec son mariage et la naissance de ses gamins, sa vie jusqu'alors peu trépidante s'était engluée dans une routine implacable. Il se disait prisonnier de son passé, de choix professionnels qui n'étaient pas les siens mais qu'il ne se sentait pas d'autre choix que d'assumer puisqu'il fallait bien qu'il fasse boulotter sa famille.

Il se sentait libéré à présent d'un long cauchemar, d'une peur panique qui voulaient le perdre et qui, de loin en loin, s'invitaient dans ses rêves. Comme les ombres funestes de cette nuit-là.

Il avait quitté femme et enfants, ce Paris dégueulasse où il perdait ses heures. Il avait fui la ville pour se planquer au vert, dans un coin de la Somme où, par chance, on en avait fait un journaliste localier attaché à *L'Écho de la baie*, un hebdomadaire sans prétention qui se tenait à Abbeville dans le quartier du Soleil levant. L'ancien cadre appointé s'était transformé en petit pigiste à cent cents, habitué à vadrouiller du Vimeu au Ponthieu pour couvrir des séances de conseils en tous genres – la soi-disant « démocratie locale » s'en inventant de nouveaux chaque année, au nom de la bien-nommée transparence, on finissait par ne plus trop bien savoir qui dirigeait quoi et avec le pognon de qui –, sans négliger les parties de belote, de pétanque ou de loto, les fêtes de la Sainte-Barbe ou de Sainte-Geneviève, les mariages, les noces d'or de pépère et mémère, les exploits téléthonesques, les chiens écrasés, les rèderies, le destin ordinaire d'incertains naufragés ou rescapés de l'existence, houspillés devant le prétoire du tribunal d'Abbeville, les piliers de bistrots nerveux, le dérapage de quelques mercantis psychotiques, de fonds de cuve, pollueurs de bals populaires aux pulsions aussi dangereuses que des feux follets de plage mal éteints. Il passait ses journées à traîner les trottoirs, les cheveux ramenés vers l'arrière, le dos voûté dans une longue veste en cuir tannée par l'eau de pluie et le vent. Le silence se faisait lorsqu'il débarquait avec son appareil photo. Tous les visages se tournaient vers lui. Ici il se sentait quelqu'un d'important :

– Ah ! Voilà la presse…

Il allait ainsi désormais, de bled en bled, errant de halls de mairies en salles des pas perdus, hantant les hangars glacés, les salles polyvalentes ; tant d'efforts consentis pour traquer une info dérisoire ou quelque prophétie bien sentie du président de la coopérative ou du syndicat intercommunal. On le trouvait partout à trinquer son verre ou à attendre Astrid, la gérante du supermarché de Crécy, la jolie quadra brune qu'il avait rencontrée au cours des vœux du maire et avec laquelle il avait tellement sympathisé qu'ils vivaient ensemble depuis six mois, dans une maison forestière qu'ils avaient rachetée une poignée de cerises aux Domaines. Elle aussi n'attendait rien des autres, mais elle avait abdiqué ce qui lui restait de liberté pour le rejoindre. Nos vies tracées sont des sillons douteux.

*

*   *

« Bande de connards... »

Maurice se dressa à nouveau dans le lit, se leva et s'habilla sans cesser de bailler. Un reste de flambée charriait des odeurs de bois brûlé jusque dans la chambre. Il ouvrit les volets sur la forêt noyée de brume. Piqué au vif par la froideur du matin depuis son balcon en forêt, il songea par habitude au beau roman de Gracq, à la profondeur des futaies ardennaises que cinglent les méandres de la Meuse. C'était novembre, déjà l'hiver piaffait d'impatience. Les arbres s'effeuillaient chaque jour davantage. Les sentes étaient tapissées de branchages et de feuilles cuivrées en voie de pourrissement avancé. Les sangliers viendraient d'ici deux ou trois nuits y faire leur ménage. Bientôt on y verrait d'ici jusqu'à plus de cent mètres, c'est-à-dire bien au-delà de la voie forestière de Caumartin d'où il percevait le cri strident des tronçonneuses. De l'autre côté de la baraque, depuis la pelouse où s'ébrouait son chien, il entendait crépiter les fusils de chasse.

« Bande de connards... »

Maurice gagna la cuisine, offrit le gîte et le couvert à une demi-douzaine de chats errants qui avaient leurs habitudes ici. Un transistor posé sur le frigo crachait des spots publicitaires en rafales, entre deux flashs d'informations. Il n'était question que de l'Europe, des socialistes en mal de vivre, partis à la recherche d'une *pasionaria* coincée façon catho de gauche propre sur elle, de la France foutballistique et puis de la résistible et délirante ascension de Zébulon 1er à la tête de la « principale formation politique conservatrice du pays ». Chaque matin, ses collègues de la radio venaient servir sa soupe bien chaude à leur nouveau conducator. Paré d'à peu près toutes les qualités humaines, dernier héraut des temps modernes, libéral populaire, populaire populiste, c'était écrit qu'il ne ferait pas un pli aux prochaines élections. Bonapartiste au petit pied, celui-là n'aurait aucune raison de s'esquinter en coup d'État puisque les jeux étaient faits et que l'État, précisément, n'attendait plus que sifflât sa badine.

Maurice sourit en contemplant le calendrier des postes qu'Astrid avait affiché au mur, de façon à ce qu'il fût visible de partout. On était à un mois de Noël. D'ici quinze jours, les télés, déjà aux ordres de Zébulon nous offriraient un énième réveillon de rêve avec une palanquée de chefs-d'œuvre nouveaux, Angélique et son boîtraqueux cauchemardesque avec sa gueule hallucinée. Il y aurait sans doute aussi Peau d'Âne, la *Star Academy* et puis sans doute aussi Christian Clavier, sans oublier (mais qui donc aurait vraiment l'honnêteté intellectuelle de s'en passer ?) une foultitude d'animateurs au teint jaunâtre et au QI d'huître chaude. On se réservait les *Trois Mousquetaires* pour l'été, juste avant le terrible feuilleton où les héros sont des salauds sans scrupules qui louchent sur les héritages familiaux, des fermes, des caves, des breloques, quelque part en Provence ou en Bretagne, là où les femmes ont la croupe aussi chaude qu'accueillante, de celles qu'on aura jamais, nous autres cocus de service ! Tout ça balancé avec un djingueule du tonnerre, sponsorisé par une marque de margarine ou de café équitable imbuvable pour donner bonne conscience aux bobos ! Sûr qu'on allait encore franchement bien se marrer au fin fond de nos douces étables ! Encore heureux qu'il n'avait pas la télé, Lobgeois. C'était son kit de survie à lui, j'irai même jusqu'à dire sa touche de snobisme, bien qu'il devînt dingo de la radio. Son truc à lui était bien plus intimiste encore, c'était une toile tirée dans les draps de son lit ou dans les strapontins moelleux des petits cinoches de Crécy, de Rue ou de Berck-sur-Mer.

Toutes les misères du Monde et de la France eurent raison du moral de Lobgeois qui d'un geste précis du doigt fit fermer leurs claque-merdes à tous ces tristes sires. Il se perdit dans son café, suivant du regard ses chats qui ratruchaient leurs gamelles avant de repartir courir les bois et les prés de Machiel. Ceux-là, c'étaient des sauvages, des harets sans foi ni loi. Pas question de les caresser, sauf peut-être le plus vieux, de plus en plus sensible à la tiédeur de l'âtre. Avec ses kilomètres au compteur, il arborait pas trop fièrement sa gueule cassée, son œil droit crevé et surtout sa démarche éreintée de vieux greffier rangé des voitures. Astrid l'avait surnommé Poupousse à cause de son miaulement rauque et de sa dégaine efflanquée d'éternel porte-flingue du cinéma français. Les autres, c'étaient des caïds du printemps dernier, des rebelles indomptables, intouchables ! Condescendants envers leur nourricier, rien de plus. La force de travail reconstituée, les minettes et les gaspards n'avaient qu'à bien se tenir ! Ils piétinaient sa pelouse, dévoraient sa bouffe et pissaient le long de son tas de bois, c'était déjà pas si mal !

Son regard se posa sur un petit billet que lui avait laissé Astrid avant de filer :

« Je rentre tard. Prends soin de toi et démasque vite l'assassin du père Desaulnes. Tu feras un bien meilleur pigiste à Libé et puis tu baiseras – encore mieux ! – sans penser à rien d'autre qu'à ça. Je t'aime. A.B »

A.B., c'était Astrid Berriex, mais dans l'intimité c'était le plus souvent Astie ou Nonette, une grande et belle brune aux quinquets bleu dévastateurs, avec des airs nonchalants à la Elvire Popesco, les longues robes de soie noire en moins. Une femme qui avait fini par se rendre essentielle, comme celles qu'on n'attend plus et qui vous font crever parce qu'elles n'arrivent pas, une femme généreuse, généreuse à l'excès même, jusque dans l'amour qu'elle donnait sans compter. Une femme sur cent mille autres femmes, peut-être. S'il l'avait surnommée Nonnette, c'était en référence aux mésanges à tête noire qu'on peut apercevoir quelquefois en chemin près des haies qui bordent les prairies. Berriex en basque, ça voulait dire « dernière maison », « refuge » ou quelque chose de cet ordre-là. Il ne pouvait mieux tomber le refuge, avec ses cheveux qui ondulaient sur son cuir et puis cet envoûtant parfum au thé vert qu'il n'aspirait qu'à renifler, nuit après jour.

Maurice sourit, plia le mot dans sa poche et s'activa. Pour un peu, il aurait oublié « l'affaire ».

L'affaire, c'était « L'affaire Desaulnes », un crime qui n'en finissait plus d'alarmer un pays jusqu'alors bien tranquille, une région qui vivait de peu, de chasse, de pêche, d'élevage et de tourisme, vu que pour le reste, fallait pas être trop regardant sur le boulot. Là comme ailleurs, la misère n'était pas hors-sujet du pas des portillons. Venir s'installer ici pour bosser relevait de l'exploit voire de la quasi-inconscience. Voilà sans doute pourquoi Lobgeois n'avait pas fait la fine bouche quand on lui avait annoncé qu'il ne gagnerait jamais ce qu'il gagnait naguère, maintenant qu'il gribouillait pour le compte de *L'Écho de la baie*. Il s'assurait le minimum vital, sa compagne le superflu.

Il était donc question d'un mort. Depuis trois jours. D'un mort qui s'appelait Desaulnes, Henri Desaulnes, dit « ch'tchiot Batisse », en hommage à son père, un marin-pêcheur du Crotoy qui s'était retiré à Rue, sa carrière faite. Quatre-vingts piges bien sonnées, garde-champêtre honoraire, le fils était aussi une figure du chef-lieu de canton. Un pêcheur l'avait trouvé occis au petit jour, assis dans le lit de la rivière Maye, adossé à un peuplier qui en barrait le cours depuis le dernier coup de tabac. À la stupéfaction générale, on l'avait retrouvé le froc baissé, comme s'il avait été surpris en train de se soulager et qu'il s'était subitement affaissé dans l'eau, cassé, incapable de se redresser. Une grosse branche l'avait pour ainsi dire calé. Il semblait dormir profondément, la tête délicatement posée sur son bras gauche. En fait, il était mort, quelque part entre minuit et trois heures du matin, avait précisé le médecin légiste. À cette heure, rares sont les types qui s'aventurent dans Rue, encore moins dans les marais avoisinants. Quant à ce qu'on les observe de derrière une croisée, c'est encore autre chose. Ici les gens se couchent tôt.

C'est Max, marchand de journaux sur la place principale du village qui avait alerté Lobgeois trois jours auparavant. On venait tout juste de repérer un cadavre dans la rivière. Le localier avait tout de suite pigé qu'il tenait enfin une occasion formidable de sortir de la routine des inaugurations électives et des verres de l'amitié qui entretiennent l'électeur dans l'illusion qu'on s'intéresse à lui et qu'il pourra servir un jour à autre chose qu'à aller voter pour un plus con que lui ou aller prier à l'église.

– Le père Desaulnes est mort. Les flics sont là-bas. Peut-être bien aussi des types d'Abbeville et d'Amiens à ce qu'on m'a dit. Ça fait un foin du tonnerre dans le patelin ! Depuis ce matin, les clients me parlent que d'ça ! Ils sont tous retournés !

– C'est qui ton Desaulnes, Max ?

– Un ancien garde-champêtre, garde-chasse, garde-tout comme qui dirait. Une figure locale, fort rouge, voire violette. Un gars avec qui faut mieux être bien que mal. Un type curieux, pas toujours sain. Parfois mêle-brun, à l'occasion. Alcoolo, ça c'est certain. J'peux t'assurer qu'il était souvent « seu » comme on dit par chez nous. Même que les jours de marché, ça faisait un peu mauvais genre. Tiens ! une fois, on l'a retrouvé affalé comme un veau dans l'étal d'un poissonnier ! Qu'est-ce qu'on a ri ce jour-là ! Le maire beaucoup moins ! J't'en cause pas d'la pub pour la commune ! Il attaquait dès le matin au Ricard sans eau. « J'aime pas les mélanges, qu'il disait ! » D'ailleurs, on pense que c'est suite à sa biture d'hier qu'il est mort. Il forçait souvent, à tomber raide mort défoncé, dans les caniveaux. J'te dis pas combien de fois on a dû le ramasser et le ramener chez lui ! La rivière c'est peut-être pas si étonnant, bien qu'il aimait pas trop la flotte. J'peux dire qu'y avait personne pour siffler autant que lui ! Ce qui est bizarre, c'est pas tant qu'il soit mort dans la rivière, mais plutôt qu'il avait s'maronne baissée…

C'est plein de l'entrain et de la fébrilité qu'on devine que Maurice Lobgeois s'était rendu sur les lieux où le cadavre venait d'être découvert, à la sortie de l'agglomération, à quelques encablures du rond-point qui dessert la ville, sa déviation et la route de Forest-Montiers, juste à proximité d'un pont qu'on surnomme le Pont Noir. L'endroit se résumait en une peupleraie et des marais nichés un peu à l'écart des routes et des premières propriétés du hameau de Lannoy. Au lointain, des champs de betteraves. L'accès, situé en amont d'un restaurant cossu et d'une propriété qu'on avait reconvertie en chambres d'hôtes, n'était pas des plus commodes, même pour qui s'y serait rendu de son plein gré. Des voitures étaient rangées dans tous les sens. Une dizaine de gendarmes aguerris avaient délimité un périmètre de sécurité pour empêcher les badauds de profiter du spectacle. D'autres, plus jeunes, arrangeaient la circulation en faisant des moulinets du bras. Bagnoles, tracteurs, camions en tous genres devaient rebrousser chemin pour repiquer vers l'autoroute, les bleds environnants ou les fermes, tout ça nous faisait déjà un joli petit merdier !

On attendait ces messieurs de la justice et tous les autres, les gens de l'identification, les photographes, les inspecteurs et tout le saint-frusquin. Sans compter les pompiers. Le maire était déjà là. Il s'était déplacé en personne, accompagné de quelques types bien déférents qui ressemblaient à des adjoints. Tout le monde avait la goutte au nez et tapait du pied contre le sol gelé. Le petit jour avait déposé une épaisse nappe de brouillard sur la vallée. Le calme était si total qu'on pouvait entendre le bruissement de l'eau, mais pas le moindre piaf pour entonner un requiem au mort. Les arbres effeuillés étaient tout givrés. La peupleraie exhalait d'âcres parfums de feuilles détrempées. Maurice avait commencé par serrer la main à tous ces gens qui l'avaient regardé par en dessous. Décidément, ces « gasèteux » sont toujours là quand on les attend pas ! On voudrait tellement qu'ils fussent ailleurs ces oiseaux-là ! Et vas-y qu'on les vilipende, qu'on te les accuse des pires maux de la terre, surtout lorsqu'ils dérangent nos consciences alanguies de joueurs de tiercé ou de loto foute. Seulement, chacun sait aussi que c'est de leurs doigts experts ou grâce à leurs photos qu'ils font causer des villages, qu'ils font briller des anonymes, qu'ils disent pour tous les autres les faits et les gestes plus ou moins désintéressés de ceux-là même qui les détestent ou qui les adulent, qui s'enhardissent d'un rien mais qui, tôt ou tard, enfouissent comme les autres le papier journal jauni dans les gueuloirs de leurs poêles à charbon ou la cendre de leurs cheminées.

Tout ce petit monde avait donc l'âme et les extrémités frigorifiées, à telle enseigne que tout à l'heure, tandis qu'il quittait la sente boueuse pour rejoindre la Maye devant laquelle stationnaient les édiles, un brigadier nerveux qu'il n'avait jamais vu, avait tenté de l'écarter. Si Maurice s'était déjà fait quelques amis dans les brigades locales, celui-là, inconnu au bataillon, n'en serait visiblement pas. Il était taillé comme un bull mastiff, carré, avec des grosses bacchantes brunes et longues qui remontaient le long de ses joues. Il avait l'air ridicule d'un employé de banque britannique qui perd ses heures dans les pubs où, avec d'autres que lui, ils cultivent avec amour et en association, leurs moustaches, barbes et rouflaquettes d'un autre âge.

– Dégagez de là, espèce de fouille-merde ! On veut pas d'vous ici ! Ah ! Vous êtes bien tous les mêmes ! Dès qu'ça sent la charogne, vous êtes là !

– Chacun son boulot, mon colon ! Moi c'est la presse, vous les cadavres ! Chacun son gibier, chacun sa charogne ! On travaille le même matériau, mais pas pour les mêmes fins !

Le bougre n'était pas disposé à rire. Il se précipita violemment sur lui comme s'il se préparait à le rosser.

– Qu'est-ce que tu m'bafouilles, espèce de p'tit merdeux...

– Holà ! Holà brigadier, c'est peut-être pas l'moment ! Laissez passer, c'est Lobgeois, j'en réponds.

Le maire de Rue s'était interposé opportunément afin que Lobgeois puisse accéder au petit cercle des notables invités à la contemplation du macchabée. Pour un peu, la presse locale passait à l'as et notre homme se fit cette remarque que le commun des contribuables, ça pèse jamais bien lourd face à ceux qu'il engraisse de ses deniers durement gagnés. L'uniforme, y'a pas à dire, c'est un peu comme les drapeaux et les hymnes, ça sert à rien ou à pas grand-chose d'autre qu'à exciter le fondement chauvin qui dort paisiblement au fond de chacun de nous, ça sert à faire bramer les veaux peinturlurés avant que les matches débutent ; mais alors, qu'est-ce que ça en impose drôlement ! Quant au mort, il était là et, presque indifférent à son funeste sort, chacun y allait de son commentaire. Du soupir à l'avanie, tout y passa. Du « pauvre vieux » au « c'était bien prévisible avec ce qu'il descendait ». On spéculait ferme sur ce qui pouvait lui rester de famille : un frère, une fille perdue dans les tréfonds du Quercy, peut-être bien, peut-être pas ; on parlait aussi d'une sœur qui vivait sans doute encore, quelque part dans la banlieue de Lille et avec laquelle il était en froid depuis quinze ou trente ans. On n'en savait pas davantage. L'homme n'était pas causant sur sa vie privée, pas loquace pour deux ronds dès qu'on le cherchait sur ce terrain-là. Il pouvait se fermer le bulot, voire carrément se montrer belliqueux lorsque les effets de l'alcool commençaient à lui raidir la nuque. Mais ça n'allait jamais très loin. « Il était couillon, gueulard, mais pas méchant ». Triste épitaphe collective.

Desaulnes était veuf depuis plus de dix ans, veuf d'une petite bonne femme morte subitement, d'un coup, sur sa table à couture. Même que ça faisait un peu « table aux crevés » son histoire. On en riait ici. Plus les maris picolent, on disait, et plus leurs femmes trinquent, surtout celles qui boivent pas !

À première vue, on ne lui connaissait pas le moindre gosse.

Maurice s'approcha du cadavre d'Henri et, lentement, il s'accroupit. C'était la première fois de sa vie qu'il se trouvait ainsi confronté à la réalité physique de la mort. Sur le coup, il n'en conçut aucune retenue. Tout cela viendrait plus tard, lorsqu'il s'épancherait sur l'épaule ou le ventre parfumé d'Astrid. Et puis Desaulnes affichait un visage couperosé tellement apaisé qu'on s'attendait à ce qu'il s'éveillât doucement, dans un sourire, à la manière d'un gosse endormi, heureux de se trouver là, reposé et tranquille. Il avait une barbe de trois ou quatre jours, portait un pantalon de velours marron à grosses cottes mais pas de slip. Une vieille chemise de chanvre pendouillait derrière un énorme pull-over vert qui trempait dans l'eau claire. À l'évidence, le mort se souciait comme de colin-tampon de sa tenue vestimentaire. Quant à son hygiène, c'était bien pire. À bien y regarder, la victime ne portait aucune trace apparente de coups sur les mains ou sur la figure. Elle avait un énorme tarin et la lippe boudeuse. Le cou était violacé, du même ton que le visage. Rien n'indiquait que Desaulnes ait plongé dans l'eau de son propre chef puis qu'il se soit redressé pour s'asseoir. Le haut du corps était tout sec, comme immaculé, à l'exception des cheveux gris et blancs qui lui restaient plantés sur le caillou. Ceux-là avaient pris la rosée et un soupçon de gel matutinal.

« On dirait qu'il avait envie de chier ou bien de soulager de vieilles humeurs hémorroïdaires. C'est curieux, non ? »

Lobgeois se retourna et aperçut Philippe Lobry qui venait vers lui avec des gestes précautionneux. À lire le drôle de sourire figé qui barrait son visage, Maurice comprit que c'était bien à lui qu'il devait cette saillie déplacée. Conseiller municipal, agriculteur de son état, l'homme revendiquait la propriété de huit ou neuf centaines d'hectares de terre de première catégorie. Sans compter toutes les autres que par un soupçon de décence, nul ne s'avisait à recenser. Là comme ailleurs, on piétinait ses herbages. Lobry était quoi qu'on en dise ou qu'on en médise une sorte de dandy local finement drapé avec lequel il fallait compter, surtout par gros temps d'élections. Avec son air finaud, sa casquette vissée sur le crâne, celui-là avait un réseau d'amis que tout hobereau soucieux de briller un jour en société courtisait forcément. On allait à ses chasses, on goûtait son gibier et ses vins. Sans ciller. Tant pis si on le vomissait, il fallait en passer par lui. Mauvaise purge, huile de foie de morue, huile de ricin, lorsqu'on était un candidat conservateur en devenir, le traitement était inévitable, il fallait fermer les yeux, avaler le contenu de sa cuillère à soupe, déglutir au plus vite et attendre que ça passe ! Maurice l'avait rencontré à plusieurs reprises, allant même jusqu'à traîner un jour ses guêtres jusque dans sa modeste gentilhommière du XVIIIe siècle où, écrasé de charges, tracassé par la valetaille des bureaucrates bruxellois, il tentait vaille que vaille de survivre. Le journaliste aimait cet homme hautain et froid qui flanquait les foies à tous les coqs de la région ; il l'appréciait avec la même force qu'il maudissait la mièvrerie de quelques autres, parce qu'il reconnaissait à celui-là les moyens de son arrogance et qu'il raillait en riant toutes les haines cristallisées sur son nom. Comme chacun savait qu'il conservait en lieu sûr un certain nombre de révélations embarrassantes qui tenaient les intéressés dans un silence contrit, nul ne s'avisait de venir marcher sur ses plates-bandes ou de crier au loup trop haut. Il disait, en s'avançant sans doute un peu, qu'il avait de quoi faire plonger tous les maires de l'arrondissement d'Abbeville, un peu comme Clemenceau le faisait croire au temps de sa retraite de héros national blasé. On craignait comme mauvais grain ce descendant d'aventurier qui, aux beaux jours de la Révolution avait racheté terres, titres et privilèges aux églises et aux nobles, agrégeant une belle part des terres du littoral à un modeste domaine familial. Les successeurs l'avaient enrichi tour à tour en exploitant la main-d'œuvre locale et en répartissant leurs œufs dans autant de paniers différents où, à l'abri des appétits résiduels et de l'esprit de famille toujours un peu chahuté par ce qu'il est convenu d'appeler les « pièces rapportées », ils prospérèrent tranquillement. Les Lobry étaient des féodaux puissants, une vraie dynastie de Berlusconi de comices agricoles, des mecs féroces, forcément respectés, craints de tous. Personne ne se serait permis de leur contester le droit de se succéder à eux-mêmes au Conseil général ou dans les mairies. En 1958, le dernier juge de paix avait pour nom Lobry. Ils avaient verrouillé tous les pouvoirs. Très vite. Plus fort encore, ils les avaient conservés et même accrus, contre vents et marées. Les guerres avaient épargné leurs enfants, l'Occupation les avait occupés, la Libération leur avait restitué des prébendes prétendument perdues. Proches de de la Rocque et des Croix de feu avant 40, catholiques circonstanciellement fervents, la défaite en avait fait de parfaits pétainistes attentistes. En 1944, ils avaient vu en de Gaulle, l'homme qui sauverait la France des affres du communisme, l'ennemi de toujours, ce mal rasé hideux avec son poignard entre les crocs ! Opportunistes nickelés, chromés, les Lobry apparaissaient au mieux de leur forme, inoxydables pour bien des générations encore. Philippe était sans doute le plus joli fleuron de la collection.

Philippe Lobry entretenait des relations cordiales avec Lobgeois, appréciant qu'un fonctionnaire puisse un jour en avoir assez des vacances et cette « sacro-sainte sécurité de l'emploi qui coûte tellement cher à la France », pour tenter sa chance dans l'univers impitoyable du secteur privé.

– Il a travaillé pour mon père après la guerre. Voyez-vous Lobgeois, comme garde-chasse y'avait pas meilleur : gardien et chasseur hors pair, la grande classe ! Il connaissait son métier sinon vous pensez bien que nous ne l'aurions pas gardé. Ce n'était pas un Jean-foutre, non, plutôt un Sganarelle triste. Non mais, que voulez-vous : il a préféré devenir fonctionnaire, la petite vie plan-plan avec la retraite au bout. Allons bon, c'était son choix après tout. D'autres ont fait le choix inverse, n'est-ce pas ?

À cet instant précis, Lobry lança un petit sourire ironique à Maurice, avant de poursuivre :

– Non voyez-vous, ce qui m'étonne assez dans cette histoire, c'est que le bonhomme n'habite pas par ici. Que diable est-il allé faire par Lannoy alors qu'il habite de l'autre côté du bourg ? Je veux bien croire qu'il était souvent saoul comme un cochon mais quand même ! Il est carrément à l'opposé de son domicile, rue du Bastion ou rue du Four, enfin une bicoque plantée quelque part par-là…

– Et qu'est-ce que vous en concluez, Monsieur ? demanda Lobgeois.

– Oh moi, j'en conclus rien, rétorqua Lobry en caressant doucement sa moustache. J'en conclus rien… mais c'est curieux de venir mourir par ici, non ? Si c'est par envie faut le vouloir ! Si c'est subit, c'est pas mal trouvé pour planquer un cadavre. Mais alors il aura fallu le traîner jusqu'ici, encore vif ou déjà mort. Pas du gâteau ! Ça pèse son poids une bête pareille ! Une chance qu'on l'ait retrouvé ce matin. Enfin Lobgeois, ajouta-t-il en tapant dans ses mains gantées, vous savez bien ce qu'on dit en pareille circonstance : « Va où tu veux, meurs où tu dois ! »

Les autorités judiciaires arrivèrent sur les lieux avec les gestes affectés de ceux qui n'aiment ni la randonnée pédestre ni se crotter les pieds dès l'aube. On pria Lobgeois de dégager les accès à la rive. Le substitut du procureur s'approcha, salua très respectueusement Lobry d'un rictus crispé, puis le journaliste qu'il croisait régulièrement dans les prétoires. Enfin il s'avança jusqu'à la berge de la Maye, fit une moue dédaigneuse, limite dégoûtée, à l'attention du cadavre encore recroquevillé dans son jus, puis il se redressa et revint sur ses pas :

– Nous communiquerons plus tard, lança-t-il à quelques personnes qu'il tenait pour des journalistes. Maintenant messieurs, laissez-nous travailler s'il vous plaît !

Lobgeois regagna sa voiture en tournicotant autour des élus encore visiblement secoués par la mort de Desaulnes. L'affaire allait faire jaser, faire du tort à la commune, c'était à craindre. Puis il fila jusque chez Max où il acheta la presse. Dans la foulée, il gagna le bistrot voisin où, bien sûr, les habitués ne parlaient déjà plus que du cadavre d'Henri le garde-champêtre. « La rumeur galope encore plus vite que la mort », se dit Maurice en entrant, « va falloir faire chauffer le stylo ». L'intérieur datait des années soixante. Sur les murs, dans des vitrines immaculées, dormait une impressionnante collection de verres à bière et de petits fanions d'équipes de foute. Deux gamins jouaient sur l'imposant baby-foot qui trônait au centre de la pièce tandis que quelques vieux adossés au zinc les regardaient faire d'un œil soupçonneux. Chacun y allait de son pronostic : arrêt cardiaque, suicide, meurtre. Les uns éludaient les commentaires des autres, certains jouaient les commissaires de police, estimaient les mobiles, critiquaient la manière ou les lieux. Silencieux, les yeux figés devant sa tasse de café, comme un peintre maudit face à son verre d'absinthe, Maurice ne parvenait pas à se défaire du regard du mort assis dans l'eau, le cul posé, les jambes fléchies. Et puis il y avait ce commentaire de Lobry qui ne le lâchait pas ; comment un homme comme « chl'Henri », un type qui était né ici, qui avait déroulé toute sa morne existence dans la maison de ses parents devenue la sienne au jour de leurs morts, comment avait-il pu, même complètement carbonisé, se tromper ainsi de chemin ? D'autant qu'à bien s'y pencher, il n'y avait pas la moindre trace de glissade sur la rive, pas même l'ombre d'une empreinte sur l'herbe encore gelée du bord. Il n'était visiblement pas tombé, sauf à ce qu'on le retrouvât dans un autre appareil, à plat ventre par exemple, probablement les bras en croix, nageant le bec dans l'eau le long de la rivière. Si on l'avait trouvé ainsi c'est peut-être qu'il avait vraiment voulu se soulager dans l'eau ou bien tenir on ne sait trop quel pari à la con comme lui seul pouvait en inventer avec ses compagnons de soûlographie. Mais de là à y mourir apparemment congestionné… Allons bon, fallait pas s'appeler Maigret pour admettre que tout ça ne tenait pas debout, pour la simple raison que dans l'hypothèse où il se serait lancé un tel défi, il se serait trouvé des témoins, des types avec qui il serait allé à Lannoy de son plein gré ou sous l'emprise de l'alcool, et qui, même pleins comme des outres, ne l'auraient pas laissé en plan dans la flotte, sauf à vouloir sa perte où à être de fieffés salauds, ce qui entre nous revient au même. Et puis qu'est-ce que ça voulait dire d'aller se tremper les fesses à la fraîche, par moins deux ou moins trois degrés en dessous de zéro ? À quatre-vingts balais bien tassés ? Et enfin, pourquoi aller chercher de telles complications à un improbable suicide quand la même rivière, immanquablement plus vaillante et toute aussi froide, coule à cinquante ou cent mètres de chez soi, au fond de sa propriété ? Comme bien d'autres au bistrot, Lobgeois soupçonna très vite un meurtre, un refroidissement pas comme les autres provoqué par un type pas comme les autres, quelque chose comme une sorte d'expert, un artiste. Restait à le dénicher, l'artiste, restait aussi à comprendre son mobile et ça c'était pas gagné ! N'importe ! Henri n'avait rien à faire là où on l'avait dégotté. Il aimait la vie autant que le picrate, c'était dit. N'étant pas au soir de sa première biture, le vieux n'avait aucune raison de venir se perdre à près d'une heure du matin, à pied, à une lieue de sa cagna. Aucun des piliers du bistrot ne le savait spécialement apôtre du suicide, surtout pour le théâtraliser de cette façon. Le plus souvent on a recours à la pendaison, c'est pratique, facile, efficace, ça coûte pas cher et puis ça fait tellement plaisir au maire qui doit venir constater l'affaire et couper la corde qui retient le jambon. Non, si Henri avait manifesté une quelconque envie de se perdre, c'eût été à petit feu, au gros rouge des familles, tranquillement, patiemment.

Maurice avait trouvé de quoi nourrir ses cogitations en écoutant deviser les principaux actionnaires du troquet. De leurs verbiages, il retint encore que Desaulnes était un bon gars, un type connu et reconnu de l'ensemble des gens qui vivaient depuis longtemps par ici ; que c'était un mec « comme ça », qui foutait les jetons aux maraudeurs, aux bracos (même s'il braconnait un peu lui-même, c'est de bonne guerre) et aux mouflets. C'était un peu léger comme mobile.

– Pis c'était pas un gars à faire d'la politique, non ! Hein Raymond, qu'l'Henri c'était pas un gars à faire d'la politique ?

Le Raymond acquiesçait en silence ou, prudent, se risquait d'ajouter :

– I'n'en n'avait carrément rien à foute ed'la politique… Et pis du reste aussi !

Bruits. Fumées de cigarettes. Verres cognés. On avait refait la vie du mort pendant encore une bonne demi-heure ce matin-là. Les clients allaient et venaient et, chaque fois, la même conversation revenait sur le tapis, alimentant le même feu.

Un vrai père tranquille le Desaulnes, pour peu que l'État, dans sa grande mansuétude lui refilât suffisamment de quoi se payer son comptant journalier de quilbusse et de Rizla-Croix, il en demandait pas tant à la sainte miséricorde. Il vivait chichement, participait aux activités de la ville dès lors qu'on y trinquait un coup aux frais du contribuable. Il y rencontrait fatalement des gens, vu qu'il connaissait tout le monde et que tout le monde connaissait sa vieille charpente bouffée aux vrillettes. Parce qu'il avait renoncé à cultiver « sin tchiot lopin d'guerdin » ainsi que le font les bonnes gens pas bien riches de la ville, il passait le plus clair son temps à se cultiver l'esprit devant son écran de télévision. Puis, lorsqu'au bout de deux ou trois heures il en avait assez de se cultiver l'esprit aux feuilletons germaniques, il mettait le nez dehors, quelle que fût la couleur du ciel. On le voyait venir de loin, parlant tout seul et d'une voix rauque, chaloupant légèrement du haut jusqu'en bas, jurant, crachant, insultant d'improbables clébards occupés à arroser les fleurs ou les enjoliveurs de bagnoles. Il traînait sa pauvre carcasse jusqu'aux bars où il avait un crédit et dont il faisait immanquablement la fermeture, à la recherche de quelqu'un avec qui partager son savoir fulminescent. On finissait toujours par le ficher dehors après qu'il ait aidé les patrons à balayer la salle, à vider trois cendriers ou deux fonds de verre d'alcool. Il était généralement saoul comme une bourrique, mais il se tenait fermement au balai de la patronne qui rouspétait dans son coin ! Ça lui valait toujours une fin de litron à consommer sur place ou à emporter, comme on aime à se le faire préciser dans les commerces de bouche à la mode. Autre précision d'importance : on ne lui soupçonnait aucune petite amie depuis la mort de sa femme. Il n'avait pas davantage souhaité s'embarrasser d'un chien depuis la mort de son fidèle Clairon, vu qu'il aimait à claironner partout qu'un clébard pareil, faudrait se lever bien tôt pour en revoir un comme ça traîner derrière les huttes.

De fait, c'était un article bien neutre que Maurice avait écrit ce jour-là. Il ne s'était guère aventuré sur le terrain des conjectures, se contentant de recenser les faits et d'attendre les conclusions de l'autopsie ordonnée dans le cadre de l'information judiciaire. Il avait néanmoins consigné toutes ses questions dans un petit calepin qu'il tenait par-devant lui et qu'il ouvrait avec des gestes précieux et discrets de collectionneur. Les gens du journal eux-mêmes l'invitèrent dès le départ à la plus extrême prudence. Un meurtre, c'était pas bon pour la réputation du coin. On avait eu assez de tapage avec les inondations de 2001, c'était pas la peine de faire encore fuir les touristes avec ces histoires d'assassinats, ces disparitions de poivrots qui font du mal à toute une région. On ne lui demandait pas d'enquêter mais de relater les événements de l'enquête auprès de ceux dont c'est le métier.

Meurtre ou pas, Rue était sous le choc après la mort d'une de ses « célébrités » locales. On en avait causé le samedi, d'étals en étals, sur le marché. On en parlait aussi dans les commerces, sur le pas des officines des pharmaciens et des vétérinaires. Henri était un incontournable, presque une icône, une sorte de Raoul de Godewarsvelde, le talent en moins. La plupart des gens étaient offusqués, choqués de la posture dans laquelle on l'avait retrouvé et qui laissait penser qu'il avait bien souffert avant de rendre ce qui lui restait d'âme à Dieu. Chacun s'appesantissait sur le calvaire qu'il avait dû endurer avant de passer de vie à trépas, chacun y allait de son idée, à grand luxe de détails plus morbides les uns que les autres ; d'autres réinventaient la peine de mort car, disaient-ils bravaches, s'en prendre ainsi à un vieux innocent, fût-il alcoolique, ça se fait pas ! Une icône oui, Desaulnes était l'icône d'un patelin qui devrait désormais apprendre à s'en passer, comme on fait d'une horloge publique ou d'un clocher que l'on canonne un beau matin parce qu'il menace de ruiner l'ensemble. On l'aimait l'icône en question, comme on finit toujours par regretter le salopard de garde-champêtre qui vous a rossé un jour que vous ne traversiez pas dans les clous ou qui vous a topé en train de chiper une poignée de cerises à un riche propriétaire terrien. Une icône, vous dis-je, quand bien même des bandits l'auraient brisée en deux et puis jetée, le cul trempant dans l'eau glaciale et indifférente de la Maye qui, à son tour, s'épand doucement à quelques kilomètres en aval, au-delà de l'écluse de Férolles, dans la magnifique baie de Somme. Après quoi, pour elle c'est la mer, le grand large. L'aventure !

*

* *

Ce mercredi matin-là, Maurice Lobgeois renonça donc une nouvelle fois à pourfendre son gros syndicaliste. Il se mit au travail, dans une petite pièce où il attendait patiemment l'arrivée de centaines de livres en provenance de chez son ex-femme, demeurée à Paris. Attablé à son bureau, face à l'écran de son ordinateur, il rassembla quelques idées sur ce que les gens d'ici appelaient déjà « l'affaire du crime de Lannoy ». L'autopsie avait révélé depuis que Desaulnes n'était pas mort de mort naturelle, mais qu'il avait été étranglé. À part ça, aucune trace : ni arme, ni pas, ni pneus d'autos. On s'activait encore sur place. La disposition du corps était trop étrange pour qu'on la crût naturelle. Il ne faisait pas de doute que l'assassin avait fait son ouvrage avant et ailleurs, puis qu'il avait transporté le cadavre durant la nuit, jusqu'au bord de la Maye. Il fallait donc qu'il fût sacrement costaud le gaillard, ou bien alors qu'ils s'y missent à plusieurs pour harnacher et soulever l'Henri qui devait bien taper son petit quintal, le tout sans faire aboyer les cabots des alentours, sans même éveiller l'esprit des restaurateurs voisins et surtout sans vraiment laisser de traces exploitables sur le chemin. À cet endroit, c'est sûr que l'assassin et ses complices éventuels n'avaient été dérangés par personne. Ici, avec le froid qu'il faisait, il avait tranquillement installé sa victime dans la posture où on l'avait découverte quelques heures plus tard. L'autopsie avait également relevé qu'une forte consommation d'alcool avait été ingérée dans un corps qui n'avait été alimenté le midi que d'un reste de ragoût imbibé de pain, de pommes de terre frites, d'une portion de camembert et d'une pomme. Desaulnes n'était donc probablement pas rentré chez lui en sortant du bistrot de la gare. En tout cas, il n'avait rien mangé le soir de son décès.

L'enquête avait été confiée aux gendarmes de Rue, d'Amiens et d'Abbeville. Tous s'activaient depuis le premier jour avec la dernière énergie, s'employant dare-dare à interroger les voisins, les témoins potentiels, des vieux, des gosses, des amis du défunt dont on fouilla la maison à la recherche d'un semblant de piste. En vain : pas de lettres, pas de photos, pas le commencement d'un indice. L'enquête s'annonçait on ne peut plus délicate pour les limiers maniérés de la police scientifique drapés dans leurs costumes de Martiens, avec leurs gestes délicats et la morgue que la science alloue à ceux qui en font bonne chère.

Enquêter. Ainsi fit Lobgeois de son côté, seul avec ses armes : un bloc-notes, des relations bien choisies, une carte IGN et un petit appareil photo sans prétention. Cette affaire, il n'aurait su dire pourquoi elle lui tenait autant à cœur. Elle chatouillait son âme d'écrivain jusqu'alors habituée aux rapports d'inspection standardisés ou aux comptes rendus de tirage de galette des rois. Il s'imaginait déjà publiant le récit détaillé de ses découvertes, entraînant le lecteur dans la glaise, le long des trottoirs mouillés, sous le vent qui fouetterait les vitres des magasins. Il le trimballerait sur les marchés aux parfums mêlés de nems frits, de poissons expansifs, de fruits et de légumes forts, là, et ailleurs aussi s'il lui restait assez de force, dans les bistrots enfumés où l'on parle de foutballe, du dernier quinté à Longchamp, des jeux d'argent où l'on paume à tous les coups son esprit et plus accessoirement son pèze, où l'on s'attire l'œil pétillant des femmes et des bagnoles dernier cri, qu'à l'exemple des belles étrangères aux yeux d'or on pourra jamais se payer. Qu'importe après tout que ces gens n'aient d'autre luxe de qu'en rêver. Du pain, des jeux, du rêve, du fric et des fesses, tout le reste on s'en cogne ! Il imaginait un récit trempé à l'odeur des sous-bois d'automne, avec ses chemins tracés depuis des siècles, drapés de feuilles aux feux multicolores. Oui, ce serait un récit différent, un récit haletant qui dirait son amour du coin et de ses ouailles, un papier qui sentirait la terre et le feu qui crépite dans les grands âtres des fermes picardes. Il rêvait d'un récit qu'on déclamerait à la manière de Jean-Pierre Chabrol et qu'on filmerait aussi à la manière de Claude Chabrol.

Mais pour l'heure il devait enquêter, c'est-à-dire multiplier les courses en ville sans négliger son quotidien de pigiste. Il passait des heures à gamberger, à jouer son petit Gaboriau de la côte, avec cette candeur naïve qui le faisait revivre et qu'on raillait gentiment au siège du journal à Abbeville :

– Garez-vous les mecs ! V'là l'Maurice qui nous tient un scoop ! Vite une édition spéciale avec cinq colonnes à la une ! Le crime de Rue : nouvelles révélations extraordinaires de notre envoyé spécial sur place ! En direct du beffroi classé au patrimoine mondial de l'Unesco, m'entendez-vous Lobgeois ? Henri avait-il la bite molle quand on l'a retrouvé trempant sa dite nouille dans l'eau gelée ?

– Allez marre-toi, Jean-Nono, marre-toi bien, laisse donc faire ceux qui savent…

Cette affaire excitait son quotidien maussade, le métamorphosait. C'était curieux de le voir s'enhardir pour un rien, de le voir se sentir revivre depuis la mort de ce vieux boucanier de Desaulnes. Il faisait chaque soir son petit exposé à Astrid qui l'écoutait, mi-amusée, mi-agacée d'être ainsi conviée au grand bal des hypothèses que lui servait son galant.

– On sait qu'il est apparu un peu contrarié ce soir-là au bistrot, mais peut-être que c'était l'emprise un peu plus prononcée de l'alcool qui le rendait mélancolique. J'ai su par ailleurs qu'il était pas un habitué du café de la gare et qu'il préférait ceux de la place. Tu trouves pas ça louche, Nonnette ?

– Bien sûr, Monsieur l'inspecteur, bien sûr que c'est louche…

– Tu seras assez aimable pour ne plus m'appeler inspecteur. C'est un mot que j'ai rayé de mon vocabulaire, tu le sais bien pourtant, quoi…

– D'accord, môssieur le commissaire ! Te voilà monté en grade. D'un coup !

– On n'a rien dans cette affaire, rien ! Un pauvre gusse qui ne demandait rien à personne, à part claquer de sa cirrhose peinard. Au final, le voilà étranglé, sans mobile apparent, avec un ou des meurtriers dans la nature. Or, on tue pas les pauvres gens, du moins pas sans un mobile sérieux puisqu'on leur fauche rien ! Si tu voyais comme le patelin est dans tous ses états, la peur est palpable à tous les coins de rue…

– C'est le cas de le dire…

Maurice soupira, l'air résigné :

– Décidément, ma pauvre chérie, on peut pas dire que tu m'aides beaucoup.

– Non ! répliqua-t-elle en baillant. J'm'en fous pas mal de tes macchabées. Ils me fatiguent l'existence. Est-ce que je te saoule moi, avec la mise en rayon des jouets de Noël, des chocolats et du saumon fumé ? Non !

Sur ce, il la regardait, médusé, s'extirper du canapé en baillant et monter d'un pas tranquille jusqu'à son lit réparateur. Astrid était une chatte qui ne voulait rien tant que ronronner…

Chapitre 2

Ce frais petit matin de novembre par lequel nous avons entamé ce récit, accueillit l'événement dont tout le monde causait à Rue : le retour du corps d'Henri Desaulnes et son inhumation au cimetière communal, dans le caveau où l'attendait son épouse Marguerite. Des gens endimanchés s'échangeaient les derniers potins à voix basse. Chacun faisait part de son sentiment sur les choses et, comme tout se vend et que tout s'achète, chacun fourguait aux autres son reste de ragots, le presque-tout et le je-ne-sais-quoi de ses ultimes élucubrations. Le centre s'ébrouait, incrédule. Place de Verdun, le parking fut bientôt plein. Des compositions de fleurs chamarrées s'échappaient en gerbes de la marbrerie. Il y en avait tant et tant qu'il faudrait certainement envisager deux voyages jusqu'à l'église. Le corps était encore au funérarium où l'on procédait à sa mise en bière.

– Ça lui en aurait payé des mufflées toutes ces fleurs et toutes ces plaques…

Comme il faisait bien froid, les gens qui allaient et venaient à leurs courses ne traînaient guère en chemin.

Les gamins étaient au chaud dans leurs écoles depuis plus d'une heure. C'est peu dire que l'annonce des premières conclusions de l'enquête et de l'autopsie avait plongé d'effroi les Ruéens qui, une certaine heure passée, n'osaient plus mettre le nez dehors. L'un soupçonnait l'autre de détenir des informations qu'il voulait garder pour lui alors que la manifestation de la vérité imposait qu'on livrât tous ses secrets aux gens de la police. Rue n'était cependant que la trente-six millième des communes françaises où l'on eût agi strictement de la même façon, voire pire : délit de faciès, délit de sale gueule ou de mauvais coucheur, le bourg se peuplait subitement d'une flopée de bourreaux potentiels livrés à la vindicte et aux soupçons de fatigués qui n'avaient plus que ça à penser. Ces messieurs de la police avaient fort à faire pour séparer de leurs sanies le bon grain de l'ivraie. La gendarmerie multipliait les rondes, harcelée qu'elle était d'appels anonymes le plus souvent bidons : de vieilles apeurées par un battement d'aile de chauve-souris à la dernière potacherie lycéenne, les gars commençaient à en perdre leur latin. Certains devenaient nerveux. À vrai dire, les flics n'avançaient guère dans leurs recherches. Les rares indices récoltés n'étaient jamais corroborés. Il fallait se rendre à l'évidence : on avait affaire à un vrai professionnel du contrat et du crime, un gars décourageant au possible. Voilà sans doute pourquoi le ministère avait dépêché sur place un nombre impressionnant de fonctionnaires de police, porteurs de matériel sophistiqué pour accumuler les prises d'empreintes et d'indices. Le substitut faisait une ou deux fois par semaine son petit tour jusqu'au Pont Noir. Il en repartait crotté, les traits tirés, la mine défaite, plus amer que jamais. Ce chemin gadouilleux était devenu sa hantise. Il fallait l'observer de près le gaillard, il fallait l'entendre commander des résultats en gueulant sur ses sbires. Et vite ! La hiérarchie réclamait des actes, quelque chose de concret qui tire sa carrière du Ponthieu où il se morfondait désespérément depuis deux ou trois ans.

On fit une belle cérémonie au défunt, à laquelle, comme des centaines d'autres anonymes, Maurice Lobgeois se fit un devoir d'assister, rien que pour observer les autres. C'était devenu son truc à lui ça : observer les gens dans leurs faits, mouvements et vêtements, décrypter leurs propos étouffés à l'oreille du voisin, décoder des gestes plus ou moins décalés qui disent une pensée pas toujours orthodoxe. Et puis, cette messe, c'était toujours une vingtaine de lignes et deux photos gagnées pour l'*Écho*. Philippe Lobry vint se caler à ses côtés, jouant « la famille de notables » reconnaissante envers son serviteur, même s'il avait claqué la porte des écuries pour aller s'appointer tambour de ville en mairie. L'homélie du curé fut appréciée de tous et les cœurs mal chauffés chantèrent à plein poumon la triste destinée de « tchiot d'Batisse ».

« N'aie pas peur, laisse-toi regarder par le Chrisse-te, laisse-toi regarder, car il t'aihaimeee... »

Le maire prit la parole juste après que le ratichon ait vendu sa marchandise au public, son petit théâtre d'ombres à lui. Deux mille ans d'avance sur Guignol, Mourguet et Ch'Lafleur, qui dit mieux ? Le premier magistrat de la commune, visiblement ému, lut quelques mots en direction du cercueil où reposait le fonctionnaire intègre qu'il avait été, rappelant son action dans la lutte contre la petite délinquance, la fraude et le braconnage, véritable plaie de nos campagnes. Car les voleurs sont pareils aux mulots des champs : on n'en voit jamais le bout de la queue. On vit quelques rombières essuyer une larme, sensibles à la gravité du spectacle qu'on leur donnait. Bientôt claquèrent les mouchoirs frappés par l'éloquence de l'édile et par les germes de la grippe qui menaçait déjà les non-vaccinés. Exercice de style :

– C'est peu dire, monsieur Desaulnes, que vous fûtes un loyal serviteur de notre commune et de l'État...

Maurice s'enquit du regard de Max qui, demeuré tout au fond de l'église, à proximité immédiate du porche, tenait une information de première main dont il voulait lui donner la primeur, sitôt la messe expédiée.

– Et croyez bien que nous n'oublierons pas avec quel dévouement, avec quel zèle vous...

Les deux hommes se retrouvèrent avant la fin de l'office, dans un petit café que les circonstances avaient vidé de son public. Pas de regret : le maire serait trop ravi de refiler à Maurice une copie de son discours que l'*Écho* publierait in extenso dans ses colonnes deux jours plus tard. La salle du bistrot était déserte étant entendu que la grande affaire du jour, c'était la mort et les obsèques d'Henri. La patronne leur porta du vin chaud dans de grandes tasses à Viandox contre lesquelles ils réchauffèrent méticuleusement leurs doigts groggy de froid.

– Fallait que je te voie et que je te parle de cette affaire, dit Max. Bon sang ça pèle, dit-il en soufflant entre ses deux mains jointes. Sûr que mes arbres vont morfler...

– J't'écoute Max. Non attends, fais-moi plaisir, le premier est pour moi, lança Maurice en tirant un billet de sa poche. Tenez madame, payez-vous.

La tôlière était une quinquagénaire aux formes aguicheuses qui lui soutira son billet en souriant.

– Voilà, fit Max à voix basse, comme s'il craignait de mettre sa vie en jeu. Je vais faire vite parce que ma femme m'attend au magasin. On a pas mal de taf d'ici Noël.

– Sois tranquille, vieux.

– Je connais une vieille. Une de mes clientes. Elle s'appelle Freux, Jeanne Freux. Ouais, comme un corbeau freux, pareil, ajouta Max goguenard en surveillant Maurice qui griffonnait son nom sur le ticket de caisse. Faut dire aussi qu'elle a une tronche de corbacque ! Elle vit à deux pas d'ici, à quoi ? trois cent mètres d'ici, dans le même quartier que ce pauvre Henri. Ils sont de la même génération. Ils ont sûrement fréquenté la même école avec un mur de Berlin dans la cour pour pas mélanger les blancs avec les jaunes. Le certif et puis les champs, la sucrerie, le textile. Tout sauf des études longues, pour les deux.

– Et alors ?

– Alors ? Alors y'a qu'elle est venue pas plus tard que ce matin chez moi acheter son *Courrier picard* et c'est là qu'elle m'a dit qu'elle avait peur.

– Peur ? Peur de quoi ? À cause de ce qui est arrivé à Henri ?

– Précisément. Elle dit recevoir des appels téléphoniques anonymes depuis plusieurs jours, apparemment depuis bien avant la mort du vieux. Elle a d'abord pensé que c'était une connerie, que quelqu'un voulait lui faire une farce, la faire chanter ou bien lui carotter son blé ; mais depuis que le vieux est mort assassiné, elle craint maintenant qu'on en veuille à sa vie.

– Elle a du fric, la mémé ?

– Plein. Elle était photographe. D'une famille aisée avec ça, mais j'en suis pas trop certain, j'suis pas d'ici. Elle est toujours propriétaire de plusieurs baraques qu'elle loue à prix d'or dans le bourg, à des conditions suffisamment dégueulasses pour se faire détester de ses locataires, tous des Raskolnikov en puissance. Quand on la voit déambuler dans la rue on lui filerait cent sous alors qu'on peut allégrement imaginer que du liquide comme t'en auras jamais dort dans ses bas de laine, avec les bons au porteur, les louis et les napoléons qui vont avec ! Tout ça mon vieux ! Et tout ça, c'est probablement caché dans son matelas... Ça fait déjà un beau mobile pour l'occire !

– Elle avait des liens avec Desaulnes ?

– À ma connaissance, oui et non. Ils ont le même âge j'te dis, à vue de nez. C'est sûr qu'ici tous les gens se connaissent. Et pour une raison bien simple, c'est que si tu vas pas vers les gens d'ici, les gens d'ici n'iront pas vers toi. C'est à toi de faire le premier pas. L'amitié, le respect des gens du coin, ça se mérite. Pour ce qui est de ces deux-là, comme ils ont tous les deux une fieffée tête de cochon, ils ont certainement dû se crêper le chignon pour un oui pour un non y'a dix ou vingt ans. Ici les haines sont tenaces et les réconciliations rares. Je sais pas s'il existe un lien avec Henri, tout ce que j'en dis c'est qu'elle a la trouille et, plus troublant encore, j'suis étonné qu'elle m'en ait causé. Elle a tellement de mal à dire bonjour, merci ou au revoir qu'on a l'impression que ça lui tire toutes les rides de la paillasse…

– Ouais. Faudra quand même que j'en touche un mot à mon pote, l'adjudant Carpentier. On tient peut-être un début de piste, même si, apparemment, le fric n'est pas le mobile du meurtre de Desaulnes. Trois ou quatre bons au porteur, ça mérite pas de s'esquinter l'existence pour pondre une telle macabrerie.

Les deux hommes restèrent plusieurs minutes sans parler, laissant la radio envahir la salle du café qui empestait le tabac froid. La patronne s'était retirée pour routrouiller dans sa cuisine. Un vieux chat gris décati dormait dans un renfoncement du bar, sur une chaise paillée que ses griffes semblaient apprécier. Vers onze heures, un flot de gens vêtus de noir et de cirés sortirent têtes baissées de l'église Saint-Wulphy. Des parapluies multicolores s'ouvraient les uns après les autres quand déjà le vent menaçait de les emporter. Certains paroissiens coururent se réchauffer ici, rompant l'ambiance apaisée qui y régnait auparavant et couvrant d'un seul coup toutes les vitres de buée. Il s'était mis à pleuvoir un petit crachin glacé. Des vieux reniflaient, toussaient, raclaient leurs gorges.

– Tiens, regarde Maurice ! Là ! V'la le corbeau freux dont j'te parlais qui sort de l'église ! Regarde-moi ça. Ça dit ni bonjour ni au revoir à personne ! Ça vit dans sa frousse, ça se méfie de tout et de la terre entière. Ça fait confiance qu'à sa téloche ou à son poste de radio.

– T'oublie son journal, ajouta le journaliste.

– C'est vrai. Ça me permet de la voir et d'te dégotter des infos, mon cochon ! Elle vient, elle tire son canard, elle passe devant les clients. Rien à foutre ! Elle est méprisante à vomir. C'est même drôle qu'elle ait voulu me causer de ses misères. J'étais en train d'arranger mon rayonnage de librairie, j'm'attendais pas à la voir débarquer. Je m'suis essuyé les yeux tellement j'étais surpris... J'ai rien vu venir. Allez Paule, encore un vin chaud s'il te plaît et puis j'me sauve !

Puis il ajouta, se retournant vers Lobgeois :

– Et c'est pour moi, c'coup-là !

– Merci Max, t'es un frère.

– C'est rien va. Pour finir, je voulais te dire que je lui ai conseillé d'alerter les flics. Elle m'a dit comme ça que les cognes sont tous des vendus et qu'ils se dérangeront pas pour écouter ses salades. Je crois bien qu'eux aussi, ils la prennent pour ce qu'elle est : une vieille toupine.

– Ça, c'est une réflexion frappée au coin du bon sens et qui devrait faire plaisir à Carpentier ! L'Henri Serin de la gendarmerie !

Ils rirent tous les deux.

– Bon, soyons sérieux, Max. Tu crois que j'aurais plus de chances ?

– Sais pas moi. Faudrait p'têt y aller au charme.

Lobgeois posa son verre de vin chaud et ajouta en soufflant :

– Ben alors ça mon vieux ! Plutôt donner dans la jaquette flottante. Tu vois Max, j'crois bien qu'elle est pas mon genre et, de toute façon, je couche rarement le premier soir.

En deux temps trois mouvements, la vieille s'était éclipsée. Elle était tellement voûtée qu'elle avançait à la perpendiculaire, le bassin fossilisé, en angle droit, avec des gestes d'anguille inquiète. Son visage était fermé, dur et sec comme un vieux sarment. Elle était toute de noir sapée, les cheveux grisonnants impeccablement tenus dans une queue de cheval qui dépassait d'une capuche de fortune en plastique invisible, ainsi qu'aiment encore s'en affubler les dames d'un certain âge. Lobgeois la rapprocha d'une vieille professeur d'espagnol anti-franquiste qui frayait avec les peintres et qui offrait à ses élèves ce même visage buriné, d'une implacable raideur. Pourtant, dès qu'elle souriait, tout son visage s'illuminait d'un coup. Elle avait un petit quelque chose d'« Anna non » car c'était bien le genre de madre à traverser l'Espagne de Franco du sud au nord pour porter un gros pain doré à son fiston prisonnier des geôles phalangistes.

Max se leva brusquement de sa chaise et tendit sa main en direction de Lobgeois qui la lui serra.

– Bon allez, *adé*. À bientôt Maurice !

Le journaliste accompagna son ami du regard, tandis qu'il regagnait au pas de course son magasin de la rue du Colonel Tétard. Max c'était une autre figure de Rue, un garçon au cœur d'or, la quarantaine bien entamée ; un petit homme effacé derrière de fines lunettes, la gentillesse incarnée, pas bégueule pour deux sous, rien qui puisse l'assimiler aux us et coutumes des gens qui peuplent la noble corporation des libraires. Chez lui les livres, on pouvait les toucher, les ouvrir, les palper, les sentir sans qu'il vienne vous coller aux basques avec son air inquisiteur de pisse-froid distingué par quelque société savante. Max c'était pas du tout ça. Les bocaux à bonbons plantés devant sa caisse, entre les revues locales, les tables des marées et les jeux à gratter, c'est souvent qu'ils s'ouvraient pour les gamins qui les dévoraient des yeux. Ce gars-là, c'était un commerçant qui n'avait pas oublié qu'un jour aussi, il avait été gosse ou encore un lycéen qui n'avait pas les moyens de se payer un livre. C'est encore lui qui avait aiguillé Maurice vers l'*Écho* lorsque celui-ci cherchait un job et que le journal recherchait précisément un localier sachant conduire, photographier et écrire. Ils étaient devenus de grands amis. Instinctivement.

– Tu verras bien qu'un jour, je vendrai mes bouquins dans ta boutique. Avec la thune qu'on se fera, on ira manger chez Mado, au Crotoy, avec nos femmes !

Cette prophétie futile les avait fait marrer, comme le jour où ils s'étaient promis d'aller gariner ensemble dans les bois et par les champs. Mais le temps s'égrenait au compteur sans qu'ils aient pu se croiser en dehors de la librairie-papeterie-cadeaux qui domine fièrement la rue et la place de Verdun. Depuis vingt-huit ans qu'il trimait là toute la semaine, c'est tout juste si Max pouvait s'échapper quelques heures pour s'aérer l'esprit dans son verger ou prendre le temps d'écouter pousser ses arbres et son môme. De son côté, Maurice avait réussi à faire venir régulièrement les siens jusqu'à Rue, respectant à la lettre les clauses de son divorce. Son cœur battait la chamade chaque fois qu'il garait sa voiture devant la gare et que le long convoi métallique s'immobilisait le long du quai. Ils étaient là, penauds, fils et fille, avec leurs baluchons. Ils aimaient sa maison dans les bois et ils aimaient aussi Astrid, elle-même mère d'un adolescent bien bâti. Elle avait su gagner leur confiance, naturellement. Il goûtait avec eux ces moments de bonheur, maintenant qu'il était sorti épuisé de longues séances de justification que nul ne lui réclamait. Parfois, ses gamins lui manquaient tous les jours et le cafard le tenaillait ferme le dimanche quand, vers sept heures du soir, l'express de Boulogne-sur-Mer les ramenaient vers ce treizième arrondissement sinistré qu'il détestait.

– Fais bien gaffe à ta sœur, mon grand, surtout gare du Nord. Et surtout n'oublie pas : Ligne 7, direction Ivry ou Villejuif. Vous descendez à Tolbiac ou à Maison Blanche.

– Mais oui, p'pa…

*

* *

Vers midi, Lobgeois gagna la rue du Bastion depuis la place qui s'était vidée de ses autos, puisque la messe était dite. Il s'arrêta un court instant devant la maison du mort. C'était une toute petite bicoque de pêcheur grise, mal entretenue, qui jurait franchement avec les propriétés voisines que leurs propriétaires s'employaient à tenir avec un minimum de goût. La porte portait encore trace des scellés. Il était interdit de pénétrer là sans l'autorisation du juge. Il avait pourtant bien tenté de l'obtenir cette foutue autorisation, mais il avait dû rebrousser chemin. Le père Bunel avait perdu sa bonne humeur légendaire, son excitation autour de l'affaire aidant, l'affection qu'il nourrissait naguère à l'égard de Maurice s'était mue en une palpable irritation :

– Vous n'avez rien à faire chez Desaulnes, monsieur Lobgeois. Laissez travailler nos équipes. Je vous tiendrai au courant mais, de grâce, ne nous compliquez pas la tâche !

N'étant pas d'un naturel belliqueux, Maurice s'était contenté d'opiner du chef. L'accès à la baraque fermé, il ferait sans et c'était tout. À moins que son ami, l'adjudant Carpentier…

Il se planta bientôt devant la demeure de la mère Freux. C'en était une autre de baraque mal tenue, basse, d'un gabarit sensiblement équivalent à celle d'Henri. Elle aussi donnait directement sur la rue dont elle n'était séparée que par un trottoir ridiculement étriqué. Elle offrait aux regards curieux deux ouvertures et des volets d'un vert douteux qui avaient soif de peinture. Un peu de lumière était perceptible derrière les rideaux jaunâtres. Sur la boîte aux lettres rouillée et défoncée, on lisait un « FREUX » écrit négligemment au feutre épais noir et qui commençait malgré tout à passer. Maurice sonna. Il dut patienter trois bonnes minutes avant qu'une voix égrillarde s'enquiert de son identité et de ce qu'il voulait.

– C'est Max qui m'envoie. Vous savez le marchand de journaux de la place…

Silence. « C'est bon signe, songea Maurice, la vieille va me l'ouvrir sa cahute. »

Elle apparut sur le seuil de sa porte. C'était bien la même personne que celle qu'il avait aperçue à la sortie de la messe. Elle avait de grands yeux bleus, totalement exorbités, semblables à ceux que les varans de l'île de Commodo lancent à leurs proies à l'instant même où une langue immense va les saisir. Lobgeois en éprouva un long frisson qui parcourut son corps depuis le bas jusqu'au faîte de son dernier cheveu. La vieille dévisagea l'intrus des pieds à la tête, et lui lança d'un ton visqueux :

– Qu'est-ce que vous voulez ? Vous êtes un policier ?

– Non, voilà, je vais vous expliquer. Je m'appelle Lobgeois, Maurice Lobgeois. Je suis journaliste à *L'Écho de la baie*. J'enquête sur la mort de ce pauvre monsieur Des...

– Un journaliste ? Mais j'ai rien à dire aux journalistes, moi !

Elle lui lança un regard terrible avant de lui claquer sa porte au nez.

– Mais enfin Madame Freux, écoutez-moi ! C'est Max qui...

Il l'entendit se réfugier au fond de sa baraque en gueulant d'un ton si égrillard que pour un peu elle en aurait fait dégringoler une vitre :

– FOUTEZ-MOI la paix ! Vous m'entendez ? LA PAIX !

Une dernière porte claqua en souffrant. Le vacarme fit bientôt place à un silence lourd, interminable, définitif. Un coup de vent avait soulevé l'eau du bocal mais à présent tout était rentré dans l'ordre. La rue recouvra son calme ordinaire. Une, peut-être deux voitures frôlèrent le journaliste encore tout chamboulé par la scène que la mémé venait de lui servir. Il n'avait plus d'autre choix que de passer son chemin, vaincu. Il avait fait chou blanc, grand-mère resterait confinée dans sa trouille et ce n'était pas d'elle qu'il tirerait la substantifique moelle de son futur thriller local. Par chance, il salua un homme que l'altercation avait possiblement alerté et qui était sorti sur le pas de sa porte, machinalement, comme si de rien n'était, histoire de griller une sèche sans qu'on le prenne. S'il advenait que le vieux varan vînt à passer l'arme à gauche, il en serait quitte pour endosser le costard du parfait suspect.

« Manquerait plus qu'il me dénonce, celui-là ! »

Il regagna la place où il avait garé sa voiture, après être allé retrouver Max qu'il entretint de son insuccès. La réponse fut imparable :

– Quand je te le disais qu'c'était une vieille peau…

*

* *

Il était près de neuf heures du soir quand il rentra à Caumartin où Astrid l'attendait, les jambes offertes à la chaleur d'un feu de cheminée qui claquait plus que de raison. On cramait ce qui restait de peuplier. Lobgeois était rompu de froid et de fatigue. Bien entendu, son enquête n'avait pas avancé d'un pouce.

– Je vais croûter un peu et écrire mes articles pour demain…

– Quelqu'un a téléphoné, mon doux. Je n'ai pas eu le temps de décrocher. Il a laissé un message. Un certain Serge…

Lobgeois demeura interdit sur le pas de la porte qui menait au salon.

– Serge ? C'est bien Serge qu'il a dit qu'il s'appelait ?

– Lis le message, tu verras par toi-même. Sa voix est à peine audible. Dis Mo, pourquoi tu restes planté là sans m'embrasser ?

Maurice s'exécuta, la tête ailleurs.

Il ne connaissait que trois Serge : le premier c'était Serge Reggiani, l'éternel Manda de Casque d'or, le compagnon de route, l'ami de toujours, l'artiste loyal, total, engagé, enragé, tendre et féroce à la fois qu'il avait pleuré ce 23 juillet 2004 lorsque s'approchant des grilles du château de Régnière-Ecluse, l'autoradio avait annoncé son décès. Cette nouvelle lui avait fait l'effet d'un coup de tonnerre, un peu comme s'il venait apprendre la mort d'un parent proche, la disparition d'un oncle lointain auquel on tient comme à un fétiche, le type qui vous fait rire étant gosse ou pleurer adulte mais qui jamais, jamais ne vous lâche. Le cœur sans doute trop gros de ce vieux copain l'avait lâché et, depuis, il s'en était allé dormir pour de bon, de cette mort tant redoutée, au cimetière du Montparnasse auprès de ses parents et de son fils, sous cette dalle noire où Maurice lui avait souvent rendu visite.

Parce que Lobgeois était de ceux dont le cœur autant que l'esprit émargent à la chanson française (au fond, chacun sait bien que tout cela n'est en vérité qu'une affaire de culture et d'éducation), Lama était le second Serge de la liste. C'en était un autre d'artiste accompli, un funambule dont l'univers poétique avait bercé toute sa jeunesse et les grands coups de mélancolie qui avaient secoué convulsivement son passage dans le monde des adultes. Sa révolte sonnait différemment de celle de

Reggiani, mais il en appréciait une sincérité tout identique. Les deux fustigeaient à leur manière la bêtise d'une bourgeoisie caustique, pesante et provinciale mais toujours étriquée à force d'être suffisante. À côté de standards incontournables maintes et maintes fois ressassés, celui-là cachait des poésies apprêtées comme des bijoux fins, mais qu'il ne chantait plus lors de ses récitals. Ces chansons-là disaient en quelques mots, quelques couplets, en deux ou trois minutes, l'amour des femmes, la peur, les autres, la solitude et l'extraordinaire vacuité du monde. Reggiani, Lama, Lobgeois les aimait aussi parce qu'ils avaient un matin croisé la route d'une certaine Barbara et qu'elle les avait formatés au chant et à la scène ; autant dire qu'ils ne pouvaient s'égarer, autant dire qu'ils ne pouvaient qu'être des types intéressants, définitivement recommandables. Mais ce que Serge Lama avait de plus, c'est qu'il était bien de ce monde, si bien sur terre que Lobgeois avait eu la chance de l'interviewer dix mois plus tôt après un spectacle qu'il venait de donner à la salle des fêtes d'Abbeville. Souvent il se remémorait la scène, la peur panique qui l'avait étreint avant de lancer sa première question. Et s'il disait une connerie, une question déplacée, mal interprétée ? À Astrid, il avait plus d'une fois décrit par le menu la loge de l'artiste qu'étant tout gosse il était allé applaudir au Palais des Congrès de Paris. C'était une sortie organisée par le comité de l'entreprise où bossait son père. Toute la smala avait pris un car affrété par la compagnie, depuis le parking de l'usine jusqu'aux pieds de la tour de l'hôtel Concorde qui veillait déjà jalousement sur la porte Maillot. Ses parents sortaient peu en ce temps-là, mais pour une virée, ç'avait été une virée ! Une fête mémorable, depuis l'autobus jusqu'aux fauteuils grenats et ce rideau rouge épais, immense, qu'on avait tiré comme une vague avant que les musiciens n'entrent en scène.

Gamin, il avait éprouvé une sorte de trac lorsque la salle avait été plongée dans le noir, étouffant les dernières paroles, les derniers balbutiements, d'ultimes cancans. Serge Lama était entré en scène sous une salve d'applaudissements, drapé dans un costume tout blanc, accompagné par un orchestre frénétique. Il avait chanté une chanson a capella, sans accompagnement et sans micro. « Une île », très vraisemblablement. L'écho de cette voix, maltraitée par deux heures de concert résonnait encore dans sa tête, lui qui n'était désormais plus un enfant. Des jeunes femmes se pâmaient aux premiers rangs et gloussaient à l'entracte.

Trente ans plus tard, c'était le même homme qui l'avait entretenu avec affection pendant près d'une demi-heure, une longue écharpe noire nouée autour du cou. Lama avait chanté et enchanté son public pendant près de deux heures. Jamais on n'avait senti une telle connivence entre un artiste et son auditoire. Il fallait être de la race d'un Trenet, d'un Bécaud ou d'un Brel pour se le mettre ainsi dans la poche, à Paris comme à Abbeville. Maurice s'était glissé à travers les gradins, au beau milieu de jeunes et d'anciens venus « voir le chanteur ». Un petit vieux battait des mains en rythme et en chœur, les quinquets chavirés de bonheur, à croire que les « p'tites femmes de Pigalle » avaient réveillé son quotidien maussade. Le concert terminé, Lama avait pris le temps de signer des centaines d'autographes à des fans qui faisaient le pied de grue, simplement pour l'apercevoir, le féliciter, lui offrir des babioles, pour l'embrasser ou lui serrer la main. Il s'était prêté de bonne grâce et sans ostentation au plaisir de ses admirateurs. Loin de l'éprouver physiquement, ce contact avec les autres le rassérénait. Maurice l'avait interrogé sur sa vie, sur des textes qu'il connaissait par cœur et qui, année après année, mûrissaient aussi bien que des grands crus. De l'impressionniste « 15 juillet à cinq heures » au très nihiliste « Et puis on s'aperçoit », le journaliste intimidé s'était vite effacé derrière l'admirateur total du Lama des premiers comme des derniers succès. L'artiste généreux l'avait compris et le lui avait rendu. Ils s'étaient quittés d'un sourire complice.

– Bonne chance, monsieur…

– Merci Serge, merci pour tout. J'ai de quoi faire un chouette papier !

Puis Maurice était rentré chez lui, emportant un programme dédicacé qu'il avait posé sur une étagère de son bureau comme on tient au chaud une relique ou un objet précieux. Un « Pour Maurice, Soleil. » envahissait toute la page de garde. Depuis, les néons de la salle s'étaient éteints, le spectacle était terminé et le public était rentré chez lui comme il était venu. Quant à Serge Lama, il était reparti sur les routes, comme les comédiens, les magiciens et les musiciens d'Aznavour, fredonnant ici et là les couplets de « L'Algérie », cette chanson immense qui avait pétrifié la salle caressée par les rayons mauves de l'éclairagiste et par les élans retenus de l'accordéoniste.

L'autre Serge, le dernier, était un vieil ami dont il avait depuis longtemps perdu la trace. Ce ne pouvait être que lui. Il écouta et réécouta le message qui semblait sourdre de l'autre côté de la terre. C'était une voix rauque, affaiblie, méconnaissable. L'homme qui se rappelait à son souvenir devait être fort âgé ou passablement atteint d'une maladie respiratoire. Ses mots étaient hachés, péniblement lâchés, comme autant d'efforts suprêmes. Lobgeois griffonna les dix chiffres sur un coin de magazine et composa immédiatement le numéro suggéré. Il fut tout étonné de se retrouver au secrétariat d'une maison de repos réputée de Berck-sur-Mer. On le fit patienter et, quelques longs instants après, le téléphone sonna à nouveau dans le vide. Lorsque revint une voix, cette même voix.

– Oui ?

– Serge Hégeney ?

– Qui… Qui me parle ?

– C'est moi Serge. Maurice. Maurice Lobgeois. C'est bien moi que tu as cherché à joindre ?

– Maurice. Enfin…

De longs instants s'écoulèrent sans que nul n'éprouve le désir de parler. L'émotion était là, posée entre eux deux. Elle parlait pour eux, barrant les poumons de l'un, serrant la gorge de l'autre.

Lobgeois ne s'était pas trompé. La voix du téléphone était celle d'un homme en souffrance, la voix d'un malade certainement en fin de vie, la voix cassée de quelqu'un qui veut, à quelques jours de l'échéance, rassembler quelques bribes éparpillées de sa vie, un type qui veut faire le point, régler quelques affaires urgentes, s'élancer dans un dernier tour de piste et puis… basta.

– Serge. Où es-tu ? Qu'est-ce que tu fous à Berck ? T'es donc plus sur Strasbourg ? Où sont ta femme, tes enfants, ta famille ?

Ses questions affolées demeurèrent sans autre réponse que le souffle ténu d'une respiration définitivement atteinte. Il en fut ainsi durant plusieurs secondes, puis :

– Attends… Je suis ici pour me soigner… Un cancer, une saloperie… Je vais y passer… pas un pli… bientôt. Tu sais, j'avais envie de te revoir. Depuis qu'on s'est perdus… J'ai eu une sacrée veine. Je suis tombé par hasard sur un journal où j'ai lu ton nom. Je me suis dit qu'un Lobgeois, qu'un Maurice Lobgeois de ton espèce, y'en avait pas à tous les coins de rue. J'ai voulu te revoir alors, tu sais c'que j'ai fait ?

Sans attendre la réponse, dans un élan pathétique de souffrance, il poursuivit :

– Alors j'ai téléphoné à Abbeville. Ils m'ont donné ton numéro… J'ai appelé. Tu m'en veux pas, dis ?

Décontenancé par la question, Lobgeois bredouilla une réponse, tandis que Serge se déchirait la poitrine en toussant :

– Bien sûr que non Serge, t'es pas con, non ? répliqua-t-il, du ton volontairement et niaisement optimiste de celui qui veut réconforter un malade sans croire un commencement de seconde aux salades qu'il lui sert. Allons mon vieux frère, j'suis bien content tu sais ! J't'avais perdu mais pas oublié…

– J'aimerais t'revoir, Mo… Avant d'crever, j'voudrais bien t'revoir !

Nouvelle quinte de toux prolongée. Autant de coups de poignards.

– Attends Maurice… Excuse-moi, mais si tu savais comme je morfle avec cette saleté…

– J'comprends, Serge… Sacré vieux voleur d'âme… Tu te souviens que j't'avais surnommé Tchitchikov ? LE Pavel Ivanovitch Tchichikov de Gogol…

– T'étais dur… Moi j'étais croque-mort… fallait bien gagner sa vie… À défaut d'âmes, j'devais préparer les corps pour le cimetière… Un mort récent, c'est un vivant qui s'est oublié un peu vite : ça pisse et ça fait sur soi… c'était toujours pour ma pomme. Aux autres les gants blancs, la camionnette et la tronche de circonstance pour la famille. Moi j'avais le défaut d'être le dernier rentré, tu comprends ça, Mo ?

Un long silence se fit à nouveau. Le séjour s'emplit de cette respiration fragile que l'ampli du téléphone transportait partout sans savoir où la déposer tellement elle était lourde. On eût dit qu'elle s'en allait mourir dans le crépitement des flammes de la cheminée. Astrid s'était levée, intriguée par cette voix venue d'ailleurs, abandonnant son livre sur un guéridon. Elle s'était approchée de Maurice, qui se tenait concentré, dans une pose quasi-mutique, les yeux remplis de larmes. Elle lui serrait le bras, de plus en plus fort, pour le secourir. Assise à même le carrelage froid, elle offrait le regard lourd de celle qui comprend qu'à cet instant précis, l'autre vit un moment douloureux ; une émotion d'autant plus intense qu'il ne l'espérait plus, un moment impossible à dire ou à décrire, un moment à la limite de l'insensé, quelque chose qui renvoie à des souvenirs anciens, heureux ou malheureux sur lesquels nul n'a de prise et rien à réclamer. Parce que le passé de chacun n'appartient qu'à lui seul, il en fait ce qu'il veut, il s'en arrange, jour après jour. Astrid elle-même avait son jardin secret, un entrelacs de chemins et de travées où Maurice ne pénètrerait jamais, fût-il son dernier amant, fût-elle son égérie.

C'était un jardin fait de souffles épars, de regards partagés, de rires et de sanglots, de baisers volés. Elle mourrait à demeure, dans ce jardin dont elle aurait préservé l'éclat et le parfum des fleurs, le chant languissant des souvenirs, les meurtrissures et, finalement, toutes les joies de sa vie, infimes ou immenses. Envers et contre tout.

– Je suis à Berck, Maurice… Viens me voir… faut que nous parlions.

– C'est dit, Serge. Je viendrai dès demain matin… Fais l'effort de dormir un peu maintenant… S'il te plaît, mon vieux…

– Je vais essayer Mo, avec la morphine…

Serge avait raccroché maladroitement le combiné, sans doute emporté d'épuisement par une nouvelle quinte de toux. Quant à Maurice et Astrid, ils étaient restés longuement ébahis, noyés dans le silence et la pénombre du salon, l'un sur le fauteuil, l'autre la tête posée contre la jambe de son amant, les bras posés sur ses genoux. C'est lui qui le premier rompit la quiétude des lieux. Il se mit à parler, lentement, doucement, de Serge Hégeney, comme s'il se fût trouvé en sa présence et qu'il voulait respecter son sommeil :

– Je n'en reviens pas, Astie… Serge, bon Dieu… Je l'ai rencontré à la fac ou, pour être plus précis, dans un restaurant universitaire où nous soupions régulièrement avec d'autres copains. Y'a plus de vingt ans de ça. Nous avons fait connaissance comme ça, presque machinalement. J'allais dire comme toujours. C'est un drôle de truc l'amitié tu sais, un truc encore plus curieux que l'amour. On ne sait jamais trop par quel miracle ça se construit ou ça se détruit. Ce qu'on sait en revanche, c'est que lorsqu'elle meurt, les dommages collatéraux sont immenses. Quand elle meurt dans l'indifférence, c'est qu'elle n'aurait jamais dû naître, que les dés étaient pipés ou bien qu'on l'a laissée mourir bêtement, comme un feu sous la cendre. Ce fut sans doute notre cas à Hégeney et moi. Oui, parce qu'il s'appelle Hégeney, Serge Hégeney. J'crois bien qu'il porte le nom d'un patelin d'Alsace, tout près de chez lui. À tous les coups, il a dû se payer un ancêtre abandonné sur les marches de l'église de ce bled. Et comme il aura fallu lui donner un patronyme…

Lobgeois s'extirpa du sofa et revint de la cuisine avec une assiette et deux verres d'un mauvais cidre :

– Serge, c'est un autodidacte, un vrai. Un mec qui s'est construit une culture immense, comme ça, au fil du temps. À l'époque de la fac, son truc à lui c'était la psychologie et la psychanalyse. Il était là-dedans à fond. Moi c'était plutôt la géographie et l'histoire. À la croisée, le combat politique et la philosophie permirent un rapprochement et des compromis faciles. Ils ont nourri notre amitié de célibataires. Serge a construit ses études et sa carrière en multipliant les petits boulots : maçon, croquemort, marchand des quatre saisons. C'est un type courageux et j'crois bien qu'il a tout fait dans sa vie. Il nous en remontrait à nous autres, les fils à papa, les petits bourgeois qui lisions *Le Matin de Paris* ou *L'Obs*. Avec nos mains propres. Nous étions socialistes pour les uns, cocos pour les autres. Un anarchiste se frottait quelquefois à nos débats, avec un certain dédain dans la voix. Il avait une gueule à la tangente, complètement lardée et des piercings partout, une vraie tronche à faire peur à une couvée de singes ! Ce mec-là, c'était une vraie passoire à bière et à U2. Nous on s'inventait un monde nouveau sans avoir seulement jamais bossé, le genre de rêve de petits sociaux-démocrates boutonneux. Quand j'y pense aujourd'hui, j'en ai la gerbe aux lèvres ! Comment j'ai pu être aussi naïf bon Dieu ? Dire qu'on avait des idées sur tout ! On se croyait en rupture de ban totale avec nos aînés, alors qu'on suivait leurs pas sans broncher. On n'était pas des violents non, tout juste de grands enfants pas bien futés, à peine un peu plus excités que les autres, mais toujours bien intentionnés, propres sur nous. Nous parlions des « malheureux », de la « classe ouvrière », sans rien en connaître du tout. C'était l'époque de la première cohabitation, on avait cassé la gueule au projet Devaquet, sans seulement en avoir jamais lu une ligne ; on croyait que Chirac était un dangereux fasciste et j'te parle pas de Pasqua avec ses motards voltigeurs ! Comme il était sensiblement plus âgé que nous – il doit approcher la soixantaine à l'heure qu'il est –, et que l'existence lui avait fait durement payer le goût de sa pitance, Serge nous observait d'un sourire amusé, sans doute ironique, mais jamais méchant. Il aurait pu phraser, nous envoyer sur les chantiers où il avait charrié des sacs de vingt, trente ou cinquante kilos de ciment, nous expédier d'un coup sur les chaînes de Flins ou de Creil, rien que pour nous apprendre un peu la vie à nous qui n'étions que de petits étudiants besogneux. Il n'en fit rien et ça, vois-tu, ce fut sa grandeur. Au lieu de ça, il nous protégeait. Le peu qu'il avait, il le partageait. C'était un sacré type, bordel ! Un grand bonhomme, un puissant. Hégeney fut longtemps mon seul ami, un frangin de presque vingt ans de plus que moi. Pour un peu presque un père. Avec lui j'ai milité chez les socialos, du temps où Tonton nous encorniflait déjà bien profond. Là, je peux te dire qu'on en a passé des nuits à coller des affiches, à éviter les coups qui pleuvaient pendant les campagnes électorales. Au petit jour, rincés de fatigue et de froid, nous sifflions des litres de café trempé de pain frais et de charcuterie. Parfois, quand on rentrait et qu'on avait pris des coups sur la gueule, ma mère nous engueulait en entonnant du mercurochrome. Mon père ne disait rien, ça lui rappelait ses jeunes années chez les cocos. Et puis du reste on s'en foutait bien puisque des coups nous, on en donnait aussi. Sergio m'a même appris la castagne ! Tu te rends compte ? Moi qui avais peur de mon ombre ! Tous les deux, on ressemblait à Poupousse quand il gueule au carreau le matin. Bon sang, combien de tracts on a pliés, distribués, combien de fois on nous a vus croiser le fer avec nos adversaires gauchistes sur les marchés ! Combien de fois on est ressorti amers des réunions sous prétexte que les élus en place se méfiaient de nous et qu'ils craignaient un putsch dès qu'ils ouvraient un peu leurs portes ? Cette paranoïa excessive de nos cadors nous frustrait. Nous n'avions que le droit de nous taire et de nous colleter la sale besogne. Et, quand nous nous révoltions, nous risquions le procès stalinien et l'exclusion ce qui ne manqua pas d'arriver, au lendemain de cette saloperie de congrès de Rennes.

Astrid s'amusa au léger sourire nostalgique qu'elle lisait sur le visage éprouvé de Maurice. Jusqu'alors, seules les chaudes lueurs du feu l'avaient éclairé. Elle l'observa entonner lentement son verre de cidre et reprendre calmement son récit :

– Serge est alsacien, mais je crois qu'il y avait un peu de famille ici, en Picardie. J'en suis pas si sûr à vrai dire, je ne sais même pas pourquoi je te parle de ça. Il s'est jamais vraiment étendu sur ses origines et moi, de mon côté, j'ai jamais fait de son passé une source de questionnement. Je sais qu'il s'est marié deux fois après que nous

nous soyons perdus de vue et qu'il était éducateur spécialisé, « éduc-spé » comme on dit dans leur jargon. Ensuite, on m'a dit qu'il était devenu directeur d'un établissement spécialisé pour enfants difficiles, près de Verdun ou à Verdun même si je me souviens bien. Après ça il a dû repartir chez lui, dans un patelin des Vosges du Nord avec des vignes. Tout ça après avoir roulé sa bosse en Picardie, en Lorraine et en Champagne. L'ancien croque-mort, l'ancien petit saute-ruisseau de Lembach a fini par devenir un notable. Ça vois-tu, j'suis certain que ça a dû le gaver grave, le Serge ! Les sauteries du Rotary avec des pinardiers obèses et pontifiants roulant en Mercedes, ça n'a jamais été trop son truc ! Il s'est fait tout seul, rien qu'à la force du poignet. J'connais pas un bosseur pareil ! Serge, c'est un type du tonnerre de dieu ! Un dur à cuire fatiguant, avec des principes parfois un peu compassés, limite chiants. Privilège de l'âge, l'expérience comme on dit. J'suis pas surpris qu'il les paye à présent tous ces efforts. Après la fac, la vie a séparé nos chemins après cinq ou six ans d'une franche camaraderie. Nous nous sommes revus, de loin en loin, jusqu'à ce que nos routines nous éloignent durablement l'un de l'autre. Tu sais Astie, on se dit toujours entre copains qu'on se reverra, alors on s'écrit une fois, deux fois et puis un beau jour, on a tellement pris de retard pour écrire des banalités en réponse à d'autres banalités, qu'on s'abstient et qu'on finit par avoir honte de renouer contact. On se dit qu'on essaiera, aux premiers jours de janvier, quand revient l'infâme temps des vœux et qu'on espère qu'il y en aura bien un plus courageux que l'autre qui décrochera son téléphone pour appeler. Finalement, à être trop velléitaire, on finit par se perdre. C'est fatal, remarque bien. Aujourd'hui que Serge réapparaît, je me dis que c'est peut-être pour peu de temps et que tout ce que nous avons manqué depuis, on le retrouvera pas. Ah, si on était restés en contact, peut-être que tout ce que nous avons vécu chacun de notre côté ne serait jamais arrivé... En tout cas, j'suis bougrement content qu'il soit encore en vie.

Le lendemain, alors que l'aube commençait à poindre et qu'Astrid dormait encore, Lobgeois relut plusieurs fois l'article qu'il venait d'écrire. Il ferma en soufflant le petit cahier bleu horizon où il couchait ses notes, puis il s'avança jusqu'à la fenêtre de son bureau. Il n'avait quasiment pas dormi et luttait contre le froid qui minaudait autour de son grand corps endolori. L'appel de Serge était une sorte de résurrection aux heures comptées. Les yeux perdus sur la pelouse et la lisière de la forêt, son esprit, son cœur furent subitement envahis par un flot de souvenirs qui remontaient à la surface. Ce fut comme un trop-plein, une sorte d'inondation. Où donc étaient-ils remisés tous ces foutus souvenirs pour s'inviter à cette heure avec tant de culot et de désinvolture ? Ils étaient là, pour ainsi dire depuis toujours, intacts, pour un ami, un vieil ami qui revenait alors qu'il l'avait pour ainsi dire enterré ! Peut-être que demain, étant donné l'état dans lequel il devait se trouver, il l'enterrerait tout court ! Sauf que ce serait pour de bon cette fois ! Cette pensée morbide lui arrachait les tripes à présent. Tout ce temps, c'était autant d'années gâchées, autant d'instants perdus, de rires, de pleurs, de confidences essentielles. Le temps avait passé et le sable ne remontait jamais le cours du sablier. Avaient-ils été assez cons l'un et l'autre pour se perdre ainsi de la sorte ! Serge était de retour, c'était dit ! C'était bien lui l'ami Serge qui aimait les femmes, la bonne chère et les vins fins, le petit rondouillard aux yeux égrillards, un peu sourd, le frère à la parole rare, mais concise, ferme, définitive. Il était en train de perdre son souffle, dans une chambre médicalisée de Berck, à pas trente bornes d'ici et, pour un peu, il y serait mort sans qu'il n'en sût rien !

Il prit sur le bureau une photo qui les représentait tous les deux aux côtés de Michel Rocard. Cette photo, sacralisée par un cadre en acajou, faisait à ce point partie de son quotidien qu'il n'y prêtait plus vraiment d'attention. C'était une relique comme une autre, la marque d'un temps enfoui, un objet du passé auquel on tient par principe et sans lequel la pièce où on le destine resterait irréversiblement nue. Elle devait avoir été prise au cours d'un congrès où il ne faisait pas bon professer son admiration pour l'idole commune : du reste, rares étaient les congrès où la parole de Rocard, implacable iconoclaste, impayable parricide, était goûtée par la majorité des militants. Et c'était bien à cause de cet énième parjure, parce qu'un jour l'un d'eux avait publiquement insulté Lobgeois, que les deux amis avaient rendu leurs tabliers :

– « Enculé » ? Tiens donc ! Moi tu vois, même ça comme insulte, j'y aurais pas pensé, même pour mon pire ennemi politique ! Ça veut dire que mon parti ne respecte plus rien ni personne, pas même les siens ! Comme j'ai été suffisamment con pour pas m'en apercevoir plus tôt, alors j'ai plus rien à foutre avec des gens comme vous ! Vous faites du tort à Jaurès, à Blum et à Mitterrand que vous prétendez servir et vénérer, bande de pleutres, tas d'aveugles ! Moi qui croyais que Tonton avait écrabouillé les derniers molletistes, me voilà frais !

– Moi non plus j'reste pas, avait renchéri Serge, témoin de l'incident. Vous n'êtes qu'une bande de cons ! Vous crèverez tous avec vos certitudes ! Viens donc Maurice, on n'a plus rien à foutre avec ces toquards !

Depuis ce temps mémorable, ni l'un ni l'autre n'avaient remis les pieds dans une mairie ni même un isoloir. Encore moins dans un meeting.

*

* *

Maurice téléphona vers neuf heures à Serge. Il n'était pas à sa chambre. Une hôtesse l'informa qu'il venait de sortir, probablement pour l'hôpital où il recevait régulièrement des soins. « Qu'à cela ne tienne, j'irai l'attendre là-bas », se dit Lobgeois.

Il s'en fut donc à Berck. L'affaire Desaulnes attendrait son retour. Puisqu'il n'en voyait pas le bout et qu'à son habitude il commençait déjà à se décourager, à faire mine de tout plaquer, il se dit que ça ne mangerait pas trop de pain s'il prenait deux heures de son temps pour aller embrasser son vieux compère. Dehors, le temps ne s'arrangeait guère. La campagne des betteraves battait son plein pour quelques jours encore, des monceaux de plusieurs tonnes de marchandises attendaient sur le bord des chemins caillouteux que les grues, les camions métalliers et les tracteurs les conduisent vers les sucreries des confins du département puisque celle de Rue était fermée depuis longtemps. C'était un curieux va-et-vient d'engins, un ballet de mastodontes réglé à la baguette. Il croisa des bûcherons aux abords des forêts et un peu plus loin, quelques chiens de chasse trempés jusqu'aux os qui battaient la campagne loin devant, tenant maîtres et fusils à bonne distance.

Il fut à Berck aux alentours de dix heures. Il immobilisa sa voiture devant les grilles d'une vaste demeure bourgeoise datant d'avant les destructions, qu'on avait depuis peu transformée en clinique. Elle accueillait des malades à deux pas de l'imposant hôpital et de la mer grise qui se plantait tantôt à ses pieds couverts d'oyats, tantôt à marée basse à près d'un kilomètre de l'esplanade. La façade était flanquée d'un vaste bow-window qu'on venait à peine de repeindre et qui en imposait à toute la rue. La plage était déserte tandis qu'un vent fort frappait les dunes de la baie d'Authie. Deux ou trois caravanes égarées au milieu du camping n'en menaient pas large. On le fit patienter dans un petit couloir où il n'eut pas d'autre choix que de dévorer des revues périmées où il était question de préservation de sa santé, des méfaits du cholestérol et de la prévention du cancer du colon. Bonne chance les gars ! On vint le chercher une bonne heure après pour l'introduire dans la chambre de Serge qui venait à peine de rentrer de l'hôpital où il était allé passer quelques examens supplémentaires. Il était allongé sur son lit et, visiblement éreinté, il s'était déjà assoupi. Les stores avaient été baissés, de sorte qu'avec la pénombre, Maurice eut toutes les peines à reconnaître son ami. Il s'approcha de son chevet et s'adressa à lui à voix basse, presque inaudible :

– Serge ? C'est moi… c'est Maurice, ton pote Maurice Lobgeois.

Hégeney ouvrit les yeux. Il parut d'abord ne pas reconnaître Lobgeois, mais, par quelque effort surhumain il ouvrit la bouche, d'abord pour tenter un sourire, puis pour prononcer un mot. Vaine tentative. Sa respiration était plus chaotique encore que la veille. Maurice eut un mouvement de recul : l'homme qu'il avait face à lui n'était pas celui qu'il avait connu jadis. Celui-là avait trente ou trente-cinq kilos de moins ; ce visage émacié, creusé de rides profondes, ne rappelait en rien la rondeur joviale de l'épicurien amoureux, du temps de leurs folles années de militantisme. Il portait des vêtements anciens, sans goût, comme s'il avait atterri là, par hasard et tout seul. On aurait dit un oiseau blessé qu'on avait ramassé quelque part dans une rue de la ville et que, faute de mieux on avait apporté là, dans cette chambre où personne ne paraissait pressé de venir le récupérer. Un oiseau à qui la chimiothérapie venait d'arracher ses dernières plumes.

Lorsqu'il rouvrit les yeux, Serge esquissa un sourire cassé qui lui coûtait.

– Maurice, mon vieux… comme ça fait longtemps. J'ai bien cru…

Les yeux de Serge retrouvaient un semblant de vie. Lobgeois prit sa main dans les siennes et lui sourit :

– Ne parle pas. Je suis là. Je t'abandonne pas…

– T'as pas beaucoup changé, toi…

Plusieurs minutes s'écoulèrent sans que les deux amis éprouvent le besoin d'échanger inutilement deux ou trois phrases de circonstance. Ils vivaient un moment étrange, immense sans doute, dans la tristesse d'une chambre anonyme qu'éclairait un lumignon blafard planté au-dessus du lit. C'était un silence coupable, un long silence de mort pour ces deux hommes qui avaient laissé mourir leur amitié et que la probable disparition de l'un ramenait l'autre aujourd'hui à son chevet pour un nouvel acte de contrition. Le dernier.

– Je suis malade Maurice, tu sais. Je sais pas si je reverrai l'Alsace un jour… Ou bien ça sera les pieds devant…

– Dis pas n'importe quoi, Serge. Quel que soit ce que tu trimballes comme saloperie, je suis sûr que tu vas t'en sortir. T'es un pic, t'es un cap, t'es un roc ! Et puis tiens : j't'aurais pas reconnu avec ton look de jeune premier. À croire que t'as collectionné les régimes ?

– Oh non, ça c'est mon premier cancer. Y'a quatre ou cinq ans. À l'époque déjà, j'étais sans nouvelles de toi. Je m'étais promis de te recontacter dès que je serais tiré d'affaire et je l'ai pas fait…

– T'avais pas envie, Serge. Ou alors tu n'y as pas pensé. Ou encore pas l'temps. Regarde pas le passé et cesse de te justifier Sergio, parce qu'à ce jeu-là, j'suis aussi coupable que toi ! Allez, regarde devant, Serge. Il te reste encore de beaux jours…

– Hein ?

– Ah oui, j'ai oublié que t'étais sourdingue ! Change d'oreille, grand-père ! J'te disais de penser au futur au lieu de regarder derrière toi. Il te reste encore de beaux jours !

Haussement d'épaules de l'intéressé.

– Tu crois ça, toi ?

– Mais oui, j'en suis sûr, Serge !

Maurice se releva du bord du lit sur lequel il s'était assis. Il voulait lever un coin du store pour qu'un rai de lumière envahisse la pièce et éclaire le visage de son ancien compagnon d'armes.

– D'ici je vois la mer… quand j'arrive à me lever ou qu'on m'aide. Le soir, je crois bien que j'entrevois les lumières de la côte anglaise. J'en suis sûr… Mes yeux me restent fidèles… À moins que j'invente un peu… Le temps est long ici tu sais… Ma femme est restée en Alsace. Je suis à la retraite depuis un an mais elle, elle travaille comme réceptionniste dans un petit hôtel de Strasbourg. J'ai pas voulu y crever à Strasbourg, je voulais avoir la paix et ici, on dirait pas à voir comme ça, mais on me soigne bien. Marisa essaie d'être là toutes les semaines… Elle prend le train, elle arrive ici fatiguée mais elle fait semblant de ne pas me le montrer… C'est facile pour personne, Maurice.

Nouvel épisode silencieux. Et toujours cette respiration pénible lardée de quintes violentes.

– Et toi alors ? demanda-t-il.

La question embarrassait Lobgeois :

– Oh moi… J'ai traversé les années. Des tempêtes, des éclaircies. Une femme puis une autre, trois mômes dont un est déjà reparti… J'suis un peu revenu de tout tu sais. Mes idéaux d'hier sont aux objets trouvés et personne va les réclamer pour moi. Moi tu sais, j'ai la flemme et puis… j'suis comme tout le monde, j'attends qu'ça s'passe…

Serge ne répondit rien. Lobgeois s'en voulut de cette dernière phrase qui claquait comme une provocation de mauvais goût à la face du moribond.

– Je peux pas respirer trop haut ou trop fort, répliqua Hégeney au bout d'un moment. Respirer, c'est du luxe pour moi. La plèvre. Ça doit dater du temps où j'étais maçon. Je m'en rendais pas compte à l'époque… J'étais jeune, j'avais peur de rien. Je trimais par tous les temps. C'est sûr que j'en ai vu passer des tuiles d'amiante... J'étais jeune et puis... j'avais faim aussi. Ah ça ! j'en ai bouffé de leurs saloperies ! Maintenant que j'ai à peu près réussi ma vie, je sens qu'on va me la reprendre... J'vais claquer bientôt... la bête est foutue...

Maurice ne répondit pas. Les lèvres pincées, il prit la main de son ami dont les yeux étaient clos à présent. Il posa discrètement sur la table une plaque de marzipan dont il le savait friand, ainsi qu'un opus de Cendrars auquel il tenait. C'était un exemplaire de *La Main coupée*, une vieille édition de chez Denoël où le Blaise trônait en photo avec une certaine insolence, sa vareuse sur le dos, le képi légèrement renversé sur la caboche, une clope dans la main qui lui restait.

« Ce loustic de Vieil... », voilà comment débutait ce récit singulier. Par ces quelques mots simples. Maurice le connaissait par cœur. Il s'enhardit, promis de revenir d'ici un ou deux jours et, quitte à lui en faire la lecture, Serge ne s'en irait pas sans barouder une dernière fois avec les légionnaires de Cendrars près des étangs de la haute Somme, vers Frise, Curlu ou Suzanne. Sa main lâcha celle de son ami Hégeney qui dormait maintenant d'un sommeil apaisé. Elle se posa sur son front sans provoquer la moindre réaction. Puis, comme il s'apprêtait à sortir, une voix caverneuse, comme mourante, le rattrapa au collier :

– C'est injuste Maurice... injuste... injuste.

Maurice détourna la tête, fit un signe affirmatif et, sans un mot, referma doucement la porte sur lui. Une brise fraîche le cueillit à froid sur le palier de la maison. Il pressa le pas jusqu'à sa voiture. Là, loin du monde et du tumulte de la ville, il sanglota dans ses mains.

*
* *

Il n'éprouva guère le besoin de s'attarder à Berck, cette ville populaire où d'ordinaire il aimait tellement traîner les cafés et la boutique de son ami bouquiniste. Il ne rechercha pas la foule. Elle était loin, de toute façon, la foule. Il fut pas sensible aux odeurs estivales de frites, de bière et de poissons qui vagabondaient dans les rues, oubliant que chaque été, des milliers de touristes venaient là, trop pauvres ou trop authentiques pour aller baver devant les vitrines du Touquet à reluquer des objets qu'ils n'auraient sans doute jamais l'occasion de s'acheter. Ces gens du cru venaient là, par centaines, par milliers, traînant des flopées de petits moutards et toute cette marmaille bigarrée déjeunait d'un rien, d'une crêpe, d'une gaufre bien arrosée de Chantilly, d'une coupe de moules, d'un ramequin de patates ou de glaces en cornets qui défient l'entendement humain. Tout cela lui était indifférent à présent, maintenant que les touristes étaient repartis et que la ville était rendue aux hôpitaux et à sa langueur océane. Il passa le plus clair du chemin qui le ramenait vers Rue à lutter contre l'irrésistible angoisse qui le tenait à la gorge. Jamais il n'avait eu aussi peur de mourir, jamais la fin imminente d'un proche ne l'avait approché d'aussi près. Il s'échina à reconstruire un passé où Serge n'avait jamais été ce vieillard blessé alité sur un lit de hasard, dans une pénombre qui ressemblait comme deux gouttes d'eau à l'antichambre d'une mort inéluctable.

Il entra dans la Somme aux alentours de onze heures, après avoir franchi l'Authie, laissant sur sa droite une petite route qui traçait sa cordée à travers les mollières et les bas-champs jusqu'aux portes de Fort-Mahon-Plage. Il ralluma instinctivement son téléphone portable et s'aperçut qu'on lui avait laissé deux messages. Il râla en rangeant son auto sur le bas-côté. Le premier venait de la boîte : une propriété avait été littéralement détruite par le feu dans une impasse du hameau d'Hère-lès-Rue. Jean-Noël, le rédac-chef, lui conseillait d'aller y faire un tour, oh juste pour voir, une photo ou deux, trois mots, clic-clac, c'était toujours ça de pris ! Le second message était signé Paul Carpentier, l'adjudant-chef de la brigade de Rue qui l'appelait pour lui signaler le même événement, bien qu'en des termes différents. La voix était empreinte d'une gravité que Lobgeois ne lui connaissait pas :

« Salut ma vieille ! C'est Carpentier ! Dis, passe donc faire un tour à Hère ! Un incendie. Avec un mort ! Encore un vieux par-dessus le marché. Sans doute le proprio. Retrouvé à moitié cuit dans son lit. Viens vite, ça pourrait t'intéresser d'autant qu'à mon avis, ça sent pas que le cramé. Je te laisse l'adresse (...) N'oublie pas : Hère-lès-Rue, pas Hère-les-Quend ! À plus ! »

*

* *

À la sortie du bourg de Quend, alors qu'il était en vue d'un vaste rond-point, il fut arrêté par un cordon de gendarmes qui verrouillait les accès à Hère, un hameau piqueté de petites maisons basses qui s'étirait à l'extrémité nord de la commune de Rue, entre bois, sablières et étangs. Le ciel paraissait s'éclaircir un peu. Maurice aperçut une longue colonne de fumée noire qui s'échappait au lointain d'une habitation dont l'incendie apparemment violent avait sérieusement éventré la toiture. Un gendarme le reconnut et lui ouvrit le passage, au nom de la liberté de la presse et, plus anecdotiquement, celle de circuler.

– Je viens de la part de l'adjudant Carpentier. Lobgeois, de *L'Écho de la Baie*…

– Ça va, passez, ils sont tous à environ un kilomètre cinq cents d'ici. Prenez à gauche au prochain carrefour. Soyez prudent, c'est un peu le chaos…

– Merci bien.

Hère était tout chamboulé. Tant de tintamarre d'un coup, c'était rarissime ! Ce n'était partout qu'allées et venues de flics, de badauds curieux à peine réveillés, habillés d'un rien, un ballet d'ambulances et de bagnoles banalisées. Le boulanger avait interrompu sa tournée, coupé le moteur de son Acadiane pour sortir jacasser avec deux ou trois habitués. Le procureur était déjà sur les lieux, flanqué sans doute du juge Bunel. Ils furetaient près de la petite maison de briquettes rouges où Fernand Priseur habitait depuis sa prime enfance. La présence sur les lieux de ces deux magistrats était déjà suspecte. Autant qu'il pût en juger en garant sa voiture, Maurice Lobgeois trouva au procureur Courrières une gueule des mauvais jours. Des pompiers s'activaient encore à éteindre le feu. Les murs carbonisés de la façade disaient la violence et la rapidité avec laquelle il s'était propagé. Le toit était crevé, une partie de la charpente s'était effondrée, le sol avait été léché de suie. L'odeur qui s'échappait d'entre les gravats était insupportable.

Maurice s'approcha, prit quelques photos avant que son vieil ami brigadier, celui-là même qui l'avait houspillé l'autre jour près du corps de Desaulnes ne se rappelle à son bon souvenir :

– Vous revoilà vous, satané fouille-merde…

– Pour vous servir. Invité par l'adjude Carpentier… Et puis de vous à moi, je préférerais « sacré » fouille-merde à « satané » fouille-merde. On m'a donné une bonne éducation…

– C'est bon, arrêtez vos boniments. Il vient de repartir à la brigade, votre adjudant Carpentier !

– C'est bien ma veine, tiens !

À défaut d'un poulet, il s'enquit des faits auprès d'un adjudant des pompiers qu'il avait croisé à plusieurs reprises lors de cérémonies officielles. Bergelin, c'était son nom, le reconnut aussi. Il lui fit un sourire de circonstance en le saluant d'une main mollasse, tout en continuant à gueuler des ordres à ses hommes. C'était un type entre quarante-cinq et cinquante ans, petit et trapu, le visage dur et noirci de suie, comme taillé à la hache.

– Comment ça s'est passé, chef ?

C'était une sale manie qu'avait Lobgeois d'appeler les gens par ce sobriquet ridicule. Il l'avait conservé du temps où il côtoyait chaque jour l'inspecteur d'Académie qui l'appelait aussi comme ça. Se mettre en position d'infériorité, quémander une information, un conseil, tout en n'en pensant pas moins, c'était sa petite ruse de chacal à lui ! Bergelin renifla d'un coup sec, s'essuya la bouche d'un rapide revers de la manche, et dit :

– On pense que le feu a pris par la cheminée de sa chambre, enfin j'veux dire, de ce qu'il en reste. Tout ça de la pièce principale jusqu'aux étages. Elle était complètement encrassée. Le vieux qui vivait là ne devait jamais la faire ramoner. On leur dit bien pourtant qu'il faut l'faire tous les ans.

– Des blessés ?

– Un mort oui vous voulez dire ! À vue de nez, asphyxié. À moitié carbonisé aussi. On vient de l'extraire de son lit. Il était pas trop beau à voir, ça non ! Déjà que vivant… On l'a fait transporter à Abbeville. C'est un type qui sortait son chien qui nous a alertés un peu avant sept heures ce matin. Il faisait encore nuit et puis faut dire que les premiers voisins sont plantés à trois ou quatre cents mètres de là, alors, pour porter secours dans des temps raisonnables c'est pas Byzance ! L'incendie a eu grandement le temps de se propager à toute la baraque. Faut dire aussi qu'au niveau confort, c'était pas vraiment ça non plus. Le vieux Priseur vivait dans la pièce du rez-de-chaussée. Moi, j'vous dis ça, mais j'en sais trop rien, c'est aux dires des voisins, parce que nous bernique ! Il nous laissait pas rentrer dans sa cagna, même pour lui tirer cent sous d'un calendrier à Noël, alors vous pensez bien que sa taule on la connaissait pas. Eh, dites donc les gars, ça pue méchamment l'essence ou l'fioul là-dedans. Allez donc voir…

Bergelin s'interrompit un instant pour allumer une clope, comme s'il n'y avait pas suffisamment de fumée dans tous les cieux environnants.

– Oui, j'vous disais que d'après les voisins, il n'y avait qu'une grande pièce qui faisait cuisine, salle, salle d'eau et chambre. Trente mètres carrés à tout casser. Et j'vous dis rien de l'installation électrique ni des systèmes de chauffage dans ces maisons-là. Apparemment, le proprio n'a pas eu le réflexe de sortir, d'autant qu'en plus il s'était enfermé. On a dû enfoncer la porte pour pénétrer dans la baraque... Quelle manie ils ont d'se barricader comme ça ! Faut dire que depuis la mort d'Henri, les vieux d'ici ils ont tous la trouille ! J'en ai même croisé un qui m'a dit tenir son fusil au chaud pour le cas où. « Qu'ils y viennent ces salopards, qu'il m'a dit comme ça, c'est mon plomb qu'ils auront dans l'cul et c'est pas l'mien qu'on f'ra tremper dans l'eau d'la Maye pour l'faire refroidir ».

Il rit de bon cœur de cette saillie qui, à l'observer comme Maurice savait désormais plutôt bien le faire, semblait résumer toute l'ampleur de la connerie humaine. Il haussa les épaules, remisa son casque sur ses oreilles et ajouta pour conclure :

– Ah mon Dieu, c'est qu'ils vont devenir complètement hystériques ces vieux si ça continue...

– Vous pensez qu'il pourrait y avoir un lien avec l'autre mort ?

L'adjudant marqua un temps d'arrêt, écrasa sa clope sous sa botte, haussa les épaules et reprit, d'une moue hésitante :

– Oh moi c'que j'en dis... C'est pas mon boulot ! Ça c'est le boulot de ces messieurs (il désigna alors un groupe de gendarmes en train d'effectuer les premiers relevés, photographier...), le mien vous savez, c'est juste d'éteindre les feux... Remarquez que c'est déjà pas si mal !

– Non mais attendez ! Si vous me dites que les vieux ont peur, c'est normal que je vous demande si…

– Ouais, ouais, bien sûr qu'ils ont peur ! Tiens, ma femme qui bosse à la banque, et bien elle m'a dit qu'depuis qu'Henri est mort, c'est fou ce qu'on voit revenir de papier monnaie sur les comptes ! Et vas-y que j't'ouvre des coffres pour y serrer Dieu sait quoi. Comme si ça suffisait pour qu'ils s'fassent pas suriner ou rôtir !

Lobgeois abandonna Bergelin, bien décidé à rejoindre ce qu'il restait de la maison pour en faire le tour et le photographier. C'est là qu'à sa grande surprise, il tomba nez à nez sur le juge Bunel qui, le voyant s'approcher d'un peu près du sinistre, alla à sa rencontre d'un pas vigoureux, voulant vraisemblablement protéger le procureur, franchement nerveux, de quelques questions intempestives dont il avait le secret.

– Bonjour Monsieur Lobgeois. C'est un incendie ! On va procéder à une autopsie dans les meilleurs délais, c'est tout ce que nous pouvons dire pour l'instant. Rien ne permet à l'heure actuelle d'avancer une thèse autre que celle de la malveillance ou de l'accident. Un pompier m'a parlé d'une odeur pestilentielle d'essence mais n'allons pas trop vite en besogne… Il appartiendra au procureur, sur la base des premiers éléments qui lui seront fournis, de diligenter une enquête et d'ouvrir une information judiciaire. Ce sera d'ailleurs le cas, j'en suis convaincu.

– Ainsi Monsieur le juge, vous ne faites pas de lien avec le meurtre d'Henri Desaulnes ?

– Mais pourquoi donc ? fit l'autre étonné. Pourquoi y aurait-il un lien avec la mort de monsieur Desaulnes ?

– Je ne sais pas, répondit Maurice, confus. Ça expliquerait la raison de votre présence ici. Si ce n'était qu'un banal incendie, ma foi... mais là, quelque chose me dit qu'il y a peut-être comme qui dirait anguille sous roche...

– Cessez, Monsieur Lobgeois ! Cessez immédiatement ! Vos propos suspicieux sont à la limite de l'outrage, surtout à cette heure, à cet endroit où nous venons de déplorer la mort d'un homme ! Qu'osez-vous donc insinuer ? Que la justice ne fait pas son travail ou qu'elle choisit ses victimes, comme dans une école, où on sacrifie toujours un ou deux mouflets sous prétexte qu'eux ou leurs parents ont une tête qui ne revient pas à leurs maîtres ? Vous devez savoir ça vous, vous qui en fûtes, naguère ! C'est incroyable ! Non mais, pour qui vous prenez-vous ?

Loin de s'attendre à ce coup de sang du juge, coup de sang dont cet homme, d'ordinaire plus urbain, n'était guère familier, Maurice fut d'abord tout déstabilisé, mais secrètement ravi de ce qu'il avait touché juste là où ça devait lui faire bien mal, au petit teigneux ! Il fallait le voir se débattre lamentablement, à la façon d'un chat tombé dans une bassinoire d'eau glacée. Il était pitoyable. Pitoyable dans son comportement avec les gendarmes, les pompiers et la presse, pitoyable pour l'air emprunté dont il usait envers le procureur. Sans compter que l'odeur des lieux l'incommodait et qu'il devait redoubler d'efforts afin de ne pas salir sa belle gabardine noire et le petit costard prince de Galles qu'il cachait par-dessous. Il piaffait d'impatience, plus têtu qu'un gamin gueulant, tapant des pieds devant un bocal de bonbons qu'il ne pouvait atteindre et qu'on aurait payé pour le gifler.

– C'est pas ce que j'ai dit, monsieur le juge, répliqua Maurice Lobgeois, ou alors c'est votre interprétation qui vous égare. Et puis, de vous à moi, vous savez bien que les gens d'ici risquent de le faire assez vite ce lien…

– Écoutez, répondit l'autre au comble de l'irritation, que les gens d'ici comme vous dites, fassent ou disent ce qui leur chante ! Moi je n'écoute pas la *vox populi*, monsieur le journaliste ! Ni dans la rue, ni dans les bistrots ! Je m'en tiens aux faits, rien qu'aux faits et aux indices que nos services récoltent sur le terrain. Je n'ai pas le temps de me perdre en conjectures ! J'ai le respect de mon métier et des gens qui, comme vous les voyez ici, m'aident à le rendre le plus efficace qui soit. Nous sommes des professionnels nous autres, pas des diseurs de bonne aventure ! Si information judiciaire il doit y avoir, c'est simplement parce que nous ne voulons négliger aucune hypothèse, un point c'est tout ! Ah, vous ne seriez sûrement pas les derniers, vous et vos pareils, dans le contexte actuel, à nous tomber dessus à bras raccourcis à la première négligence ! Oh non, surtout ne niez pas les faits : les contextes, les grandes peurs, c'est vous qui les faites et qui les entretenez, avec votre télévision, votre radio et vos journaux. Pas nous ! Voilà ! Monsieur le procureur communiquera ce soir les premiers éléments de l'enquête à la presse. Excusez moi mon cher ami, mais j'ai du travail…

Fin de non-recevoir. Droite, gauche, aller-retour, première classe, non-fumeur et côté couloir ! Bunel tourna les talons et s'en fut retrouver son procureur qui maugréait en regardant ses chaussures.

– T'es sans doute pas le dernier à faire le malin pour te faire reluire ou quand t'as besoin de nous, Ducon, maugréa Lobgeois piqué au vif et lançant au roquet un regard de défi qu'il ne vit même pas. Si tu savais ce qu'elle te dit la presse ! La vérité c'est que ça sent le roussi pour ta tronche et que si mes doutes se confirment, tu risques de finir ta carrière à Mende. Et crois-moi garçon, la Lozère ça serait encore trop beau pour ta suffisance, tiens !

*

* *

Dans la foulée, Lobgeois se rendit jusque chez Max qu'un client venait de tenir au courant des faits.

– Si j'connais l'Fernand ? Bien sûr que je l'connais. Enfin, comme tout un chacun. Fernand, c'est un gars du coin. Comme l'autre. Un type un peu pareil d'ailleurs en y réfléchissant : un chasseur, un pêcheur, un coriace, une brute. Un ancien bûcheron, j'pense bien. Un type que tout le monde connaissait à Rue. J'crois qu'il devait avoir le même âge qu'Henri, en tout cas il m'faisait l'effet d'être aussi sympathique et abstinent que lui. Pas de doute là-dessus ! À croire que l'bon Dieu est en froid avec ses saints…

– Et tu crois qu'il pourrait y avoir une relation entre les deux morts ?

– Holà ! T'emballe pas, Maurice ! Y'a rien qui t'dit que c'est un meurtre ce coup-là ! J'trouve que tu vas un peu vite en besogne…

– Sur place, on m'a dit qu'il était enfermé à double tour dans sa baraque, que toutes les issues étaient bloquées : tu trouves pas ça louche, toi ? Que le juge et le procureur soient déjà sur les lieux à piétiner comme des glands avec leurs chaussures du dimanche et un mouchoir sur le blaze pour pas être incommodés par les fumées de la baraque et par les vapeurs de carburant, ça non plus ça t'interpelle pas ?

Max se répondit pas, tout affairé qu'il était derrière sa caisse. Il n'avait visiblement pas songé à ça. Des clients allaient et venaient dans la boutique. Deux gosses plongeaient la main dans les bacs à bonbons. C'était une succession de « bonjour », de « ça va ce matin », de « merci » et « d'au revoir, m'sieurs dames ».

– Pt'êt ben qu'oui, pt'êt ben qu'non ! On finit qu'on sait plus trop… Qu'est-ce qui te dit que toutes les issues étaient bloquées ? Tu sais bien qu'les vieux ont la fâcheuse manie de s'enfermer et de planquer leurs clés dans leur huche à pain ou au fond de leur garde-manger. Y'a pas à chercher plus loin, tu sais. Et puis, j'vais te dire, la baraque au père Priseur, c'était pas un modèle. Un rapiat en plus, j'te dis pas, toujours à essayer d'te carotter trois quatre centimes d'euros ! Jamais vu pareil maqueux d'brun ! Une installation de chauffage défectueuse ça peut suffire à provoquer un drame…

Lobgeois tira du portant un exemplaire de *Libération*, le paya et sortit. Max le héla tandis qu'il entrait dans sa voiture :

– Au fait, Maurice ! Y'a ton pote Carpentier qu'est passé y a environ une petite heure. Il cherchait après toi…

Lobgeois sourit :

– Suspect n° 1 ? Déjà ?

– Ouais, ton compte est bon ! D'autant qu'avec deux morts sur les bras, une tentative de viol ou d'extorsion de fonds sur une vieille qui depuis me dit même plus bonjour, plus un procureur, plus un juge, il est pas près de suer sur un court de tennis avec toi… Le v'là compromis, lui aussi !

– Ben voilà ! Monsieur se lâche, môssieur fait son jaloux parce que j'ai des relations avec la maréchaussée…

– Oh, moi c'que j'en dis, c'est que tu pourrais peut-être trouver un peu d'temps pour jouer au tennis de table avec bibi ! N'oublie pas qu'c'est moi le président du club !

– Promis, juré, craché, Max ! J'y songerai lorsque le sadique aux vieux grigous sera sous les verrous. Avant j'peux pas, j'ai un métier moi : aller chercher dans les bistrots tout ce que nos magistrats ne sauront jamais ! La robe de dame Justice ne supporte pas les toilettes à la turque !

Dix minutes plus tard, Lobgeois poussait la porte de la brigade de gendarmerie, une grosse bâtisse plantée route d'Abbeville, à quelques encablures de la caserne des sapeurs-pompiers. Près de là, l'État, dans sa grande mansuétude avait érigé de coquettes habitations pour y loger ses dignes serviteurs. C'étaient de belles demeures, quoique assez exiguës, avec des murs de briquettes rouges que ces dames arrangeaient de fleurs en treilles, avec un luxe de raffinement. Il était là comme chez lui, depuis qu'il s'était fait un ami de l'adjudant-chef Paul Carpentier qui lui refilait un certain nombre de tuyaux pour ses enquêtes et ses papiers. Lorsqu'un fait divers de quelque importance dérangeait la douce harmonie du canton, l'*Écho* en avait toujours la primeur, sauf à être grillé par l'appel aux confrères d'un quidam en quête de célébrité journalistique ou télévisuelle.

– À moi Adjudant, deux mots ! gueula-t-il en pénétrant dans le hall de la brigade.

Il y eut un silence prolongé, jusqu'à ce qu'une jeune gendarmette émerge d'un couloir avec un gobelet de café qui manifestement lui brûlait les doigts.

– Comme c'est assez aimable de m'offrir un café, mademoiselle…

– C'est pour quoi ? répondit l'autre d'un ton sec qui disait assez convenablement son agacement face à ce tiers qui, nonobstant son uniforme altier, la traitait comme une vulgaire servante, mais aussi de paraître ainsi bêtement prise en faute. C'était une jolie blonde, avec des traits fins, ce qui est assez rare dans la gendarmerie. Elle pouvait avoir vingt-cinq ans, mais guère plus. Elle exhalait un parfum au muguet qui donnait au comptoir d'accueil un aspect plus avenant qu'à l'ordinaire. Elle était jolie certes, d'une fraîcheur un peu piquante comme le sont toutes les filles en fleurs un peu caractérielles, mais enfin ce matin-là, elle n'avait pas envie de sourire, voilà tout.

– C'est vous qui gueulez comme ça ? Où c'est qu'vous vous croyez ?

– Je viens voir l'adjud'…

Une voix s'éleva dans une pièce voisine :

– Oui, ben entre Maurice, entre, passe le portillon, je suis à mon bureau !

Le journaliste salua la jeune femme. Non contente de ne pas lui répondre, elle tourna ostensiblement la tête. Sûr qu'à la première occase, la fieffée boudeuse lui ferait payer cher ses pneus arrière usés ou son contrôle technique périmé. Immobilisation du véhicule, alcootest et tout le tralala ! On verrait bien alors, si la tronche éclairée par l'éclat de la lune sur son Famas, il continuerait à faire son mariole…

– Est-ce que vous contestez les faits, monsieur ? Allez-y, juste pour voir…

Le bureau du chef était une petite pièce carrée envahie par un bureau éclairé d'une lampe métallique vissée au plateau supérieur. Sur les murs, entre des étagères et une armoire béante, des affiches invitaient l'automobiliste à la dernière prudence, d'autres, plus alléchantes vantaient les mérites touristiques du département. C'étaient tantôt un champ de coquelicots en fleurs, tantôt des chevaux galopant sur une plage avec un coucher de soleil à faire pleurer les gens du Sud toujours prompts à railler leurs copains du Nord. Une vieille carte IGN de la baie, au 50 000e, veillait sur la tonsure de Carpentier. L'adjudant était un grand bonhomme qui portait bien sa cinquantaine sportive et bricoleuse, aussi bien dans ses baskets que dans ses charentaises, confortablement installé dans son sofa auprès de « maman » à regarder le policier du vendredi soir. Il avait des yeux bleus brillants et une large moustache à la Ferrat lui barrait le visage. Du haut de son mètre quatre-vingt-dix, l'adjudant en imposait à tous. Lobgeois le surnommait affectueusement Henri Serin, vu qu'il ressemblait comme deux gouttes d'eau au héros désabusé qu'incarne Jean-Pierre Marielle dans *Les Galettes de Pont-Aven*, à ceci près qu'il ne peignait pas, qu'il était heureux en couple et qu'il y avait beau temps que la vue d'un cul, fut-il digne d'un Courbet, ne le faisait plus frissonner… Il n'avait pourtant pas le cœur à rire ce matin-là l'adjudant, si bien qu'il commença par engueuler Maurice à qui il reprocha son entrée fracassante. Le second meurtre et la présence inquisitrice des deux oiseaux du Parquet lui causaient déjà bien du souci, sans qu'il en rajoutât avec son humour à deux balles cinquante.

– Non mais t'imagines, s'il y avait eu des gens…

– Désolé, répliqua Lobgeois en montrant d'un signe de la tête la jeune femme qui l'avait si mal accueilli. J'voulais rigoler un peu. Je sais bien qu'c'est pas la prison de Saint-Quentin ici… Seulement, permets-moi quand même de te dire que j'ai connu « femme d'honneur » plus amène ! Enfin, que voulez-vous mon adjudant, tout fout l'camp… Moi j'étais naïf, j'croyais qu'en entrant ici c'était comme dans la chanson (il se met à fredonner : « Quand un gendarme rit dans la gendarmerie, tous les gendarmes rient dans la gendarmerie… »)

– Ouais, c'est rien va, arrête donc tes salades et d'chanter faux, tu vas faire déborder la Somme ! Seulement fais quand même gaffe la prochaine fois, quoi merde ! (L'adjudant fait mine de rechercher en bougonnant un papier égaré sous son sous-main) Tu prendras un café ? Tiens, sers-toi, la cafetière est juste derrière toi, sur la table ronde. C'est la gendarmerie nationale qui régale.

– Trop d'honneur, vraiment.

Quelques secondes d'un silence gêné s'égrenèrent, le temps que Lobgeois jongle avec cuillère et sucre pour s'asseoir enfin en face de son compère.

– Alors, c'est devenu Chicago à Rue ? Que fait la maréchaussée bon sang ! À quoi servent nos impôts, ma bonne dame ? Qu'est-ce qu'ils branlent les musiciens ?

– M'en parle pas bordel ! Tiens, pousse un peu la porte (il baisse la voix qu'il a haute et grave). Bunel et le procureur sont sur les dents et derrière mes basques. De vrais pots d'glu ! C'est vrai qu'c'est moi qu'y ai commencé : j'ai dû les déranger au lit ou au bridge. Misère ! Ils s'attendaient pas à venir mouiller leurs pompes à Hère !

– Spirituel mon cher Paul, spirituel !

– Hein ! Qu'est-ce que j'ai dit ?

– Que tu t'attendais pas à ce qu'ils viennent mouiller leurs pompes à Hère (Une fraction de seconde) Pompe à air !

– Ah oui ! Oh mon Dieu, excuse-moi, j'avais pas capté ! Tu sais, je commence à fatiguer du carafon et j'ai pas trop l'esprit tourné vers la rigolade. Je roupillais déjà plus avec Desaulnes, alors pour m'arranger le tout on m'en rajoute un aujourd'hui, un dénommé Priseur…

– Qui c'est ce type ? Tu sais des choses sur lui ? Avec un nom pareil, il aurait pu être commissaire, tu crois pas ?

Carpentier se passa la main gauche sur le front et hocha la tête. C'était bien le moment de lui sortir des jeux de mots pourris ! Lobgeois attendit une réponse en sirotant son café, d'un regard malicieux. En pure perte.

– J'en sais pas plus que ce que les gens ont bien voulu m'en dire sur place. 80 ans bien tassés. Ruéen de naissance. Quelques bitures dégénérant parfois en esclandres, menaces de mort sur ses voisins pour des balivernes, des conneries de clébards qui aboient, des arbres pas taillés qui gênent la visibilité, l'ombre ou l'ensoleillement, rien de bien méchant au compteur. Célibataire endurci, mauvais coucheur, chasseur. Classique. Pas de gamin. Une campagne en Indochine, une autre en Algérie. C'est tout et ça ira bien pour l'instant. Bûcheron, agriculteur. La débrouille. Les combines sûrement aussi. Ah, j'oubliais ! Une sœur qui n'habite plus Rue mais un patelin dans l'Oise ou du côté de Montdidier, on m'a dit son nom mais je ne l'ai pas retenu. De toute façon, elle sera convoquée ou bien on ira pêcher sa déposition chez elle. Voilà.

Paul cessa son monologue pour entamer sa troisième tasse de café. Un mug à l'effigie de Mickey. Sans doute un souvenir d'Eurodisney.

– J'ai laissé les deux zigotos sur place. Il va falloir que j'y retourne une troisième fois. Peut-être qu'ils seront déjà repartis. Que veux-tu, ça a ses habitudes ces petites bêtes-là. Il faut bien que les sbires viennent leur assurer que tout sera fait pour qu'on fasse au plus vite la lumière sur cette affaire. Je vais être bon pour rédiger une note au Parquet dans l'après-midi. Le procureur réunit la presse à six heures.

– Tu crois à un lien entre les deux morts ? Personne ne semble vouloir s'avancer sur ce terrain-là.

– Sauf à vouloir donner dans le psychodrame et foutre le patelin cul par-dessus tête ! Pour ça, il faudrait interroger les mobiles, les relations entre ces deux bougres. On n'a pas affaire à des Apollon non plus. Pas trop friqués, un cercle de relations restreint aux chasseurs du coin ou aux joueurs de belote coinchée, ça fait pas bézef quand on y songe ! La seule chose qui les rassemble à vue de nez, c'est la génération, le sexe, l'origine géographique et un même dangereux penchant pour le vin rouge à trois sous. Maintenant, te dire qu'il s'agit d'une vengeance, d'un règlement de comptes ou de je-ne-sais-quoi d'autre, j'en sais rien à l'heure qu'il est ! (Il claque son bureau du plat de la main) La piste, c'est cette odeur d'essence sur les lieux ; c'est elle qui fout le procureur et le juge dans l'embarras, et j'te parle pas d'mézigue au milieu de leur embarras ! Ensuite, le premier crime : ce que je peux dire c'est qu'on n'a pas étranglé le père Desaulnes pour du fric ou pour tout autre chose. L'examen complet de sa baraque par les services de la Scientifique n'a rien révélé de probant. On est infoutus de savoir où il est mort. Si ce n'est que sa turne était grand ouverte. On croyait tenir une piste jusqu'à ce que les voisins nous disent qu'elle l'était toujours, sous prétexte qu'il n'y avait strictement rien à y voler. Mis à part une vieille télé et des meubles du plus mauvais goût… Les collègues en ont eu un mal à poser les scellés ! Le gendarme Beliet m'a dit que ça puait le phoque crevé là-dedans ! Tu vois, je suis pas sûr qu'avec l'épaisseur de crasse qui traîne un peu partout du sol au plafond, sur les murs, le frigo et la gazinière, des squatteurs s'y seraient installés. On a vérifié l'état des comptes : pas un rond d'avance. Pas débiteur non plus. On l'a enterré dans la dernière place qui restait au caveau de famille. Je suis pas certain que le compte courant ait couvert intégralement le montant des obsèques.

Carpentier stoppa son débit pour avaler ce qui lui restait de café. Lobgeois en profita :

– Et d'ailleurs Paul, si je puis me permettre, qui donc serait assez cinglé pour venir lui carrer le cul dans l'eau glaciale, en pleine nuit, pour un simple larcin, pour des nèfles, au risque d'être vu, voire d'être arrêté par tes hommes au carrefour de Lannoy ou de la Foraine ? Le voleur vole. Au pire, il élimine, mais ça c'est quand on l'attaque ou qu'on le surprend. Faut quand même qu'il y ait un enjeu, rien qu'un minimum. Si tu me dis que sa casbah était pourrie et qu'il avait pas un rond d'avance, même dans sa franc-comtoise, à quoi bon lui coulisser un bouillon de onze heures dans le gosier… ? Non, j'crois plutôt, au risque de me tromper, qu'un cambrioleur n'a pas trop le temps de donner dans la mise en scène. Surtout une aussi glauque. Le faisait-on chanter ce vieux lascar ? Qui ? Et pourquoi ? Et lui, est-il allé là-bas de son plein gré ? À entendre ceux qui l'ont connu, il était pas du genre « Guide du Routard ». Surtout quand il était murgé, un pas comptait triple, comme les mots au scrabble. Enfin, pour tout embrouiller, la même rivière coulait au bout de son jardin. Qu'est-ce qu'il s'rait allé foutre là-bas s'il voulait se supprimer ? Quand j'y pense, quelle chierie !

– Tu peux le dire, renchérit Paul, j'avais pas besoin de ça à trois ans de la retraite…

– Attends mon Paul, calme-toi ! Mais tu vas l'débusquer l'assassin ! Même que tu vas devenir un héros ! La presse parlera de toi et de tes hommes. Ça va finir en apothéose. (Un court instant de silence) Le ministre te citera en exemple, la larme à l'œil devant les caméras de préférence et puis roule roulette ! L'ordre du Mérite c'est si jamais tu clamses en mission, crois-moi ça fait cher le ruban ! Mais dis-moi : as-tu glané des infos plus précises sur Desaulnes ? Vous avez pu retrouver de la famille ? Interroger des parents, proches ou éloignés ? Y'avait pourtant du monde aux obsèques ! Qu'est-ce que vous foutez, nom de Dieu d'brun ?

– Oui mon grand, on l'a fait et on n'a pas grand-chose ! En fait de parents, c'est niet. On n'a repéré personne. Il avait une sœur sur Lille. Elle est morte depuis presque cinq ans. Mais c'est pas parce qu'on n'a pas trouvé de la famille qu'il en existe pas. On cherche toujours. Les voisins n'ont rien vu, rien entendu ! C'est quand même pas de pot que personne l'ait seulement aperçu depuis la sortie du café de la Barrière jusqu'à sa mort. Tiens ! Le peu d'infos que j'ai est là-dedans, dans cette enveloppe. Mais surtout sois prudent ! Ça, c'est sommiers divers et quelques touches des R.G. À consommer avec une extrême modération ! Et ça s'appelle reviens et, bien entendu, je veux lire les articles avant parution. Réglo ?

– Fais-moi confiance, Paul, ce sera réglo. Merci, t'es un chef. De mon côté, je vais te faire une petite note avec tous mes questionnements. Y'a quand même quelques trucs qui me chiffonnent dans ces deux affaires.

– Pas de soucis.

Sur ce, Carpentier se leva en claquant sauvagement le dossier de sa chaise contre le mur. Il toussa, ferma un store en pestant puis chaussa son képi qu'il avait posé devant lui durant l'entretien.

– Je serais pas étonné qu'il y ait un lien, ajouta-t-il en gagnant le couloir. Pas surpris non ! Je sors avec Belin et Beliet ! Gaëlle, on retourne à Hère ! Tu peux nous y joindre si besoin est.

Puis, se tournant vers Maurice Lobgeois, il ajouta :

– Mon petit doigt me dit qu'il y a un lien entre ces deux foutues merdouilles, mais reste à savoir lequel. Et ça, ce sera pas d'la tarte ! L'essence, juste de l'essence ! À ce soir au palais, Maurice !

– Ouais. J'y serai, sans faute. Merci Paul, et salis pas ton beau képi !

Paul s'engouffrait lestement dans l'antique fourgonnette maison où deux jeunes poulets bleus patientaient au volant, lorsqu'il fut rejoint par Lobgeois :

– Oh Paul, j'oubliais ! Une vieille déjantée du bled, une dénommée Freux, Jeanne Freux, s'est plainte à Max d'appels malveillants, quelques jours avant le meurtre de Desaulnes. Elle refuse d'appeler tes services et elle m'a viré *manu militari* quand j'ai voulu l'interroger. Comme l'âge cadre bien avec nos deux harengs plus que saurs, je m'suis dit qu'il faudrait peut-être creuser par-là…

– Pourquoi pas en effet. On s'en reparle tantôt. Allez salut !

Le journaliste suivit du regard la vieille guimbarde qui, après avoir pris sur la gauche, piqua sur le centre à l'instant où l'heure de midi carillonnait aux quatre tourelles du beffroi.

Chapitre 3

Dans la longue pièce qui fait office de salle de réunion du palais de justice d'Abbeville, l'ambiance ce soir-là était particulièrement électrique. Sans compter qu'avec tout ce monde, il faisait bien lourd. C'était la première fois qu'on voyait une telle affluence dans la salle des pas perdus, de mémoire d'avocat, de gardien de la paix ou de concierge. L'atmosphère était enfumée, le brouhaha ambiant à la limite du supportable. On se serait cru dans un café liégeois du temps où le jeune Simenon gribouillait des insanités pour sa gazette réactionnaire. Lobgeois côtoyait admiratif des journalistes venus de toute la région, mais aussi des collègues venus du Nord, de la Normandie, de Belgique, tandis que des techniciens de la télévision publique et de quelques chaînes câblées apprêtaient leurs appareils avec des gestes aussi précis que de la haute couture. Lorsque le procureur, le juge et le commandant de gendarmerie apparurent par une petite porte, leurs petits dossiers sous le bras, ils furent noyés dans un halo de lumière et de flashs qui ne les quitta plus jusqu'à ce qu'ils prennent place devant une forêt de micros. Le procureur était un grand échalas qui s'appelait Courrières, André Courrières, mais que, dans son milieu comme chez les avocats on avait surnommé cruellement « la Catastrophe ». C'était, paraît-il, un collectionneur d'embrouilles et d'affaires non élucidées. On murmurait au palais que le dernier des avocats, fût-il le dernier des minables, réussissait à faire capoter un procès pour vice de procédure. On le disait nul, ce que l'intéressé savait, assumait et affectait d'ignorer. La cinquantaine voûtée, le cheveu déjà rare, plus sel que poivre hélas, il donnait l'image d'un homme las, au regard absent, l'image affligeante d'un type qui s'était aperçu trop tard qu'il était passé à côté de sa carrière, quand d'autres avec Lobgeois – qui avait souvent connu cette sorte de frustration –, s'en contrefoutaient comme de colin-tampon de leurs carrières. Il fréquentait les associations caritatives locales où, en compagnie de quelques commerçants plus bedonnants que lui, il refaisait un monde qu'un rien de civilisation venait d'enterrer à jamais. On y causait de golf, de femmes fardées, de BMW clinquantes et plus accessoirement des classes laborieuses, de moins en moins dangereuses du reste, puisque définitivement abruties par la télévision. De son côté, le juge Bunel paraissait moins embarrassé par ce déferlement médiatique et semblait même y goûter avec un plaisir certain. À peine s'était-t-il assis qu'il saluait tel ou tel, affichant un large sourire qui voulait dire : « Ah ! Vous êtes-là aussi ? Comme c'est gentil à vous d'être venu ! » Bunel avait été nommé à Abbeville trois ans plus tôt et il n'aspirait qu'à en partir. Le Ponthieu, le Vimeu, ça allait bien cinq minutes mais surtout pas cinq ans : la région parisienne, c'était autre chose. Là-bas les crimes étaient un rien plus cocasses, plus grandioses ! Son allure sportive de petit enveloppé s'accordait mal à la personnalité de Courrières qui parlait peu et toujours lentement, comme si les mots lui coûtaient un indicible effort. Le juge avait le verbe plus libéré. Quant au commandant de gendarmerie, il avait posé son képi sur la table. Ses mains posées à plat encadraient celui-ci dans un alignement martial parfait. Maurice avait aperçu sa voiture au dehors, tandis qu'un jeune planton de chauffeur tuait le temps assis sur le capot en grillant une cigarette. Le commandant Terry scrutait la salle d'un œil morne et tranquille, apparemment plus soucieux de sa mise et de l'heure à laquelle il regagnerait Amiens, que des faits dont il allait être question.

Le procureur prit la parole après deux ou trois raclements de gorge. Le silence se fit. La « Catastrophe » évoqua d'abord les circonstances dans lesquelles l'incendie avait ravagé la propriété de Fernand Priseur, en moins d'un quart d'heure. Un certain nombre d'indices l'avait conduit à se rendre sur les lieux accompagné du juge Bunel qu'il remercia au passage, mécaniquement, sans même dégager les yeux de sa feuille. Qu'à cela ne tienne, c'était toujours ça de pris pour l'autre qui opina du chef d'un air faussement contrit : l'enquête s'avérait tellement compliquée qu'il n'aurait sûrement pas l'occasion de collectionner d'autres remerciements avant longtemps. On avait retrouvé la victime allongée dans son lit. Or, tout indiquait qu'elle n'avait pas été surprise par le déferlement du feu puisque les draps étaient encore bien bordés. Il paraissait impensable que Priseur n'ait pas été alerté par les flammes ou par le déclenchement de l'incendie.

– C'est sans doute un coup d'Enver Hodja, songea Lobgeois. Qui mieux que lui pouvait « suicider » ses rivaux avec autant de raffinement grotesque ? Son bras droit avait été supprimé comme ça. On l'avait retrouvé dormant paisiblement dans son lit avec plusieurs balles dans le buffet. Avant de mourir, le suicidé avait eu le temps de rabattre les couvertures jusqu'à hauteur de son cou, histoire de ne pas prendre froid. Un autre avait été enfermé dans un coffre-fort et le tout avait été précipité tel quel au fin fond de la Méditerranée !

Les installations, sans être en excellent état, n'étaient pas spécialement plus dégradées que ça. Le dernier ramonage de la cheminée centrale, près de laquelle la victime avait arrimé un vieux canapé-lit dans lequel elle pionçait, remontait à deux ans, tout au plus. Toutes les issues de secours avaient été fermées à double tour, mais toutes les clés avaient été récupérées, à l'exception d'une seule, celle d'une porte ouvrant sur le jardin et donnant sur un large bosquet par lequel on récupérait une route goudronnée qui menait assez facilement à Rue ou Villers-sur-Authie. Courrières mit fin au faux suspense, lorsqu'une clameur s'éleva dans la salle :

– On l'a assassiné alors ?

– Mesdames, messieurs, j'ai tout comme vous été interpellé par cette situation de mort suspecte. Elle m'a conduit, conformément aux termes du code de procédure pénale, à ouvrir une information judiciaire et à ordonner qu'il soit procédé à une autopsie du corps de la victime, monsieur Fernand Priseur, un agriculteur et agent forestier né à Rue, le 8 août 1919. Les premiers éléments de l'enquête, confiée aux différents services de l'État dont je tiens à saluer l'efficacité et le dévouement, laissent apparaître que la victime est morte par strangulation et que l'incendie a été provoqué ensuite. (clameur plus intense). En outre, des débris d'un bidon d'essence ont été retrouvés dans la propriété. Du carburant a été décelé en plusieurs endroits de l'habitation du défunt (nouvelles clameurs, bruits et toussotements). Les faits se sont donc déroulés… (des « chut » depuis les quatre coins de la pièce tentent de rétablir un semblant de calme) les faits se sont donc déroulés aux alentours de 6 heures, 6 heures 30 du matin. Aucun témoin n'étant passé devant la propriété de monsieur Priseur, il nous est impossible de savoir à cette heure si celui-ci était levé ou s'il dormait encore avant l'arrivée de l'assassin.

– Y'a-t-il un rapport avec le meurtre d'Henri Desaulnes ?

– J'attendais cette question, objecta le procureur avec un rictus agacé. La mort de monsieur Desaulnes est tout aussi suspecte, je n'en disconviens pas. Elle a, elle aussi, conduit le ministère public à ouvrir une information pour rechercher les causes de sa mort. Des points de concordance peuvent bien sûr être avancés : en premier lieu la strangulation. Nous avons bon espoir de découvrir des indices permettant d'identifier l'A.D.N. du meurtrier. Autre trait commun, l'âge des victimes : des octogénaires sans histoire qui peut-être se connaissaient, qui peut-être avaient fréquenté les mêmes écoles, les mêmes rues, les mêmes ateliers, les mêmes camarades. Ces deux messieurs étaient chasseurs et connaissaient d'autant plus parfaitement cette région qu'ils y ont toujours vécu. Quant à parler de lien direct… il est bien prématuré de s'avancer sur ce terrain.

– Alors on pourrait imaginer avoir affaire à un serial killer ? demanda une jeune femme qui s'était levée de sa chaise comme un ressort. Dans ce cas quel peut bien être le mobile du ou des tueurs ?

Courrières leva le nez de ses notes. Il ressemblait à cet instant à un vieux professeur perdu dans son époque, ahanant son cours devant un respectueux public de chaises, un type qui attendait patiemment qu'un bus le reconduise dans son siècle. Il répliqua péniblement à la question en ayant auparavant soigneusement rajusté sa monture de lunettes :

– À ce niveau de nos investigations et de l'instruction conduite par le juge Bunel, on peut tout imaginer, madame. Or, moi je préfère m'en tenir aux faits, c'est-à-dire aux expertises menées conjointement par la police nationale et par la gendarmerie. Il est hors de propos de céder à la panique ou de perdre son sang-froid. L'enquête sera longue et particulièrement difficile. Vous comprendrez qu'il faille agir avec discernement et discrétion. J'appelle les habitants à faire preuve de civisme et d'attention. Monsieur le Préfet de Région qui, comme vous le savez est également préfet de ce département, s'est engagé à doter la baie de Somme de moyens renforcés, en accord avec monsieur le ministre de l'Intérieur, que ce dossier tient en alarme nuit et jour. De mon côté, je lance un nouvel appel à témoins dans le but de collecter des informations susceptibles d'éclairer le travail des enquêteurs et de la justice. Il est impossible pour l'instant de dresser un portrait robot du ou des assassins, puisqu'il n'a été aperçu par personne. L'enquête ne fait que commencer. J'ajoute pour finir que les canulars en tous genres, fort mal à propos dans ces circonstances tragiques, seront traités avec la dernière fermeté. Mesdames, messieurs, je vous remercie. Vous serez tenus informés des suites des deux instructions.

Procureur, juge d'instruction et commandant de gendarmerie se levèrent de concert. Le dernier bougonna, regrettant d'être venu jouer les potiches à Abbeville, alors qu'il avait vraisemblablement mieux à faire à Amiens. Il se plaint à Bunel du peu de cas qu'on avait fait du travail des gendarmes, en l'occurrence de Carpentier, dont il aurait bien fait un capitaine depuis longtemps. L'autre le toisa puis haussa tristement les épaules : c'était déjà fini la télé !

La salle du tribunal se vida rapidement, pareille à une bouteille d'eau versée dans un caniveau. Seuls demeurèrent quelques journalistes nationaux, les bras ballants, soupirants d'être ainsi restés sur leur faim. Les autres avaient déjà plié bagages.

– Faut qu'on se grouille si on veut monter le sujet pour l'édition de ce soir...

*

* *

Astrid avait préparé la petite table du salon sur laquelle elle avait disposé des apéritifs et des biscuits pour les convives que Maurice avait rameutés à la maison en sortant du palais de justice, un affreux bâtiment de type blockhaus des années cinquante, nanti d'une architecture semblable aux horreurs du quartier E.U.R que Mussolini avait édifié avant-guerre dans la banlieue de Rome. Carpentier, Max et son épouse avaient eu tort de croiser Lobgeois en cette fin d'après-midi de fin du monde. Appréciant son côté jacasseur, ils étaient sûrs de ne pas retrouver leurs pénates avant le journal de vingt heures où chacun s'attendait à voir un sujet sur les deux cadavres de Rue. Des cameramen avaient sillonné les rues, interrogé des passants aussi incrédules que pressés. Heureusement que la nuit était tombée vers cinq heures du soir, encore et toujours accompagnée d'une saleté de crachin glacé qui n'en finissait pas et de ce vent d'ouest humide qui claquait les velums de la rue du Colonel

Têtard. Le centre de Rue avait tardivement retrouvé l'aspect tranquille qui sied à son statut de bourg de province. Les gosses étaient sortis précipitamment des écoles, encadrés, de la maternelle jusqu'au lycée professionnel, par des moyens humains en uniformes qu'on avait pas trop l'habitude de voir traîner dans ces parages plutôt sereins.

Lobgeois était repassé au bureau pour lire son courrier ainsi que les épreuves du prochain numéro de l'*Écho*. Les meurtres de Priseur et Desaulnes barreraient la une. C'était plié. On y consacrerait les deux premières pages intérieures, peut-être trois, autant que pour la disparition de Max Lejeune, dix ans plus tôt. L'ensemble des articles était coordonné par Jean-Noël et par Lobgeois. Celui-ci téléphona à Astrid pour l'informer de son retour et du passage de Carpentier avec lequel il avait eu le temps d'échanger trois mots avant qu'il ne raccompagne son grand chef jusqu'à sa voiture.

– C'est sur votre route, alors passez donc, avait-il dit ensuite à ses amis libraires. Et puis ça fera plaisir à Astie…

En fait, elle n'était pas si heureuse que ça Astrid de voir défiler ce beau monde sur le parquet grossier de son salon. Elle fit pourtant contre mauvaise fortune bon cœur, tout en faisant savoir à l'intéressé qu'elle ne tiendrait personne à dîner vu qu'elle était passablement éteinte. Seule dans sa maison forestière, Astrid souriait néanmoins. Elle songeait à Lobgeois, à l'excitation de gamin qu'il manifestait depuis que ces affaires de crimes avaient éclaté. Elle le sentait heureux, libéré des craintes et de ces maudits coups de blues qui le prenaient souvent, surtout le dimanche soir et même parfois la nuit. Il lui racontait ses journées, ses enquêtes, ses interrogatoires, le tout dans les moindres détails, à coups de « attends Astie, c'est pas fini, tu vas voir... », sans négliger de convoquer les vertiges changeants de sa nouvelle complice : son « intime conviction ». Elle s'agaçait parfois de l'entendre tourner et se retourner dans son lit, cherchant désespérément le sommeil, gâtant du même coup le sien, qu'elle avait tout aussi léger. En dernier recours, il se relevait pour écrire.

Un feu joyeux et nourri crépitait dans l'âtre. De hautes et vives flammes s'élançaient vers le ciel, hypnotisant les yeux fatigués de Christiane, l'épouse de Max. La cheminée occupait presque l'équivalent d'un pan de mur et l'on pouvait jadis y loger deux bancs latéraux pour venir s'y chauffer lorsqu'il faisait bien froid dehors et frais dans les couloirs. L'adjudant-chef Carpentier, habillé en civil, était silencieux. Il avait l'air visiblement abattu. Max, un verre à la main, contemplait ses chaussures en écoutant deviser Lobgeois.

– Ces crimes ont quelque chose d'embarrassant parce qu'ils touchent des vieux, de très vieilles personnes. Ensuite, le problème le plus délicat c'est de décrypter les circonstances de leurs morts. L'assassin – ou les assassins – ont un sens aigu de la mise en scène. Celles-ci sont particulièrement odieuses. D'ici à ce qu'on nous resserve de la peine de mort...

– Ou de l'insécurité, risqua Carpentier. Comme pendant les présidentielles de 2002. Y'a des baraques qui prennent feu plus rapidement que d'autres. Surtout celles de vieux apparemment sans défense. Un bon coup de média là-dessus, une émotion bien récupérée par l'opposition, le gouvernement est dans la merde et voilà comment on perd bêtement deux cent mille voix pour son second tour !

– Pas de danger ce coup-ci, ajouta Astrid d'un sourire malicieux. Les libéraux sont au pouvoir, avec toutes les manettes. Ils veillent au grain et sur nos libertés. Comme au bon vieux temps du gaullisme à képi, du S.A.C. et des barbouzes…

– Peut-être bien, mais moi j'espère qu'on va pas avoir un ministre sur l'dos ! s'empourpra l'adjudant-chef. Venir faire sa tambouille sur le dos des fonctionnaires avec une ribambelle de caméras, ça commence à bien faire ! Moi j'ai pas envie de me faire savonner en direct par le ministre, comme chez les collègues de Toulouse ! Qu'ils nous laissent bosser peinard, c'est tout ce qu'on leur demande !

Tout occupé à resservir ses invités, Lobgeois surenchérit d'un ton plus grave :

– À ceci près qu'ici t'as intérêt à faire du chiffre, du résultat. Vu la tournure que ça prend…

– Les gens d'ici sont comme tétanisés par l'ampleur des évènements, ajouta Max. Toutes ces caméras, tous ces journalistes… À part toi Maurice, on est pas habitués à en fréquenter autant, nous autres. Et encore, c'est bien parce que t'as plaqué l'Éducation nationale…

Le libraire rit de cette dernière boutade. Lobgeois lui emboîta le pas histoire de détendre l'atmosphère :

– C'est pas moi qui l'ai plaquée, c'est plutôt elle, fit-il en regagnant son fauteuil, un verre à la main. L'Éduc, c'est une fille de mauvaise vie, j'vous dis ! Quand j'avance, voilà qu'elle recule ! Et quand je vois ce que je fais maintenant, j'suis pas fâché de ne plus la fréquenter ! C'est une vieille fille de mauvaise vie qui veut plus s'amender, elle est tellement sûre d'elle qu'elle voit plus ses défauts ! Bon, c'est vrai, je dois vous avouer qu'au niveau fric, l'*Écho* de la Baie c'est pas Byzance (Astrid acquiesce de la tête) et que j'commençais à en avoir ras la casquette de couvrir la Sainte-Barbe, les lotos des vieux, les fêtes des pompiers ou des gendarmes, pas vrai mon adjud ?

– Pour un peu, conclut Max, on pourrait t'accuser d'avoir détroussé les deux vieux ! Pour te faire de la pub ou récupérer un peu de pognon…

– Si vraiment j'en avais eu l'envie ou plutôt le courage, ce qui n'est pas certain, je serai allé estourbir des vieux riches, pas des tire-à-blanc ni des traîne-bistrots ! Dans cette affaire, le fric, c'est pas un mobile valable. Je verrais plutôt une vieille affaire de cul…

– À quatre-vingts balais ? T'es pas malade ? s'emporta Carpentier. Moi, je pencherais davantage pour un règlement de comptes. On va d'ailleurs interroger des vieux du coin dans les prochains jours ! Paraît que ça trépigne, que ça cause à la maison de retraite. La directrice ne tient plus ses troupes !

– Bromure pour tout le monde ! Une tisane et au lit ! plaisanta Max, en liquidant son verre.

– Au fait Paul, n'oublie pas d'aller chez la mère Freux…

Le gendarme hocha la tête.

– Qui c'est la mère Freux ? demanda en aparté Astrid à Max.

– C'est triste pour toi Astrid, répliqua-t-il en lui donnant un léger coup de coude, mais j'crois bien qu'c'est son amoureuse…

– Ouais… Sauf qu'elle m'a tapé une scène l'autre jour quand j'suis allé la voir. Ah, la vieille tourterelle ! Le scandale !

Le silence se fit. On entendit au loin tinter l'angélus au clocher de Machiel. Lobgeois s'était levé du canapé pour tisonner méthodiquement le feu.

– Au fait Paul, on sait s'il avait de la famille, Priseur ?

– Oui, une sœur, il m'a semblé te l'avoir déjà dit ce matin. Faudrait voir à pas virer Alzheimer, Lobgeois ! Elle est veuve et elle crèche dans l'Oise ou dans la Somme, dans un patelin près de Montdidier ou de Roye. Rollot, je crois que ça s'appelle. Nous avons pu la joindre par l'intermédiaire des collègues de la brigade, sur place. Ils se sont chargés d'aller la prévenir avec le maire à son domicile. Paraît qu'elle était complètement affolée, même si elle n'avait pas vu son frangin depuis au moins dix ans. C'était quand même son frangin, vous me direz ! Elle leur a expliqué que le Fernand s'était brouillé avec son mari pour des histoires de politique, des conneries, pendant un repas de noces d'argent qui avait viré à l'aigre. Peut-être bien qu'ils avaient picolé un peu plus que d'ordinaire aussi… Je vais descendre l'interroger dans les heures à venir. Comme on ne sait pas encore précisément quand ils en auront fini avec le cadavre du Fernand et qu'il est par conséquent impossible de planifier des obsèques, je vais pas lui demander de venir jusqu'ici. D'autant qu'elle doit elle aussi taper dans les quatre-vingts piges et que j'ai peur qu'elle nous claque une jaunisse en voyant la baraque du frangin dans cet état.

*
* *

Les journaux télévisés dans leur ensemble consacrèrent entre une minute trente et trois minutes aux deux meurtres des octogénaires de la baie de Somme. Les sujets furent calés dans la première moitié des émissions, après la politique nationale en général, dont chacun s'accorde chaque jour à mesurer la qualité, mais bien avant le championnat de France de Foute-balle, dont chacun s'accorde chaque jour à déplorer l'incurable médiocrité.

Les invités de Lobgeois n'avaient pas voulu rater ça. Tous avaient échafaudé je ne sais quel prétexte pour déguerpir et ce avec d'autant moins d'état d'âme que notre localier n'avait pas de télévision. Qu'importe après tout puisque les reportages se ressemblaient tous ou à peu près : plusieurs personnes, glanées au hasard dans les rues, avaient été interviewées et toutes disaient leur étonnement, leur écœurement aussi :

– On n'aurait jamais cru ça ici, hein ? Ah non m'sieur. S'en prend' comme ça à des vieux sans défense, c'est comme s'attaquer à des gosses, pareil que c'est ! Ah, c'est pas ben prop' tout ça, allez !

On avait aperçu le procureur lors de sa conférence de presse, avec ses yeux fatigués de basset artésien rivés sur sa fiche et puis la face terrible, l'œil torve du juge d'instruction, les bras croisés, façon Proudhon boudeur. Les reportages se terminaient presque tous sur une vue du Crotoy depuis Saint-Valéry, ou bien, comble de l'originalité, par une vue de Saint-Valéry depuis Le Crotoy.

*

* *

Le lendemain, vers le milieu de la matinée, alors qu'il se trouvait miraculeusement au bureau, Maurice Lobgeois reçut un appel téléphonique dont il ne mesura pas sur le coup l'importance. Ce n'était pas la première fois, depuis le début des « affaires », qu'on le sollicitait au téléphone ou par courrier anonyme pour lui glisser des informations qu'il perdait un temps conséquent et une énergie folle à démontrer qu'elles étaient fantaisistes, erronées voire carrément mensongères. Il faisait un concours avec Paul Carpentier qui menait d'une courte tête. Les flics pensez-vous, c'est autre chose qu'un petit chieur d'encre, ça boxe pas dans la même catégorie.

– Fait suer la mémé ! Encore une hystérique ! Je l'appellerai plus tard. Pour la forme. Laisse-moi ses coordonnées sur un bout de papier, Jean-Noël. Faut que je rappelle le shérif Carpenter.

L'enquête n'avançait guère, à ceci près que les gendarmes avaient retrouvé la trace d'un fils d'Henri Desaulnes. Or, nul ne s'était fait connaître comme parent au moment de la mort du vieux ou de ses obsèques. Le notaire était formel : « Ch'tchiot Batisse » n'avait laissé aucun testament, olographe ou dactylographié. Pour ce qu'il avait à léguer, c'était pas trop la peine. Il était tellement pingre au surplus qu'il ne se serait pas fendu de trois sous pour honorer une paperasserie d'homme de loi.

– Ouais, ouais. Même que ça pourrait nous faire une piste, renchérit l'adjudant. On le connaissait pas celui-là. Personne ne l'a vu aux obsèques de son vieux. Un dénommé « Philippe, André, Honoré Desaulnes. Né à Larronville, commune de Rue, le 27 juillet 1947 ». Sans profession et sans domicile fixe connus. Nul ne sait ce qu'il a bien pu devenir à la mairie.

– Alors t'as pas plus d'infos ? s'enquit Lobgeois auprès de l'adjudant-chef Carpentier qui venait de l'appeler.

– Aucune pour l'instant. C'est le secrétaire de mairie qui m'a interpellé tout à l'heure. Il recherchait un acte de mariage pour un généalogiste amateur et c'est comme ça qu'il est tombé sur un Desaulnes, disons plutôt sur un Morlin, fils d'Émilie Morlin. La petite Morlin, il avait dû l'engrosser dare-dare. Hors mariage bien entendu. À tous les coups, il a été contraint de reconnaître le môme, quitte à ce qu'on les éloigne ensuite, sa mère et lui, pour éviter le scandale. La petite Morlin, c'était sans doute pas n'importe qui. D'ici à ce qu'on lui découvre un lien de parenté avec les gros quincailliers d'Amiens et d'Abbeville, ça aurait suffi à écraser l'affaire. Ils ont dû casquer les marchands d'boulons, crois-moi ! À l'époque, on plaisantait pas avec la morale, surtout quand elle venait renifler vos morlingues. Les curés avaient encore du flair et du poids sous la soutane. Ils veillaient au grain et aux affaires de fesses. Sûr qu'on rigolait pas avec ça, en latin ou en javanais ! Pas question de jouer de l'aiguille à tricoter et pas question non plus de marier une petite bourgeoise à un vacher, non mais alors quoi ? L'un de ces gens, le fiston illégitime ou, va savoir, un tonton acariâtre, aurait pu s'inventer une bonne raison de venir lui secouer le cocotier à Henri, non ? Les commerçants aussi ont la rancune tenace. Pire que les poulets. Ça pourrait tenir la route cette explication, tu crois pas, mon petit Pottecher ?

– Probable. Le problème c'est qu'on sait pas où il est ton lardon. Si l'acte de naissance ne fait apparaître aucune mention marginale, c'est qu'il ne s'est pas marié et qu'il est encore vivant. C'est tout ce qu'on peut déduire de l'état civil. À moins qu'il n'ait été mal tenu. Tout arrive. Enfin, c'est déjà pas si mal.

– Sûr. Sait-on ce qu'est devenue la mère ? demanda Lobgeois.

– Morte. Il y a onze ans. À l'hôpital de Rennes. Elle ne s'est jamais mariée et surtout pas avec le Desaulnes. Pas d'autres enfants connus. Je tiens ces infos de la mairie d'Amiens où elle est née.

– Je vais chercher de mon côté sur Rue. Y'a bien quelqu'un qui pourra nous en dire plus.

*

* *

Lobgeois consacra la majeure partie du matin et de son après-midi à interroger des témoins potentiels. Autant d'échecs annoncés, autant d'extravagances épuisantes, autant de kilomètres galopés. Vers les trois heures du soir, il se rendit à la mairie où on lui confirma les informations rassemblées le matin même par son ami Carpentier. Puis, sur les conseils de Max, il alla rendre visite à Jules Lahire, un type qui avait été secrétaire de mairie, de 1946 à 1977 après avoir gravi tous les échelons de la hiérarchie communale. C'était un très vieil homme qui avait pris ses quartiers à la maison de retraite de Rue depuis le décès de son épouse. Il se risqua d'un bon pas jusqu'à l'établissement situé juste derrière le beffroi. La directrice le reçut affablement, encore tout émoustillée par un article qu'il avait pondu six mois plus tôt à l'occasion d'une fête donnée à l'occasion des cent trois ans de « mademoiselle Richard », la doyenne du canton. Elle l'accompagna dans un dédale de couloirs et d'escaliers recouverts d'une drôle de moquette anglaise qui offrait à l'endroit un caractère feutré qui devait être étouffant aux étés caniculaires. Les crimes de Rue remuaient les pensionnaires. Certains souffraient de troubles du sommeil, d'autres racontaient tout et n'importe quoi. Entre fabulations et peurs, le personnel ne savait plus où donner de la tête.

– On ne les avait pas connus aussi agités depuis la canicule… Il serait souhaitable que vous ne fatiguiez pas trop monsieur Lahire. Je sens qu'il baisse depuis quelque temps. Sa femme est morte il y a deux ans et il ne se passe pas un jour sans qu'il parle de la rejoindre. C'est beau cet amour, remarquez… vous ne trouvez pas, vous ?

Perdu dans ses pensées, Lobgeois ne répondit pas. Il n'avait pas le cœur à écouter les propos graveleux de la rousse platinée qui pour un peu lui aurait pris le bras pour monter les degrés menant jusqu'aux étages.

« Elle doit me confondre avec un paparazzi d'*Ici dimanche…* »

La tête du père Lahire n'était plus très bien vissée sur ses frêles épaules, c'est vrai. Ils le trouvèrent allongé sur une chaise roulante en position de trois quarts, abandonné devant une baie vitrée par laquelle il perdait ses heures à observer le tumulte de la rue. On avait disposé une couverture verte à carreaux sur ses jambes. Ses petites mains jaunes et osseuses tremblaient légèrement. Une paire de lunettes et quelques journaux étaient disposés tout près de lui, sur une minuscule tablette en pitchpin. Un verre d'eau à moitié vide et un paquet de biscuits éventré complétaient le chantier. Jules avait des yeux d'un bleu plus soutenu que le bleu de la mer et les quelques cheveux blonds et fins qui luttaient vaille que vaille contre les affres du temps avaient été soigneusement coiffés par une aide-soignante. « Monsieur Jules » avait fait sa toilette, voilà pourquoi il exhalait un âcre parfum d'eau de Cologne bon marché.

– En plus de ça, il est un peu dur d'oreille.

La directrice s'approcha, sourit au vieillard en posant une longue main soigneusement manucurée sur son bras. L'homme la regarda, lui rendit un sourire qui commençait sérieusement à manquer de dents. Il hocha la tête sans cesser de sourire lorsqu'elle s'enquit de sa santé, puis lorsqu'elle lui présenta Maurice Lobgeois :

– C'est un monsieur qui fait des recherches sur Rue. Il a besoin de vos connaissances. Il n'y a que vous pour l'aider, n'est-ce pas, monsieur Jules ?

– Oh ça, répliqua le vieux d'une voix à peine chevrotante, ça dépend. Y'a des jours où ma pauvre tête se perd un peu les pédales. Depuis que ma Louise est morte, c'est plus pareil évidemment…

La directrice se tourna vers le journaliste et ne put s'empêcher de lui glisser que la Louise en question, c'était sa défunte femme.

– J'avais compris…

La tôlière partie, les deux hommes se retrouvèrent seuls face à la baie vitrée. Le père Lahire considéra longuement Maurice Lobgeois qui, visiblement intimidé, ne parvenait pas à engager la conversation. « Il me rappelle mon grand-père Maurice », songea-t-il. « S'il avait vécu, il aurait son âge et moi je serai probablement un peu moins con ! »

– Monsieur… Je voulais vous parler d'un fait troublant qui ne peut être éclairci que par vous…

Le regard du père Lahire se durcit un peu. Il s'approcha de Lobgeois, portant une main devant sa bouche :

– Dites monsieur, vous n'auriez pas une cigarette ? Ici, on refuse de m'en donner. Ils disent que c'est pour ma santé, mais moi j'm'en fous pas mal passe que j'ai toujours fumé et que j'ai quatre-vingt douze ans et que si j'meurs, j'm'en fous pas mal passe que j'irai retrouver ma Louise !

– Je suis désolé, je n'en ai pas sur moi, mais je vous promets de vous en procurer tout à l'heure. Je vais faire semblant d'avoir oublié quelque chose et je vous en glisserai un paquet dans une boîte à biscuits. D'accord ?

Le vieux fit semblant d'avoir compris mais Maurice, persuadé du contraire, haussa le ton :

– J'irai vous en chercher ! Tout à l'heure !

Nouveau sourire édenté. Grand-père venait tout juste de connecter.

– Je ne suis pas historien comme vous l'a dit madame la directrice. Je suis journaliste à *L'Écho de la baie* (il sortit au même instant la dernière édition d'une poche de sa parka en cuir). Je fais des recherches sur Henri Desaulnes, l'ancien garde-champêtre. Vous l'avez bien connu, non ?

À ces mots, le visage de Lahire s'empourpra et Lobgeois crut un instant qu'il allait vomir sur sa couverture. Il lui laissa le temps de récupérer, releva la dite couverture par-delà ses genoux cagneux et se rapprocha davantage de lui. Décidément, ce petit homme empreint de dignité lui plaisait. Il se sentait totalement de connivence à ses côtés. Le vieillard prit la parole d'un ton gaillard :

– Un jean-foutre ! Si j'l'ai connu, le Desaulnes ! C'était un jean-foutre, monsieur, un véritable bon à rien ! Vous savez que j'ai été longtemps secrétaire de mairie ici, (Lobgeois hoche la tête en souriant) eh bien quand il a été viré de chez Lobry et qu'il s'est présenté à la mairie où il connaissait le maire, un brave homme remarquez, y'a pas à redire là-dessus, même qu'il était trop bon parfois. Eh bien… quand il s'est présenté chez nous, j'ai tout de suite senti qu'on n'en tirerait rien de bon. Mais que voulez-vous, j'étais pas le maire et lui le maire, il avait été l'ami de son père, Ch'Batisse comme on l'appelait ici. Qu'était pas un filou comme le fils, remarquez bien… Est-ce qu'on peut toujours tout savoir. Les chiens, ils font parfois des chats, c'est à croire…

– Vous savez qu'il est mort voici quelques jours ?

Le vieux haussa les épaules pour dire à quel point il s'en foutait :

– Il est mort comme il a vécu : comme un jean-foutre ! Le cul dans la rivière, non mais, a-t-on déjà vu une chose pareille ? Un garde-champêtre honoraire ? (On l'entend marmonner quelques mots inintelligibles et reprendre), c'était un jean-foutre. Combien de fois qu'on l'a ramassé dans les caniveaux ? Alors la rivière, pensez donc !

« Pépère a la dent dure », songea Lobgeois. « Il est bien chaud, alors on va y aller gaiement. »

– Monsieur Lahire, vous m'avez bien dit qu'il avait été renvoyé de chez les Lobry ? Philippe Lobry m'a dit l'autre jour qu'il avait quitté l'exploitation apparemment de son plein gré !

– Pensez-vous ! La vérité c'est qu'à cette époque-là, il picolait déjà comme un cochon ! Il chapardait et troussait tout ce qui passait dans son entourage ! On l'a découvert en train de faire des avances à l'une des filles du régisseur, même que çui-là il voulait le saigner comme un cochon, tellement qu'il était enragé qu'on touche à l'une de ses greluches ! Pour finir, ils l'ont renvoyé comme un malpropre qu'il était et croyez-moi monsieur, je déteste les Lobry, sauf Edmond, l'oncle de Philippe, passe que c'était un gars pas fier et que j'suis même allé au régiment avec lui. Il partageait bien ses colis. Sûr qu'ils étaient plus consistants qu'les miens et qu'il avait plus de permes que nous tous dans la chambrée... (S'ensuit alors un long silence que Lobgeois se garde bien d'interrompre). Mais pour l'aut' zouave-là, j'dois avouer qu'ils ont eu raison de s'en séparer les Lobry ! C'était un personnage peu fréquentable, pas courageux pour deux ronds ! Savez-vous jeune homme, comment qu'monsieur Ferté, le contremaître municipal, il l'avait surnommé ? (sans attendre la réponse, il enchaîne) « L'homme aux deux mains gauches » !

Jules rit de son bon mot. De son côté, Lobgeois ne perdait rien des propos pleins de verve du vieillard et se marrait aussi. Ce que les gens peuvent se haïr quand on y songe…

– Le matin, quand on lui donnait la liste des travaux dont il devrait rendre compte le soir, si vous aviez vu comment qu'il s'offusquait, c'te bougre de cossard ! Ah bon sang, j'l'entends encore qui disait : « Ah mais tout ça, mais j'ai pas quat' bras ! » Vous savez pas ce qui lui répondait le contremaître. Hein ? Sans rire ? « Ben non mon pauvre vieux, t'as pas quat'bras vu qu't'as qu'deux poches ! » Avouez qu'c'était pas mal trouvé, non ?

Nouveaux rires partagés. Vers seize heures, une femme de service un peu rondouillarde interrompit l'entretien sans même cogner à la porte et vint servir à l'ancêtre une eau chaude verdâtre qui devait ressembler à du thé vert et que celui-ci dédaigna en minaudant comme une midinette.

– Préférerais d'la bière, pas de l'pisse d'âne ou du jus d'queuchettes comme ça !

« Merci pour moi », songea Maurice avant de reprendre le fil de ses questions :

– On a retrouvé la trace d'un fils qu'il aurait eu avec une dénommée… Attendez voir que je retrouve son nom…

Lobgeois fit mine de chercher le petit post-it sur lequel il avait griffonné le nom que lui avait donné Carpentier deux heures plus tôt au bureau. Le vieux, menton baissé, releva la tête. Son visage s'éclaircit d'un coup :

– Oh mais oui, je m'souviens, mais dites, ça fait une sacrée paye cette affaire-là. Vers 47 ou 48… C'était la p'tiote aux Morlin ! J'crois bien qu'elle s'appelait Marie-Thérèse ou une Marie quelque chose. J'aurais plutôt dit Marie-couche-toi là pour aller frayer avec un oiseau pareil ! Ah j'm'en souviens un peu. Il est venu avec un de ses copains, un qui valait pas plus cher que lui du reste, un dénommé Priseur, celui à qui qu'on a brûlé la maison l'autre jour. Fallait un témoin pour la déclaration. J'crois bien qu'il y avait aussi un fils Morlin. Vous me croirez si vous voulez, ils se sont pas dit un mot pendant qu'on rédigeait l'acte... Paraît que la gamine avait accouché dans une grange, du côté de Larronville. Ah pour sûr qu'ils devaient tirer une sacrée gueule, les Morlin !

Lobgeois trépigna à l'idée de tenir ses premiers indices. Les deux galopins avaient été mêlés ensemble à un coup foireux, le premier comme acteur, l'autre comme complice. Pourtant, le journaliste s'étonna que ce détail, la présence de Priseur comme témoin, ait pu échapper à la vigilance de Carpentier et surtout à la sienne. Peut-être que le Morlin en question avait refusé en dernier recours qu'on inscrivît le nom du comparse, pour se réserver l'exclusivité du témoignage, quelque chose qui ressemblerait à de la convenance entre petits bourgeois soucieux d'éviter un scandale.

– Dites-moi, monsieur Lahire : cet enfant, Philippe Morlin reconnu par Desaulnes, il a à peu de choses près 57 ou 58 ans aujourd'hui. On sait ce qu'il est devenu ? Il n'a pas vécu ici ? Vous le connaissez ?

– Ah non, moi j'ai jamais fréquenté Desaulnes (Un moment de silence, puis, plus catégorique, à la limite de la colère). Moi monsieur, j'ai jamais voulu fréquenter ces gens-là moi, non, non, non, non ! Desaulnes, il était ivre mort dès dix heures le matin et je vous parle du temps où il était encore en activité. Ça faisait beaucoup de tort à la commune, vous savez ! Comment voulez-vous faire la morale aux gens avec un garde-champêtre comme ça ? Alors, il a épousé une brave petite femme. Vers cinquante ou cinquante-deux, je ne sais plus guère. Elle était pas d'ici, mais de Favières, un village voisin. Son père c'était un sacré mécano qu'avait bossé avec les frères Caudron, vous savez les aviateurs ! Mais là encore, tout le monde s'est étonné qu'on ose marier une aussi jolie, une aussi courageuse fille à un freluquet pareil ! Elle est morte après l'avoir supporté longtemps, vous savez. Dieu, c'est qu'elle en a vécu des vertes et des pas mûres comme on dit ! Les gens d'ici disent qu'il passait son temps à la frapper, surtout lorsqu'il avait picolé. Personnellement j'en serais pas étonné, mais je ne suis pas allé voir et puis j'ai appris à me méfier de ce qu'ils disent, les gens d'ici !

– Et Philippe alors, monsieur Lahire, vous le connaissez ?

– Non monsieur. Je l'ai jamais vu le rejeton ! Les gens ont oublié son existence. Je peux simplement vous dire que la fille Morlin a quitté la région. Très vite. Vous imaginez la honte ? Enfanter d'un Desaulnes ? On voit bien que vous ne les connaissez pas les Morlin ! Passe que c'est pas des rigolos rigolos les Morlin, ah ça non ! Vrai de vrai ! (Il toussota et reprit). On a dit qu'il aurait été militaire. Militaire oui, enfin il paraît, mais là encore, rien n'est sûr. Qu'il soit devenu militaire ou autre chose, sa vie n'a pas dû être bien belle… À vrai dire, je ne sais plus trop ce qu'il est devenu. C'est loin tout ça vous savez monsieur. Ma pauvre tête ne fonctionne plus très bien depuis la mort de ma Louise…

– Si ma tête fonctionne aussi bien lorsque j'aurai votre âge, monsieur Lahire, alors je serai le plus heureux des…

Lobgeois n'eut pas le temps de finir sa phrase que le vieux Jules s'était brusquement endormi. Un beau sourire poupon éclairait son visage. Dépité, Maurice releva une dernière fois la couverture et l'observa quelques minutes. Pour un peu il l'aurait embrassé, ce drôle de grand-père qui lui rappelait tant celui qu'il n'avait pas eu le temps de connaître, celui dont il ne conservait que le prénom et quelques photos en pieds dans une boîte à chaussures, la vieille boîte à merveilles des familles. Elle devait encombrer un grenier car Maurice ne goûtait pas spécialement les « cimetières », cette collection de photos affichées côte à côte sur un coin de mur, ces cimetières, qu'affectionnait l'Adrienne Mesurat de Julien Green.

Il était cinq heures du soir. La nuit était déjà là, bien installée et le vieux, comme au théâtre, avait fait rideau. Pas de rappel possible. Le journaliste prit la tangente, d'un soupir. Il salua la directrice et quitta les lieux précipitamment pour aller s'enquérir d'un paquet de cigarettes, d'un briquet et d'une boîte de biscuits chocolatés qu'il s'en fut remettre aussi sec dans la chambre du père Lahire qu'il prit grand soin de ne pas réveiller.

S'en retournant vers Caumartin, il fit un crochet jusqu'à la gendarmerie où il ne vit que Gaëlle, la jeune brigadière toujours aussi peu encline à bavarder, qui le reçut aussi désagréablement que possible. Il prit congé et s'en fut chez lui attendre Astrid. Rendu à bon port, il nourrit les greffiers, remisa en trois brassées ce qu'il fallait de bûches, nettoya l'âtre de la cheminée et fit du feu pour que sa belle ait chaud mais aussi pour la dispenser d'une corvée qu'elle abhorrait par-dessus tout.

Les frimas de l'automne taillaient des croupières à l'hiver. Les chats sauvages se repliaient vers la maison ou vers l'enclos à bois. Même le vieux chêne des Ramolleux, celui qui avait connu la bataille de Crécy (1346) et qu'on apercevait depuis la chambre, semblait grelotter de froid. On allait déguster jusqu'en mars ou avril.

Maurice tenta à deux reprises de joindre sa correspondante, une dénommée Martine Decournon, cette mamie qui l'avait appelé plusieurs fois au bureau et qui avait, paraît-il, des informations importantes à lui communiquer. Comble de malchance, le répondeur lui apprit qu'elle était sortie et « qu'elle ne manquerait pas d'avoir le plaisir de vous rappeler dès son retour, merci et à bientôt ».

– Verrai ça demain, maugréa-t-il, après lui avoir laissé un message de fausse courtoisie.

Vers neuf heures du soir, Lobgeois et Carpentier conversèrent une trentaine de minutes au téléphone. Maurice rapporta les propos de l'ancien secrétaire de mairie de Rue, sans négliger aucun des coups de crocs que le vieux avait plantés dans la couenne filandreuse du trépassé. L'armée, c'était une piste que Carpentier n'aurait pas grand peine à explorer.

– C'est le même ministère, dit-il. J'ai quelques appuis que je vais toucher dès demain. Peut-être que ton vieux dit vrai après tout. Ça coûte pas cher d'essayer. Ah ! au fait, tant que j'y pense : ta mère Freux là, celle qui t'aime, d'après ce que dit Max, sache qu'on s'est rendus chez elle cet après-midi pour l'interroger. Eh bien figure-toi qu'elle a foutu le camp depuis un ou deux jours. Elle nous la joue « Destination inconnue », comme dans la chanson d'Aznavour ! On se donne quelques heures et puis on lance un avis de recherche. Elle peut revenir demain, aussi naturellement qu'elle est partie, mais je trouve que c'est bizarre. Perds pas de vue qu'elle a l'âge de nos deux cadavres et qu'elle a avoué publiquement avoir peur, d'être la victime d'appels anonymes, c'est pas rien ça ! On a interrogé les voisins. Résultat : personne ne sait quoi que ce soit, vu qu'elle cause à personne. En revanche, quand il s'agit de lui casser du sucre sur le dos, à la mégère, ils sont pas trop regardants, les bougres. Faut dire qu'elle est procédurière comme quelqu'un qui sait pas comment dépenser son pèze et qui vomit la terre entière. Elle supporte ni les chiens, ni les mômes ! Sans compter qu'on lui attribue je ne sais combien d'empoisonnements de matous ! Encore une qui sait vivre ! Pas de mec, pas de gosses ! Comme disait ma défunte grand-mère : encore une qu'est venue sur terre pour faire suer le monde ! Une voisine l'a croisée à la poste hier midi et depuis, rien. Je vais interroger les taxis et le guichetier de la gare. Elle a pas pu s'envoler comme ça quand même !

– Demande toujours au postier le motif de sa visite. Pour un peu, si c'était une lettre à peser, à timbrer ou à expédier, il se souviendra peut-être de quelque chose. Comme mon petit père Lahire avec sa mémoire d'éléphant et ses rancunes tenaces…

Lobgeois passa une partie de la soirée entre les bras d'Astrid, songeant à cette occasion qu'il avait manqué à sa promesse d'aller rendre une visite à son ami Serge Hégeney. Les crimes de Rue occupaient tellement son esprit qu'il en oubliait les marronniers habituels de ces temps d'Avent. L'édition de la veille s'était vendue en peu de temps, comme une fournée de pain chaud. Le journal avait tiré vingt pour cent de papier supplémentaire et les messages de sympathie et de félicitations affluaient de partout, bien qu'il fût surtout sensible à celui que lui adressèrent ses deux gamins par courrier électronique. Il goûta la tiédeur de la pièce plongée dans le noir et livrée au combat furieux des flammes dans la cheminée. Les murs éclataient en nuées orangées sauvages, en épopées grandioses. Le froid pouvait bien tambouriner dehors, jamais il ne s'était senti aussi bien qu'assis en tailleur à même le sol, la tête renversée contre les genoux de madame Berriex. À demi-endormi, bercé par les effluves de son parfum et la clarté de sa voix qui reprenait doucement en chœur un refrain de Polnareff, qui passait à la radio, il se dit qu'après tout, s'il devait rechercher une définition du bonheur, celle-là lui allait comme un gant.

*

* *

Le lendemain, il se leva encore d'un mauvais pied. Il avait mal dormi et se sentait coupable du triste sort qu'il réservait à son vieil ami Hégeney qu'il abandonnait à sa solitude de mourant, dans sa chambre médicalisée avec ses murs blancs sordides. « Et s'il lui arrivait quoique ce soit, je n'aurais qu'à m'en prendre à moi-même ! »

– Qu'à cela ne tienne, je vais aller le voir dès ce matin…

Il s'habilla sans hâte, harcelé par une indicible flemme, s'extirpant douloureusement du lit, bousculant et insultant les chats qui gueulaient leur pitance à la porte-fenêtre.

– Attendez donc cinq minutes, bande de crevards !

Seul le chien eut droit à quelques-unes de ses faveurs. C'était un petit bâtard multicolore, sans grand pedigree défini, qu'il adorait et qui le lui rendait bien. Lui attendait patiemment sa pitance et sa virée matinale aux bois. Le café s'écoulait lentement dans la cafetière encrassée tandis que la radio piaillait que tout allait bien, que l'honnête citoyen français pouvait partir bosser tranquille, qu'on s'occupait de son crédit immobilier, de sa bagnole, de sa santé et de son fric, si d'aventure il venait bêtement de se faire flasher par les nouveaux radars automatiques, ces abominables caisses métalliques, ces robocops d'un nouveau genre grâce auxquels on allait faire substantiellement baisser le nombre des morts sur nos routes et faire rentrer un maximum de thunes dans les caisses de l'État. Système pervers et hypocrite, songea Lobgeois. Plus vous roulez vite et plus on empoche de blé et en plus, c'est pour votre bien. Chapeau bas, les garçons...

« ... car la France a accumulé du retard en ce domaine, a estimé hier le Premier ministre qui était en visite officielle à... »

– Mon pauvre vieux, dit Lobgeois en s'adressant à son chien, elle a du retard partout la France ! Vois-moi cette vieille peau qui donne des leçons aux autres, alors qu'elle traîne ses sabots et ses pieds dans la merde. Les institutions sont pourries, les politiciens sont pourris, les petits comme les gros. Le pouvoir leur sert de came, leurs « idéaux » sont un tas d'herbe à marguillier pour endormir le peuple ! Élections, pièges à cons, vertige de la démocratie ! Vertige du grand soir, parfum nauséeux. Nous voilà frais !

Des coups de feu retentirent au plus profond de la forêt domaniale. Le petit chien répliqua par des jappements perçants.

– Laisse donc, fiston, y'a que pour la chasse qu'on n'est pas en retard dans ce pays. Ah tiens, j'te les enverrai bien à Bagdad ou à Damas moi ces chasseurs de primes avec leurs flingots astiqués dernier cri ! Quand j'pense que j'dois me fader leurs messes de Saint-Hubert pour amuser le populo et faire plaisir aux élus !

Le téléphone retentit :

– C'est Paul, salut !

Le journaliste manifesta bruyamment sa joie retrouvée :

– Lobgeois ! Maurice ! 8e Bataillon ! Compagnie des branleurs de dindons ! Au rapport, mon adjud' !

Carpentier commença par rire des pitreries de son ami qui valaient bien ses considérations insensées à lui sur l'école ou sur le foute-ball, sujet tabou par excellence. Puis il se reprit :

– Bon, je demande pas si monsieur est en forme. Avec une femme comme il a, il a dû bien dormir… Dis-moi, c'est quand que tu cesses de dire des conneries toi ?

– Sauf votre respect, mon adjudant-chef, seulement lorsque j'entends le flash d'infos du matin. La radio fait le boulot pour moi ! Je me tiens coi jusqu'à ce que je sois repu de pain, de café, d'infos invérifiables et que le gouvernement m'ait flytoxé de certitudes pour la journée. Faut faire des efforts, alors je fais des efforts ! Je suis plus fonctionnaire mais j'suis un patriote, moi, monsieur, j'aime la France, moi, monsieur ! En dehors de ça ben, j'réponds de rien !

– Bon, c'est bien, arrête ton cirque ! Je t'appelle pour t'annoncer que je me rends demain à Rollot pour interroger la sœur de Priseur. J'ai prévenu les collègues de la B.T. Une certaine Marie-Rose Lherbier... On verra bien ce qu'on pourra en tirer de la mamie.

– Une petite vanne de policier en passant, si tu permets mon adjudant-chef : n'allez pas lui chercher des poux dans la tignasse à la Marie-Rose...

– T'aurais dû faire l'école du rire Maurice, vraiment ! (Un court silence) Bon ben, avec tout ça j'ai toujours pas la moindre nouvelle de la mère Freux. Pourvu qu'on la retrouve pas égorgée dans un fossé, manquerait plus que ça !

– Sans doute mon Starsky, sans doute. Mais avec ce qu'on dit qu'elle fait aux chats et aux chiens de ses voisins, ce serait justice. Je vais tâcher, en ce qui me concerne, de joindre une correspondante qui a, paraît-il, des confidences à me faire...

– C'est un bon plan, répliqua Carpentier en éclatant de rire, c'est dans les vieux pots qu'on fait les meilleures soupes !

– Ça vois-tu, je doute que ça soit le genre d'infamie qui fasse plaisir à Astrid ! Après ça, tu pourras toujours venir lui faire des ronds de jambe !

Et, sans attendre, il ajouta :

– Et le fils Desaulnes ? Pas de nouvelles ?

– Pas encore. On part de très loin. Personne dans le bled ne sait à quoi il ressemble. Comme je te le disais hier soir (décidément on se quitte plus), je vais tenter de joindre un ami au ministère. Ça permettra toujours de confirmer ou d'infirmer la piste du vieux à qui tu as rendu visite. Reste mon ami, que pour ce qui est de vos gentilles sollicitations avec votre compagne, sachez que MOI j'ai du travail ailleurs, monsieur le journaliste, que je dirige une brigade, MOI, que je travaille souvent la nuit, MOI, et que ce matin, par exemple, j'ai pris mon service à six heures, tandis que VOUS, vous dormiez encore alors…

– Alors il est neuf heures, la poste ouvre. Cours-y vite ! Peut-être que la vieille Freux est revenue en colis express des Frigorifiques associés…

– T'es infâme de parler comme ça des personnes âgées, Lob !

– Je sais, je sais, mais c'est elle qui a commencé. Et puis, de toi à moi je vais te confier un doux secret. Surtout ne le répète à personne : j'aime pas les gens ! Alors les vieux, j'te dis pas, c'est pire !

*

* *

Un vent pugnace et volontaire couchait impitoyablement au sol les dernières feuilles qui s'accrochaient aux arbres. Elles devaient dès à présent rendre les armes, dans une ultime pirouette. La pluie, ce matin-là, rendait la circulation très difficile. Les routes étaient grasses, grasses d'un mélange de terre, de feuilles et de copeaux de betteraves. La mer, grise, crachait ses rouleaux sur le sable en grondant plus fort qu'à l'ordinaire. En se rendant à Berck-sur-Mer, Lobgeois traversa des villages endoloris de froid, trempés de pluie et surtout bercés par ce satané vent d'ouest qui sifflait comme un reptile entre les toits en faisant chavirer sa bagnole. La saison touristique était à la fois loin derrière et la prochaine encore tellement plus loin devant, qu'en dépit d'une imagination solide, il était difficile d'imaginer une saison estivale digne de ce nom devant pareil capharnaüm. Les campings aux chemins boueux étaient fermés, les baraques à frites barricadées, les rues désertes. L'hiver s'avançait chaque jour davantage, mais on patienterait encore un peu pour installer les lampions de la Noël et du jour de l'An, vu que le vent n'en ferait qu'une bouchée.

Berck conservait un semblant d'animation. C'était une ville sympathique et authentique où Lobgeois venait par plaisir. La presse sous le bras, il avala un café et un croissant dans un grand bistrot situé face à l'hôtel de ville. Il y fut saisi d'un vrai trac rien qu'en pensant à la visite qu'il allait rendre à Serge. Cette visite lui pesait parce qu'elle le confrontait à ses propres angoisses devant la maladie, la solitude et la mort. Il feuilleta les journaux du coin qui, les uns après les autres, n'en finissaient pas d'interroger encore et toujours les mobiles du ou des tueurs de Rue. La plupart reprenaient les tuyaux qu'il leur avait distillés au téléphone ou au hasard des rencontres. À charge de revanche… Pouvait-on exclure qu'une bande de voyous avinés choisissent des proies aussi faciles et les tuent ? Sûrement pas certes, mais Lobgeois ne croyait pas à cette piste. Que pesaient deux bonshommes de quatre-vingts balais passés pour qu'on leur réservât un sort aussi cruel ? On n'était pas à Paris ici pour que quelques punks avinés, quelques nazillons de fils à papa en mal de gloire, viennent s'en prendre à deux vieilles barbes innocentes. Aucune vengeance, aucune cause, même la plus noble, ne commandaient qu'on agisse ainsi. Personne, fût-il le dernier des derniers, ne méritait de finir ainsi, victime d'une pareille cruauté. Le mobile de l'argent ne tenait pas la route un instant puisque ni l'un ni l'autre n'en possédaient. Alors ? Que pouvait-on leur reprocher ? S'il s'agissait d'un règlement de comptes, l'affaire devait être sérieuse, bien trop sérieuse pour ces deux demi-sel sans envergure. Le traitement d'une affaire plus ancienne n'aurait pas attendu qu'ils atteignissent un âge presque canonique.

Maurice referma les journaux et demeura songeur en regardant s'animer la place Wilquin. C'était jour de marché. Quelques vieux Berckois, bravant en habitués les aléas du ciel, s'approchaient des étals, sagement rangés devant une annexe de la poste. Des gens affairés s'engouffraient dans la mairie d'un pas pressé, sans un regard pour les autres.

« Je suis convaincu que Jeanne Freux sait des choses... Et qu'elle a foutu le camp parce qu'elle a la trouille d'y passer à son tour. Peut-être que Jules Lahire pourrait m'aider encore. Faudra quand même ruser pour que la directrice me laisse lui causer encore, surtout si entre temps, elle a mis la main sur le paquet de clopes. Elle aura vite fait le rapprochement. Il ne peut venir que de moi. Erreur de débutant. »

Lobgeois retrouva son ami Hégeney une demi-heure plus tard. Celui-ci l'accueillit d'un sourire faiblard. À sa grande stupéfaction, il avait fait l'effort de se lever et, après une courte et laborieuse toilette, il s'était habillé, bien décidé à faire une courte promenade le long de la place de l'Entonnoir et par l'esplanade Parmentier, celle qui longe la plage et domine la mer. Son ami le considéra d'un air plus étonné qu'inquiet.

– Non mais attends, Serge, t'es bien sûr que tu peux... ? interrogea Lobgeois avec toute la délicatesse possible.

– Je ferai ce que j'pourrai…

Ils gagnèrent la rue. Le vent soufflait et Serge qui respirait mal était obligé de baisser la tête pour ne pas suffoquer. Il marchait péniblement aussi, bien que son ami lui donnât le bras. Son corps tremblait quelquefois mais ses yeux n'avaient rien perdu de leur vivacité. Les deux hommes s'étaient engagés en direction de la baie d'Authie en longeant le vieil hôpital maritime. La plage était déserte. Serge Hégeney parlait peu, s'arrêtant de temps à autre pour prendre le temps d'écouter la mer ; mais nul n'était dupe qu'il s'agissait d'abord pour lui de retrouver un semblant de souffle. Maurice regardait devant, de l'autre côté de la baie, en direction de Fort-Mahon. Il semblait étranger aux gestes de vieillard de son complice d'autrefois. Ils déambulèrent ainsi un quart d'heure, s'arrêtèrent un instant pour considérer le phare aux anneaux blancs et rouges et, plus près d'eux un calvaire imposant sur lequel on avait arrimé un Jésus blanchâtre qu'on éclairait par en dessous d'une lumière verdâtre à la nuit tombée. Celui-là exprimait toute la misère d'un genre humain victime de sa propre fatuité, de sa propre bêtise.

Serge rompit le silence :

– Même lui, j'crois bien qu'il peut plus rien pour moi… Allez viens, on va pas aller jusqu'à la pointe du Haut-Banc, on va rebrousser chemin vers la ville.

Ils arpentèrent l'esplanade Parmentier à pas lents. Le vent soufflait avec ardeur, charriant des pépites de sable, chassant la pluie vers l'arrière-pays. Un vieux manège de chevaux de bois était fermé, comme l'étaient le bar et les jeux pour enfants du quartier de l'Entonnoir. La plupart des commerces, restaurants ou échoppes de souvenirs avaient baissé leurs rideaux dès la fin octobre et jusqu'au printemps, c'est-à-dire jusqu'au retour de ces grands jours de temps clair, lorsque le ciel affiche un bleu si pur qu'on le confond avec la mer, et qu'on voit s'y élancer des cerfs-volants chamarrés dignes de ceux de Romain Gary. C'est alors que les badauds déambulant sur la grève s'arrêtent et que leurs yeux s'abîment à suivre leurs folles épopées. On les voit qui tourbillonnent, improvisant mille pirouettes et arabesques. Certains, sans doute plus intrépides, caressent les sternes aux ailes déployées qui, pour toute récompense, lancent des cris épouvantés à la piétaille ensablée qui les gouverne. Mais ce jour-là, les cerfs-volants dormaient au chaud dans leurs guitounes. Les rires des gosses avec leurs pelles, leurs seaux, leurs ballons, le vieux monsieur marchand de cacahuètes avec sa voix éraillée, les cabanes de plage près desquelles se nichent les filles timides, le club Mickey et les joueurs de beach-volley, on verrait ça demain !

On circulait très librement sous les arcades, loin du joyeux tumulte estival, plus loin encore des odeurs de frites, de moules et de gaufres. Le temps passant altérait la marche du malade qui regardait la mer. Il fallait toujours faire une halte tous les vingt-cinq mètres afin qu'il reprenne son souffle. Les deux hommes allaient en silence, lorsque Serge Hégeney l'interrompit :

– Tu sais Maurice, ton histoire… J'y ai bien pensé.

– Ah oui ?

– Oui. C'est curieux mais j'ai l'impression que tu trouveras la clé dans un règlement de comptes ancien…

– Ah, tu crois, répondit l'autre pour répondre quelque chose. Et à quoi penses-tu donc, parce que les deux vieux n'ont pas été liquidés par hasard ?

– Une vieille histoire. Moi, j'pense à une vieille histoire de mauvais garçons. Un secret qui remonterait à la surface. Un truc de famille, un coup fourré d'une guerre ou d'un conflit quelconque…

– J'y ai bien pensé aussi Serge, mais qui viendrait des années après refroidir deux vieux que la Camarde aurait rappelés un peu plus tôt ou un peu plus tard ? Passées quatre-vingts piges, les vieux poivrots… Et pour quel mobile ? C'est ça que je pige pas.

– Tu sais, reprit Hégeney, en relevant péniblement le col de sa vareuse, on ne sait jamais ce qui peut se tramer dans la tête d'un assassin. Il a toujours de bonnes raisons d'aller au bout de sa démarche criminelle, surtout si le fric n'est pas un mobile apparent ou évident. Interroge un peu l'histoire du coin…

– On s'est tué à le faire Serge, depuis des jours ! On a interrogé des vieux qui, ou bien se taisent, ou bien ont sombré dans l'amnésie ! On n'avance pas sur ce terrain-là. Tout le monde se connaît, ça revient parfois à dire que tout le monde se déteste ! Les histoires de familles, là comme ailleurs, on se les tient au chaud, sous le boisseau. Tout le monde sait forcément quelque chose sur le passé de son voisin mais il ferme sa gueule. Va savoir pourquoi personne ne s'avise à relever la chape de béton ou à ouvrir la malle aux souvenirs glauques. Faut pas y compter, Serge, faut pas y compter !

Le malade ne répondit pas. Il semblait à court d'arguments et cette conversation visiblement le fatiguait. Il n'y trouvait à vrai dire que très peu d'intérêt. Il fit encore quelques pas et conclut par ces quelques mots :

– Chez nous, en Alsace, on n'en a jamais fini avec l'Histoire… Elle remonte toujours à la surface. Comme un ludion. C'est comme ça…

Cette dernière phrase eut le don d'intriguer Maurice, mais à peine avait-il décidé de questionner son ami que celui-ci lui lâcha subitement le bras.

– Attends Maurice, dit-il, attends. Elle m'appelle… Lâche-moi un instant, je veux juste la voir, la sentir…

Serge traversa l'esplanade du pas mal assuré d'un homme ivre. Là, il vint s'appuyer contre le parapet qui domine la plage à hauteur du poste de secours. Le vent soufflait terriblement. À croire qu'il allait l'emporter avec son grand manteau et son long cache-nez noir façon Léon Blum ou Bruant.

« Ça fait une bonne heure qu'on déambule le long de la plage et on dirait qu'il vient à peine de s'en apercevoir ; quelle mouche le pique donc ? »

Maurice l'observa d'un sourire où l'attendrissement le disputait à une réelle inquiétude. C'était le rictus d'un père saluant les premiers tours de pédale d'un gamin sur son premier vélo. Hégeney était malade, il se savait mourant bien sûr, mais sans hâte, convoquant ce qu'il pouvait d'énergie et de dignité pour regarder la mort en face. Il voulait profiter de cette courte rémission, car sans doute avait-il compris qu'il tenait là sa dernière pause avant que le mal ne l'emporte définitivement. Il était résolu à rendre les armes, mais il y mettrait les formes, de l'honneur et du courage. Parce qu'il avait toujours été un type courageux, Serge ne s'en laisserait pas compter. Même par la mort.

Le vent balayait ses cheveux, des larmes de lumière inondaient ses yeux et roulaient sur ses joues. Le sourire éclatant qu'il lançait aux éléments de la mer en colère avait quelque chose du défi. Maurice le rejoignit.

– Viens donc, Sergio, tu vas te choper la crève…

– Non, attends ! répliqua-t-il d'un ton sec. La mer… elle est là. Regarde Maurice ! Elle est là ! Immense, déchaînée… Elle est comme la mort. Elle guette, elle rôde ! Rien ne peut l'arrêter… Rien… Qu'est-ce qu'on est, nous, face à ça ? Qu'est-ce qu'on peut, hein ? Elle avance, elle avance ! Regarde donc comme elle avance un peu plus chaque jour ! Attends qu'un jour elle nous emporte !

La scène s'éternisa plusieurs minutes, sans qu'aucun témoin ne vienne l'écorner de sa simple présence. Puis les feux s'éteignirent. Serge baissa les bras. C'était un amant blessé qui regardait celle qu'il aime emportée à jamais par un train roulant de plus en plus vite. Il rajusta son manteau et son écharpe. Un frisson le fit tressaillir avant que les deux hommes ne rebroussent chemin, quelques instants plus tard. Ils gagnèrent la rue Carnot où ils déjeunèrent d'un rien près du Kursaal, dans un restaurant aux trois quarts vide. Soucieux d'ausculter à nouveau les propos ambigus qu'il avait avancés une heure avant sur la plage, Lobgeois rendit compte à son ami de ses pérégrinations journalistiques, en décrivant comment, par l'entregent d'un ami gendarme, il menait son enquête au jour le jour. Serge fit semblant de s'intéresser au débit passionné de son voisin de table, mais son esprit était ailleurs. Ni cette affaire, ni la politique, ni le passé ne parvinrent à lui faire oublier son état. Ils avaient parlé tout à l'heure de ces crimes, il avait donné son point de vue. Maintenant, il n'avait manifestement plus envie de remettre ça. Son état se dégrada au fil du repas. Il se rembrunit, d'un coup, à tel point qu'il lui fut impossible de manger autre chose qu'un friand. Il ne fit plus aucune allusion à l'Alsace, aucune allusion à son épouse qui devait arriver le soir même. Il avala une grande tasse de café noir en tremblant, puis il se plaint du froid et qu'il voulait rentrer.

« Quand je pense, songea Maurice, que tout à l'heure, il aurait bien plongé dans l'eau glacée, avec ses yeux exorbités ! Il agitait ses bras, de haut en bas. On aurait dit un aiguilleur du ciel. Il était comme pris d'une crise de démence. Je le reconnais plus bon sang ! »

Lobgeois fit appeler un taxi et remisa sa gabardine sur le dos voûté, cassé de son ami qui parut noyé dans ce vêtement qu'il réservait naguère aux rares soirées mondaines auxquelles la gentry d'Haguenau le conviait. Il ressemblait à l'Albatros de Baudelaire avec ses ailes de géant, ses cheveux en bataille et son corps décharné. Au pire, on l'aurait comparé à un poids plume de retour au vestiaire, recouvert d'une immense serviette de bain. Retour prématuré, pitoyable, sous les lazzi d'une foule furieuse en délire. Gueule cassée, brisée, rincée au troisième round. Rentrer chez soi. Passer la main. Pour de bon.

Le retour s'effectua sans qu'Hégeney ne dise un mot. Souffrant, hoquetant, crachant discrètement dans un mouchoir en tissu ou le visage caché dans ses mains calleuses, la tête posée sur l'épaule de Lobgeois, Serge attendit d'être de retour dans sa chambre pour vomir le peu qu'il avait avalé au restaurant et pleurer seul, de rage, dans le cabinet de toilette. Lobgeois demeura interdit, ne sachant que dire ou faire qui puisse venir en aide à cet homme qu'il ne reconnaissait plus, cet être dévoré par une souffrance qui le désarçonnait totalement. Lorsque le malade parvint à s'extraire de la minuscule pièce qui tenait lieu de salle d'eau, il l'aida à s'allonger sur son lit. Machinalement. Il n'y avait plus que ça à faire qu'à border ce vieil enfant vers qui la mort louchait maintenant d'un air vil.

– Bon, eh bien je vais te laisser te reposer, mon vieux Serge…

À ces mots, Serge fut pris d'un mouvement de panique à l'idée de se retrouver seul dans cette chambre glauque, loin des bruits familiers de la ville et de la vie ambiante. La vie justement se dérobait de son corps. Le mal progressait, installait ses quartiers dans les moindres pores de sa peau. Il tenait sa revanche, en vainqueur définitif. Ce n'était sans doute plus qu'une question de jours, plus probablement d'heures. La vie s'en allait voir ailleurs, en éclaireuse, à chaque heure, à chaque instant, un peu plus loin chaque fois, comme un chat agrandit son territoire de chasse et qui, un jour, ne revient plus.

– Pars pas, Maurice, pars pas ! J't'en prie… Me laisse pas là tout seul. J'étouffe ! J'veux pas crever là tout seul, Maurice ! Reste avec moi, Maurice…

En proie à la panique, Serge pleurait comme un enfant blessé qu'il fallait consoler, laissant couler de lourdes larmes le long de ses joues creusées par la maladie. Il se remit à trembler de tous ses membres, ses mains s'agrippaient fermement aux draps, comme pour l'empêcher de verser hors du lit.

– J'ai mal… si tu savais combien j'ai mal… Pourquoi j'ai si mal, dis ? Qu'est-ce que j'ai bien pu faire au bon Dieu ?

Si Maurice préféra ne pas répondre et qu'il se tint ainsi dans un silence affligé, c'est que le chagrin le tenait par les tripes et qu'il avait trop peur de sortir une ânerie ou bien quelque fausse promesse, une de ces contrevérités dont on rassure les patients condamnés qui sont les derniers à les croire. Il se contenta de prendre sa main. Leurs yeux humides se croisèrent dans la pâleur angoissante de la chambre faiblement éclairée par la lueur du jour.

– Serge, mon vieux pote...

– C'est dur de partir, Maurice. D'un certain côté, on voudrait bien, tellement on souffre, tellement on se dit que c'est inutile de continuer dans ces conditions... Et puis il y a la vie, la mer, les bateaux, Marisa, les gosses, l'odeur des forêts vosgiennes. Y'a pas ça ici... C'est dur de mourir quand on n'a même pas soixante piges. Tu vois, Maurice... j'ai pas profité de grand-chose. Mon boulot m'a tué, la politique m'a déçu... Tu te rappelles quand on les a envoyés balader, les gars de la section ? (Maurice inclina la tête en se forçant à sourire) Ah, c'est loin tout ça... tellement dérisoire. Moi tu vois, j'connaîtrai pas le temps des cerises...

– Je crains que personne le connaisse un jour, Serge...

– Oui, peut-être. Mais faut pas perdre espoir, Maurice. Regarde-moi. Et regarde un peu comme je tremble. On dirait tes vieillards à toi... Regarde un peu comme j'ai peur. Oui j'ai peur, Maurice, peur comme j'ai jamais eu... peur... peur de m'endormir... peur de plus me réveiller... Tu sais Maurice que c'est terrible ça, toi tu dis... toi t'attends qu'ça passe... Eh ben, prends ton temps bon sang... prends bien tout ton temps...

Serge sombra dans le sommeil presque aussi rapidement que le père Lahire la veille. Lobgeois héla doucement une infirmière qui passait à l'étage et qui vint contrôler la dose de morphine du malade. Elle avait la trentaine aguichante, celle des gestes brefs et précis des professionnels qui n'ont pas trop de temps à perdre.

– Avec ça, il souffrira moins. Vous n'auriez pas dû le laisser sortir par ce temps. C'est de l'inconscience !

– Avec ou sans moi, il l'aurait fait. Je l'ai surpris ce matin en train de s'habiller lorsque je suis entré dans sa chambre…

– Dans son état, c'est une attitude suicidaire…

– Peut-être bien, je parierais pas avec vous, moi qui connais bien cet homme. En tous cas, je vais rester à ses côtés en attendant l'arrivée de son épouse, ajouta Lobgeois, tandis que l'infirmière s'apprêtait à quitter la chambre.

– Je vais vous faire monter un peu de café si vous voulez. Je crois qu'il va dormir au moins deux heures. S'il y a besoin, appelez-moi ! Le médecin devrait passer vers six heures.

Maurice Lobgeois tira les rideaux pour mieux contempler la mer qui s'éloignait au loin, abandonnant derrière elle un large estran de sable cabossé, chaque fois plus impressionnant. Un message téléphonique du bureau l'informa que Martine Decournon l'avait une nouvelle fois appelé et qu'il pourrait la joindre le soir chez elle. Il pesta en raccrochant tandis que Serge Hégeney dormait d'un sommeil serein. Il sortit de la chambre, recopia le numéro de téléphone de la correspondante qui, par chance, décrocha. Elle avait une voix douce et tranquille.

Posée. Elle s'excusa d'avoir insisté auprès du journal pour le joindre, mais elle tenait à s'adresser à cet homme dont elle avait apprécié les articles de l'*Écho* consacrés aux morts non élucidées de Desaulnes et Priseur. Elle était fan d'Internet depuis qu'elle le pratiquait dans un club et elle consacrait chaque jour une paire d'heures à la lecture des nouvelles du monde. Comme l'*Écho* était consultable en ligne, elle n'avait rien perdu des faits. Une veine.

– Un certain nombre de choses me troublent depuis quelques jours. Enfin, disons depuis qu'on parle de ces évènements ; je veux dire de ces crimes. Je ne suis pas native de Rue mais mes parents y ont vécu de longues années avant de venir s'installer ici, à Reims. Ils étaient commerçants. Vous pensez bien qu'ils connaissaient du monde et bien des anecdotes aussi. Tous deux sont morts, hélas. J'habite leur appartement. J'étais enseignante, mais désormais je suis à la retraite.

« Bon Dieu, songea Lobgeois, tu parles d'une chance. Chassez le naturel… »

– Quelles sont ces choses qui vous troublent, madame ? Pourquoi n'en n'avez-vous pas plutôt parlé à la gendarmerie ou à la police ? Êtes-vous menacée ?

– Pas du tout, monsieur. Sachez néanmoins que si je n'ai pas souhaité alerter les services de police, c'est parce que j'ai peur qu'ils ne croient rien de mes soupçons, qu'ils prennent mes arguments ou plus simplement mes interrogations pour des balivernes. Or, j'ai là quelques éléments qui pourraient intéresser votre enquête.

« Soupçons ? Arguments ? Mais de quoi parle-t-elle donc, cette moukère ? »

– Il m'est très difficile de vous parler au téléphone, monsieur. Je préférerais vous rencontrer, chez moi. Je ne tiens surtout pas à revenir sur Abbeville ou à Rue. Nous n'y avons pas que de bons souvenirs…

Lobgeois et Martine Decournon convinrent assez vite d'un rendez-vous chez elle trois jours plus tard, c'est-à-dire après le week-end. La piste semblait malgré tout sérieuse.

– Je viendrai vous attendre à la gare quand vous m'aurez confirmé votre horaire. C'est assez difficile de se rendre chez nous quand on ne connaît pas bien Reims. Et puis je vous ferai visiter la ville, si vous voulez…

« Merde… c'est bien ma veine… Quand je vais dire ça à Astie, c'est couru d'avance qu'elle a pas fini de se foutre de ma fiole ! »

Le journaliste ferma son téléphone et demeura un long moment dubitatif devant la mauvaise reproduction d'une toile impressionniste. Comment savoir s'il devait se réjouir ou s'inquiéter de ce qu'il venait d'entendre ? Qu'est-ce qu'elle lui voulait, cette femme, avec ses sous-entendus, ses manières et ce maudit style ampoulé de celle qui veut déclamer des phrases toutes faites préalablement gribouillées sur un bout de papier ? Ce dont il était sûr, c'est qu'elle l'irritait. Oui, c'était ça, elle l'irritait et il tenait pour plus agaçante encore l'application qu'elle mettait à noyer le poisson, à parler d'elle et simultanément de sa famille. Et puis cette manie d'alterner le je et le nous ! Il ne supportait pas enfin qu'elle laissât transparaître un verbiage qui flairait bon la directrice d'école honoraire. Tout cela titillait passablement l'ancien inspecteur de l'Éducation nationale qui dormait en lui et qui, mine de rien, veillait au grain. Il allait avoir droit à une explication en règle, à une péroraison du style dissertation de terminale avec café et petits biscuits secs ; et puis c'était couru d'avance qu'en visitant son bled, il n'échapperait pas à un cours façon Vidal de la Blache, à un galimatias moitié « Des chiffres et des lettres », moitié « Questions pour un champion » ! Le tout dans un intérieur rustique et propret, camifé à mort, avec les photos des petits moutards dans un cadre en acajou posé près du programme télé et des télécommandes ! Comme chez les honnêtes gens des romans de Simenon. Il allait devoir enfiler son joli costard bleu de gendre idéal.

« Pas si facile de perdre ses vieux réflexes de classe, camarade ! », lui aurait sûrement glissé Serge Hégeney s'il ne s'était pas perdu, noyé quelque part dans son brouillard à lui, dans cette souffrance indicible, dans cette chambre sordide où la nuit, comme toujours, s'invita en avance.

*

* *

De retour dans la chambre, Maurice constata que le fauteuil de Serge était occupé par une dame qui pouvait bien avoir dépassé la cinquantaine. Elle avait un corps frêle que dominait un visage osseux cerné de longs cheveux raides et bruns. « Sèche comme un coup de trique », aurait dit son père. Ainsi fit-il la connaissance de Marisa, la femme d'Hégeney. Ils se saluèrent gravement, en prenant garde de ne pas contrarier le sommeil fragile et de plus en plus agité du malade. Bien qu'elle soit venue en taxi depuis la station de chemin de fer de Rang-du-Fliers, madame Hégeney avait pendu un imperméable bleu dégoûtant d'eau à l'espagnolette de la fenêtre. Elle portait un petit pull gris et se tenait les épaules pour se réchauffer, malgré la chaleur qui régnait dans la pièce.

– Serge m'a souvent parlé de vous. Comme d'un fils ou d'un petit frère. Je suis heureuse de vous trouver à ses côtés alors qu'il est si mal. Vous êtes vraiment quelqu'un qui compte pour lui…

– C'est bien réciproque, madame, je crois bien que Serge fut mon seul véritable ami. Nous nous sommes égarés lui et moi, mais on ne s'est jamais perdus. La preuve…

Marisa était venue directement de Strasbourg où elle travaillait comme réceptionniste dans un petit hôtel propret de la rue du Maire Kuss, à une portée de fusil de la gare centrale. On lui avait accordé son week-end pour se rendre au chevet de son mari. Maurice lui rendit compte de la journée qu'ils avaient passée ensemble. Il décrivit la promenade sous les arcades, la mer, le restaurant aux décors chargés avec sa ribambelle de menus à prix fixes. À son tour, elle décrivit en Serge un homme qui souffrait de plus en plus, qui refusait de s'alimenter, à moins qu'il ne fût plus en mesure de le faire. Comble d'ironie, cet homme qu'on avait connu si jovial, si peu avare de bons mots, les limitait au strict minimum de peur qu'une énième quinte de toux ne lui coûtât son dernier souffle.

– Seuls ses yeux parlent, madame… Ils disent… Ils parlent trop !

Lobgeois tentait comme il pouvait de contenir la peine qui l'étreignait à la contemplation de ce couple que la mort allait détruire tôt ou tard. Il songea à Astrid et à la mère de ses enfants qu'il n'avait pas su ménager. Il vivait la misère des autres et celle-là, cette fois-ci, le touchait directement. Il se tint debout dans un coin de la chambre, laissant Marisa au chevet de son mari.

« Où donc est l'essentiel quand sonne l'heure du grand départ ? », songea le journaliste.

Serge s'éveilla un moment sur le visage en pleurs de son épouse qui lui caressait les joues. Il parut ne pas reconnaître cette femme qui souriait et pleurait tout à la fois. Sa présence l'apaisa sans doute, peut-être n'attendait-il qu'elle pour prendre du champ. Ce regard vide avait la couleur d'un adieu. Cependant il n'eut pas un mot pour elle. Il ne pouvait plus parler, pas même balbutier. Son corps semblait déjà figé. Alors il sombra lentement dans le coma, sa respiration se fit de plus en plus douloureuse. Il suffoquait. Une infirmière alertée par Lobgeois vint lui prodiguer quelques soins et s'entretint avec Marisa qui réclama le transfert de son mari à l'hôpital.

– Il est en train d'étouffer, cria Marisa, à son tour gagnée par la panique et les pleurs. Vous n'entendez pas un peu comme il râle ! Je veux pas qu'il souffre !

– Je ne suis pas sûre que cela serve à grand-chose vu son état, madame. Il est sorti cet après-midi, dit-elle, en se tournant vers Lobgeois, grand coupable à ses yeux de cette étourderie. Nous lui avions fortement déconseillé de le faire, mais monsieur Hégeney est têtu comme une mule.

Un long silence embarrassé suivit. L'infirmière soupira, pleine de dépit :

– Enfin, puisque vous y tenez, je vais faire appeler le médecin-chef. Lui seul pourra décider d'un éventuel transfert. Pas moi.

Serge Hégeney fut transféré à l'hôpital maritime de Berck-sur-Mer en début de soirée. Là, on le plaça immédiatement sous surveillance et sous respiration artificielle. Le pronostic fut sans appel. Quelques heures au maximum. Une, deux nuits, guère plus, avant la nuit définitive. Maurice demeura trois longues heures aux côtés de Marisa, éperdue, ne sachant que faire ni ou aller dans cet établissement immense qui bravait les vagues de la mer depuis plus d'un siècle. Quand Lobgeois sortit de sa torpeur, il s'approcha d'elle et la souleva délicatement de sa chaise par les épaules. Sa main frêle abandonna celle de Serge. La lumière blafarde du plafonnier peignait sur son visage le masque glabre de la mort. Il ne manquait plus qu'un train sifflât dans le lointain.

– Venez Marisa. Nous pouvons vous loger ma compagne et moi. Vous serez mieux chez nous qu'ici. Ils vont bien s'occuper de lui. Allez venez ! Nous reviendrons ici dès demain, à la première heure.

Marisa posa ses lèvres sur le front de Serge en lui glissant quelques mots d'amour qu'il n'entendit probablement pas. Puis elle enfila son imperméable, renifla doucement et quitta la salle de réanimation, avec un ultime regard pour l'homme qu'elle aimait. Le retour à Caumartin fut pénible. Nul n'osait prononcer le moindre mot, de peur de briser quelque chose. Un silence inquiétant, quasi sépulcral emplissait la voiture. Seuls le crissement des essuies-glaces et les sanglots discrets de madame Hégeney venaient le contrarier. Le vent n'avait pas cessé de souffler, balayant le littoral et l'arrière-pays en rafales de pluie.

À Berck, la mer avait juste fini de descendre.

La traversée de Rue, déserte, fut rapide, mais elle tira un court instant Lobgeois du souvenir de ses vingt ans, de l'université et des nuits passées à coller des affiches pour Mitterrand et sa « France unie ». Il revint à la réalité de son enquête, recouvrant du même coup un peu de respiration. Il rentrait chez lui un peu comme on revient de loin. Au carrefour de la Barrière, il eut une pensée pour Carpentier et s'étonna qu'il ne l'eût pas appelé depuis le matin.

« Bon sang, songea-t-il brusquement, j'ai coupé mon téléphone à l'hôpital après avoir appelé la mère Decournon... Quel con ! »

Un seul message s'afficha, précisément celui de l'adjudant-chef, plus laconique et grave encore qu'à l'ordinaire :

– C'est Paul. Il est dix-huit heures. Merci de me rappeler d'urgence. Je sais pas ce que tu fous mais il y a du nouveau ici. À bientôt !

Marisa, Astrid et Lobgeois dînèrent devant la cheminée. L'ambiance était morose, l'on n'entendait que le cliquetis des couverts et le crépitement du feu dans l'âtre. La femme d'Hégeney rappela l'hôpital où l'interne de garde l'assura que l'état de son époux restait désespérément stationnaire.

– Nous avons vos coordonnées si jamais nous avons besoin de vous joindre. Ne vous faites pas de souci, madame, je vous garantis qu'il ne souffre pas. Soyez courageuse...

Elle raccrocha le téléphone d'un geste résigné. Astrid s'approcha d'elle, la prit affectueusement par l'épaule et l'entraîna hors du salon.

– Venez avec moi, Marisa. Je vais vous montrer votre chambre. Il faut vous reposer maintenant et dès demain matin, nous vous conduirons à Berck.

Le journaliste salua son hôte qu'il prit la peine d'accompagner au pied du vieil escalier ciré. Le cœur serré, il vit monter une petite femme penaude que le destin écrasait et que la nuit allait verser dans le chaos, les larmes, l'inconnu.

Autour de minuit, Maurice vida un verre de fine et appela Carpentier à qui il narra sa journée, la mort imminente de son vieil ami perdu et qu'à peine retrouvé, il allait perdre encore, mais pour de bon cette fois.

– Avec tout ça, je sais pas si je dois te parler de nos petites affaires, risqua l'adjudant-chef embarrassé...

– Dis toujours, Paul, dis toujours. Qu'est-ce que ça change de toute façon...

Il y eut d'abord un raclement, histoire de s'éclaircir la gorge, puis vint l'exorde :

– J'crois bien qu'je n'irai pas à Rollot demain pour interroger la sœur de Fernand Priseur...

– Pourquoi ? La gendarmerie est si pingre qu'elle rogne sur les billets de seconde classe ? On t'a retiré l'enquête ?

– Si c'était ça ma foi, ça ne prêterait pas beaucoup à conséquence. Non, c'est simplement que Marie-Rose Lherbier a été retrouvée pendue haut et court dans sa cave. Le meurtre a de nombreuses similitudes avec ceux du frangin et du père Desaulnes : mêmes marques de strangulation, même souci de la mise en scène, pas de larcin ni de vol apparents…

Lobgeois demeura longuement hébété au bout du fil. L'annonce d'un troisième crime, en lien apparemment direct avec les deux précédents, voilà qui avait de quoi finir de démolir ce qui venait d'être sans doute la pire journée qu'il ait connue depuis son installation en baie de Somme.

– Merde alors… Attends, Paul, qu'est-ce que tu me chantes avec tes marques de strangulation ? Si elle a été pendue, je vois pas comment on n'aurait pas constaté de marques de strangulation !

– C'est vrai, pardonne-moi. J'avais oublié ce détail. Non, il y a juste qu'elle a été pendue… par les pieds. Les collègues ont été alertés cet après-midi, vers quinze heures, par une voisine qui avait l'habitude de lui faire quelques courses, de lui porter son journal, des conneries quoi ! Le brigadier qui m'a raconté ça tout à l'heure en avait encore des hauts le cœur. La vieille avait les bras qui touchaient quasiment le sol. Même chose pour le tablier, la robe et les jupons. Je te dis pas le choc ! Paraît que son visage était tout bleu, que sa bouche avait pissé le sang. Longtemps. L'assassin lui a sans doute bousillé plus d'une paire de dents ! Ses bras étaient lardés de coups, le ventre et le dos présentaient une trentaine d'impacts de brûlure de cigares. Le salopard qui a fait ça avait manifestement l'intention de la faire souffrir, de lui extorquer je ne sais quoi avant de l'achever. C'est… c'est inimaginable !

Carpentier éprouva le besoin de marquer un court instant de pause avant de reprendre. Maurice en profita pour enchaîner :

– Je pense que le médecin légiste nous en dira un peu plus. En tout cas, certains doutes s'éclaircissent : quelqu'un en veut aux vieux habitants de Rue, qu'ils y vivent encore ou pas. On ignore encore pourquoi mais on sait que ce qu'il a à leur faire payer, il est prêt à prendre tous les risques pour le faire. En plus, il agit vite. Le frère est à peine refroidi qu'il élimine la sœur avant qu'elle vous révèle quoi que ce soit. On a vraiment affaire à un héros de la voltige ! Cette histoire pue le règlement de comptes. Et, pour tout arranger, la mère Freux court toujours dans la nature ! Victime potentielle…

– Ou commanditaire potentielle, va savoir ! Le procureur de Montdidier s'est mis en rapport avec Courrières. C'est pas la joie…

Puis d'ajouter, désabusé, en chantonnant :

– Et quand un procureur rencontre un procureur, qu'est-ce qu'ils s'racontent ? Des histoires de cadavres ! Merci du paquet-cadeau, collègue ! On dit que la Chancellerie et l'Intérieur sont en émoi. Je te dis pas la presse demain. Y'a d'la viande à ronger autour de l'os, les gars ! Quant à moi, j'ai reçu l'ordre de renforcer la surveillance des maisons de retraite et des rues du bourg ! J'attends le renfort des Casques bleus…

Maurice, qui n'avait pourtant pas le cœur à plaisanter, renchérit pour se défouler :

– Tout ça nous fait déjà trois crimes parfaits : strangulation avec mise en scène macabre. Le tout sans autre signature ni revendication. Pour ne rien arranger, on n'a même pas récolté un indice crédible, pas un témoignage qui tienne la route… Aucune preuve. Tu m'enlèveras pas de l'idée qu'on nage dans une histoire ancienne qui blaire encore des pieds. J'en connais pas l'issue mais le mobile doit être bigrement sérieux. Tu devrais toujours interroger quelques vieux briscards. Je sais que ça n'a rien donné de probant mais, ça vaut toujours le coup d'essayer encore. Trois cadavres originaires du même bled, ça va dérouiller des langues, crois-moi. Et puis tu verras, la danse du tapis et les soirées crêpes avec les nonagénaires, ça vaut son pesant de cacahuètes ! Si tu veux, je viendrais prendre des photos et nous ferons un bel article pour l'*Écho*. Je vois déjà l'affaire : « Notre sémillant adjudant de gendarmerie de la B.T. de Rue, au bras d'une conquête édentée, chavirée de bonheur ! » (Rires partagés) Et sans compter que tu vas pouvoir donner de l'uniforme dans des slows langoureux et chanter les chansons de ta jeunesse : Réda Caire, Ray Ventura, Berthe Silva, Fréhel, Damia et toutes tes autres copines. Ça te rappellera les posters de ta chambrette à l'école de la gendarmerie ! « C'est aujourd'hui dimanche, toi ma jolie maman… » et tout le tremblement… ! C'est sûr que tu vas t'en payer du bon temps, mon poulet, pendant que je vais aller à Reims interroger ma directrice d'école honoraire ! Enfin, que veux-tu, c'est pour la bonne cause…

– Sacré salopard, va ! Je te souhaite la bonne nuit. Moi j'suis de permanence.

– Si la gendarmerie vadrouille par nos chemins et par-delà les toits de nos belles chaumières alors, heureux contribuables que nous sommes, la patrie n'est plus en danger, nous voilà rassurés ! Salut, vieux ! Comme demain c'est samedi, je vais certainement descendre à Rollot histoire de poser le décor de mon prochain article. Sans compter que j'ai encore mon vieux pote à veiller…

– Il me paraît plus sain de penser d'abord à lui.

Chapitre 4

Il somnola plus qu'il ne dormit. Deux ou trois heures, tout au plus. Vers quatre heures du matin, alors que la maison dormait et qu'il n'avait aucune raison apparente de le faire, le chien qui dormait aux pieds du lit de ses maîtres se mit à grogner. Lobgeois le fit taire d'une caresse et l'animal n'insista pas. Éveillé, son regard s'arrêta sur un mince rai de lumière blanchâtre que filtraient les rideaux de la fenêtre. Les volets n'avaient pas été complètement fermés et c'était nuit de pleine lune. Le silence était total. Il devait faire un froid de canard dehors. Sensible au froid comme elle l'était, Astrid s'était enroulée en chien de fusil dans l'épaisse masse de couvertures et de draps. Elle dormait profondément, pareille à une enfant placide, sans souci. Lobgeois prit le temps de la contempler, mais il ne put s'empêcher de songer à Marisa qui dans la chambre d'à côté, devait dormir beaucoup plus mal.

– Je lui ai donné un cachet pour qu'elle se détende et qu'elle dorme un peu, avait chuchoté Astrid à l'oreille de Lobgeois, en regagnant le salon où il finissait de s'entretenir avec Carpentier.

Le petit chien s'agita davantage, habité par la crainte, peut-être même par une peur irrationnelle. Son maître l'appela, le caressa encore et encore, sans que cette stratégie y fît quelque chose.

– Ferme-la fiston, tu vas réveiller toute la casbah. Les cambrioleurs n'aiment pas le froid, tu sais bien. Et puis ici y'a rien à voler...

Soudain, Maurice Lobgeois se souvint qu'il avait un ami sur le point de quitter ce monde, là-bas, à Berck-sur-Mer et que c'était peut-être l'imminence de son départ qui contrariait son sommeil et celui de son chien. Alors, n'y tenant plus il se dressa dans son lit, s'habilla en toute hâte et quitta la maison pour le rejoindre. Avec le chien. Le cœur de cette nuit était froid, glacial même, à en juger la fine pellicule de givre qu'il s'employa à gratter sur le pare-brise et les rétros de sa voiture. Une chance qu'on y vît comme en plein jour. Il s'en fut comme un voleur, les doigts brûlés de froid, à travers les villages de Machiel, Machy, Régnière-Écluse, Arry, autant de bourgs pétrifiés, autant de rues nues et tremblantes. Il songeait souvent à ce que deviendraient ces villages, les hommes, la terre entière en général s'il prenait un jour au soleil la fantaisie de ne pas se lever. Tous périraient de froid. Il n'y aurait plus ni lumière ni végétaux ni animaux. Pas la moindre vie possible. Portée par la mer, la folie viendrait à bout des esprits les plus nobles, jusqu'alors habitués, j'allais dire habités, par la douce tiédeur lumineuse des matins d'ici, celle qui ouvre les yeux des hommes et porte ces mêmes yeux vers l'enivrante contemplation du ciel. Là, privé de cette lumière et de la plus élémentaire chaleur, l'exercice des plus communes habitudes humaines, de la plus élémentaire routine, n'auraient plus aucun sens.

La radio piailla des musiques incertaines. Agacé, Maurice délaissa ses héros westerniens de la country américaine et convoqua quelques vieux amis d'outre-tombe à la rescousse. L'auto s'emplit bientôt des voix généreuses de Bécaud et de Caussimon, deux autres vieux copains des moments durs. Comme un fait exprès ? L'un chantait sa trouille de vieillir et de mourir, l'autre, sans doute plus prophétique, interdisait qu'on parlât de la mort.

« (...) le mot seul jette un froid, aussitôt qu'il est dit... »

La relation qu'il entretenait avec Caussimon était bien plus intime encore qu'avec tous les autres, vu que c'était le seul poète dont il osait chanter les textes à tue-tête, le seul qui lui donnait confiance aux hommes et le pouvoir de croire encore en l'amitié. Ainsi Carpentier était-il son ami, l'ami des temps difficiles, de la solitude et de la culpabilité. L'ami de la résurrection aussi, l'ami du rire retrouvé, l'ami d'une vie comme neuve. C'était un flic certes, et la simple fréquentation d'un flic, cette qualité tant décriée par la littérature anarchiste, l'aurait très vite catalogué au rang des traîtres à la cause, lui qui se disait revenu de tout et qui affichait gaillardement les convictions des drapeaux noirs.

– Paul, c'est d'abord un homme avant d'être un uniforme, disait-il souvent aux gens qui interrogeait cette amitié contre-nature. Je ne confonds pas l'homme avec le placard ou l'écusson qui dit sa fonction. Paul c'est mon grand pote et ça, ça se commande pas ! Et puis, l'expérience me fait préférer les hommes aux idées, comme Camus.

Quant au Jean-Roger, il ne désespérait pas de le voir surgir un jour, un matin d'épaisse brume. Il émergerait de nulle part, ou peut-être bien de la lune avec sa gueule burinée de vieux loup de mer. Il se tiendrait là, au volant de sa « DS antique » tractant sa « roulotte », à la recherche d'un bon point de vue sur la mer. Il aurait la gueule parcheminée de ses derniers albums, l'œil rieur de celui qui aime son prochain et, comme de juste, on remarquerait immédiatement sa drôle de casquette de marin pêcheur vissée sur ses cheveux gris. Sa femme se tiendrait à ses côtés. Il causerait son « argomuche » du quartier des Abbesses, comme de juste. Ils riraient tous les trois, comme de bons copains. Sauf que ce rendez-vous n'aurait jamais lieu ailleurs que dans l'imaginaire de Lobgeois, puisque Caussimon était mort lui aussi. Et d'un mauvais cancer avec ça.

Maurice fut à Berck un peu avant cinq heures du matin. Le froid lui parut plus piquant encore qu'à Caumartin, au point qu'il dut relever le col de la veste qu'il portait, un calicot ridicule, anachronique, au regard de la température et de l'humidité ambiantes. Le thermomètre flirtait allégrement avec la ligne rouge du zéro. L'esplanade Parmentier que Serge et lui avaient longée la veille, ressemblait à présent à un très long corridor en ruines. La mer elle, était là, fidèle et mugissante, indifférente au sort des hommes. Lobgeois s'engouffra dans l'hôpital maritime par les urgences. Une grande pièce aux murs blancs, censée accueillir les malades, était ce matin-là, désespérément vide. Il décida de passer outre mais, bientôt, un interne de garde le surprit tandis qu'il s'aventurait dans un couloir annexe :

– Je cherche le service de réanimation. Mon… mon père y a été conduit hier en fin d'après-midi. Monsieur Serge Hégeney.

Le jeune carabin le considéra d'un œil soupçonneux.

– Mon père est atteint d'un cancer. Votre collègue, le professeur Ardenne ou Dardenne, Lardenne, je ne sais plus ; enfin le cancérologue qui nous a reçus, nous a annoncé qu'il était en fin de vie. Voilà pourquoi je voudrais passer le reste de la nuit à ses côtés. J'ai peur qu'il m'abandonne, vous pouvez bien comprendre ça ? Je suis son fils enfin ! Son seul fils et lui c'est mon père, mon seul père, ça paraît logique non ?

L'interne se ravisa et le conduisit sans plus de formalités et en silence au service de réanimation. Tous deux gagnèrent la seule pièce éclairée d'un couloir immense plongé dans le noir. Il y avait là une infirmière et un médecin, de garde eux aussi. Du dehors, on entendait rouler les vagues.

– Ce monsieur dit être un proche d'un malade atteint d'un cancer, transféré ici hier, en fin de journée…

– Oui docteur, s'empressa d'ajouter Lobgeois, il s'agit de monsieur Serge Hégeney. C'est mon père. J'étais là hier avec ma mère quand on l'a conduit ici. Je voudrais passer quelques instants avec lui puisqu'on nous a laissé entendre que ce sont sans doute les derniers…

Le médecin était une sorte de grande armoire de ferme, un roux au visage déjà fané, lardé de milliers de taches de rousseur. Un benêt de cinquante ans échappé des J.M.J. Il se dressa et dit d'un air faussement navré de circonstance :

– Je suis désolé monsieur, mais vous êtes arrivé trop tard. Votre père, monsieur Hégeney, est mort il y a de cela une vingtaine de minutes. Je m'apprêtais, en revenant ici, à téléphoner à sa famille… Venez, je vais vous conduire à son chevet.

La chambre était restée entrouverte. Des rayons de lune l'éclairaient toute entière. Les appareils de réanimation dormaient à présent eux aussi. Des fils débranchés pendouillaient de partout. Serge semblait dormir, le visage apaisé, tourné vers la mer. Maurice demanda qu'on le laissât seul avec le défunt dont il s'approcha avec crainte. Sa vue se brouilla au ressouvenir des jours anciens de ses vingt ans perdus et aux propos de cet homme qui, hier encore, contemplait l'immensité marine avec des yeux avides, presque gourmands. Ses propos d'alors lui revinrent en mémoire :

– La mer… la mer est là. Regarde Maurice, regarde ! Elle est là ! Immense, déchaînée… Rien ne peut l'arrêter… Rien… Qu'est-ce qu'on est, nous, face à ça ? Qu'est-ce qu'on peut, hein ?

Maurice s'assit sur le lit et, tout en donnant libre cours à son chagrin, il répondit à sa question en bredouillant :

– On peut rien faire mon pauvre vieux, on peut rien faire du tout. T'avais raison… La mer, elle est comme la mort, on peut pas stopper sa course folle. Va donc mon Serge… Et merci pour tout…

Il sortit de la chambre une demi-heure plus tard, remercia le médecin et l'équipe, en leur laissant entendre qu'il rentrait prévenir « sa mère » et qu'ils passeraient au petit matin s'acquitter des formalités administratives. Puisque Serge était alsacien, il ne faisait aucun doute qu'ayant pris un certain nombre de dispositions, il regagnerait au plus vite le pays de son enfance.

Lobgeois et son chien se laissèrent porter le long de la plage grise. Ils ne sentaient plus guère le froid. L'animal allait à droite et à gauche, ne sachant où donner de la truffe, à cent lieux du drame que vivait son maître. Une embarcation au loin, glissait doucement sur la mer. Une petite lumière lui ouvrait le passage à la façon des lamparos qu'on aperçoit à la nuit tombée au large de Port-Vendres ou Collioures. « C'est peut-être lui qui fout le camp », songea Lobgeois, mélancolique. « Si seulement c'était ça, mourir. Si seulement on pouvait tous larguer la vie comme ça, on aurait moins la trouille de calancher, la nuit quand ça vous prend aux tripes... ». Un couplet que Ferrat avait écrit pour un ami à qui il reprochait tendrement d'être parti trop tôt, lui revint en mémoire :

« *Tu aurais pu vivre encore un peu*
Mon fidèle ami, mon copain, mon frère,
Au lieu de partir tout seul en croisière
Et de nous laisser comme chiens galeux... »

Aux phares de Dieppe, du Cap Gris-Nez et de Berck répondaient, inlassables, d'hypothétiques et lointains fanaux anglais. Une, puis deux, puis bientôt cinq voitures passèrent derrière le journaliste esseulé, en larmes, le long de la plage. C'étaient des gens qui partaient bosser, rien que de très ordinaire, le sandwich et la thermos calés dans la musette. Serge était parti lui aussi, mais il n'avait rien emporté. Le monde, la vie continueraient sans lui, comme si de rien n'était, comme s'il n'avait jamais existé, aussi intolérable que cela puisse paraître. Soixante années d'une existence venaient d'être balayées dans la plus méticuleuse indifférence. Une goutte d'écume avalée par le sable !

Maurice reprit la route en direction de Caumartin. Il était en proie à un profond chagrin que la grande Sanson elle-même ne put apaiser. La longue rue de l'Impératrice reliant Berck-ville à Berck-plage était encore sans vie, les rideaux des commerces baissés, le jour encore loin derrière. Ah ! qu'il était loin l'été et comme il était lointain ce petit estaminet chantant où il aimait déjeuner de moules et de frites en reluquant les jolies femmes qui passaient indolentes devant les tables ! À croire que c'était pas le même pays ou, plus grave encore, qu'il en avait rêvé, que tout cela n'avait existé qu'au tréfonds de sa caboche ! Lobgeois s'arrêta un court instant pour s'essuyer les yeux alors qu'il quittait Conchil-le-Temple où il avait dû laisser filer un interminable convoi de wagons marchandises. Il fut tenté d'appeler la maison où les deux femmes devaient dormir encore. Il se ravisa finalement, estimant que Marisa n'apprendrait que trop tôt ou trop vite le décès de son mari et qu'elle pouvait bien finir sa nuit tranquille.

Un rayon de lumière s'échappait d'une fenêtre de la gendarmerie de Rue devant laquelle il passa, un gros quart d'heure après avoir quitté Berck. Carpentier et ses hommes étaient rentrés de patrouille mais seul l'adjudant-chef, par nature enclin aux insomnies, était resté à son bureau. Il n'eut pas un mot pour son ami lorsqu'il l'entendit entrer et s'avancer dans le corridor, les yeux rougis. Il comprit à sa mine défaite qu'il revenait de Berck et que son ami était mort. Paul Carpentier ne dit rien. Tout à l'heure sans doute, il évoquerait la mémoire d'un de ses bons copains, flic de son état, comme lui, un mec courageux qui avait trouvé la mort sous ses yeux en extirpant un type de sa voiture en flammes. Il lui dirait qu'alors, seul à seul devant son cercueil qu'on avait serti d'un drapeau tricolore en soutane avec une médaille du mérite posée sur un coussin rose tyrien du plus mauvais goût, il avait voulu tout plaquer, tout foutre en l'air et que s'il avait finalement failli, c'est qu'il n'aurait pas su quoi faire d'autre, lui, le triste enfant de troupe, à la patrie éternellement reconnaissant.

– Fait bigrement froid ce soir, hein… On s'est fait la totale. J'ai renvoyé tout le monde, j'arrivais pas à me concentrer sur notre affaire…

Gauche, visiblement intimidé par les larmes de son ami égaré à cent lieux des crimes de Rue, il ne put rien faire d'autre que de le prendre par l'épaule pour l'inviter à prendre un café dans son bureau.

– Tu as bien fait de venir, mon vieux… T'as reniflé le café comme t'es là… Ah bon sang, comme j'aime pas te voir comme ça…

*

* *

Déjà qu'il n'était ni spécialement beau, ni spécialement spacieux en temps ordinaire, le bureau de Paul avait ce matin-là une gueule carrément sinistre. La nuit était calme, mais on percevait au loin la ritournelle des premiers camions qui allaient installer leurs tréteaux rue du Colonel Tétard. Car on était samedi, jour de marché.

La cafetière de la brigade n'avait rien à envier à celle d'Astrid. Elle crachotait ses poumons au même rythme que Lobgeois reniflait son chagrin, les yeux brûlés de misère et de fatigue. Paul lui tendit une petite écuelle dans laquelle il serrait quelques morceaux de sucre. Ils demeurèrent un long moment sans se parler, sans même se regarder, avant que l'adjudant-chef se décide à lui narrer l'itinéraire de sa patrouille nocturne.

– Avec tout ça, j'ai toujours pas retrouvé Jeanne Freux. Le guichetier de la gare m'a affirmé lui avoir vendu un aller simple pour Abbeville il y a de ça deux jours et puis après, pschitt ! plus rien ! Personne ne l'a vue là-bas ! Le procureur est furibard après nous ! Je lui ai pourtant fait respectueusement remarquer qu'on avait aucune charge contre elle et qu'à cet égard, on ne pouvait pas décemment la boucler au violon ! Il va lancer un avis de recherche. Tout ce qu'on sait de la donzelle c'est qu'elle s'est lancée dans la photographie après la guerre, qu'elle a ouvert un magasin fermé depuis au moins vingt ans. Sans être spécialement vieille fille, elle ne s'est jamais mariée. Pas de gosses non plus. Un contentieux personnel avec la moitié du patelin, tu rajoutes le mépris affiché de l'autre moitié et le compte est bon ! J't'en foutrais bien, moi, de lui dégotter des neveux, des nièces ou des cousins ! Puisqu'elle est, paraît-il, riche à millions, elle doit penser que toute cette racaille ne s'intéresse à elle que pour empocher ses lingots et le fruit des cinq ou six belles propriétés qu'elle loue dans les environs…

Le journaliste écoutait son ami sans décoller les yeux du sol. Il buvait son café brûlant par fines lampées.

– Rassure-toi : elle ne louait pas à nos trois trépassés. Pas même à leurs enfants… Je voulais t'informer que nous avons retrouvé la trace du fils Desaulnes, Philippe. Sais-tu seulement où il se terre ?

Lobgeois hocha négativement la tête. Qu'est-ce que ça pouvait bien lui foutre à présent ? Encore un qui finirait à l'ombre, tôt ou tard, comme un autre, comme tous les autres, pauvre à crever ou riche à millions, sans discussion possible, sans le moindre commencement de marchandage. Là ou ailleurs, dans un lit d'hôpital, bouffé par le formol et la morphine, abandonné comme un chat mort, seul, allongé sur le bord d'une route, dans un fossé gorgé de flotte ou sur le quai d'une gare, un soir d'hiver, façon Jacques Higelin.

– J'ai pu obtenir des renseignements assez précis sur notre lascar, reprit Carpentier en chaussant ses lunettes pour déchiffrer la feuille de notes restée en plan sur le sous-main de son bureau. Ils sont suffisamment précis pour le mettre hors de cause. Philippe Desaulnes a passé l'intégralité de sa vie hors de Rue. D'intelligence plus que moyenne, ses études s'arrêtent au certificat d'études auquel, sans doute soucieux de n'être pas la risée du département ou bien de sauvegarder ses chances de décrocher les palmes académiques, son instituteur n'a pas jugé utile de le présenter. Le combat n'eut pas lieu, faute de combattant, tu vois bien que moi aussi je connais mes classiques… Après ce fut l'engagement dans l'armée. L'armée de terre. La Marne. La Champagne pouilleuse : Suippes, Mourmelon-le-Grand. Une carrière de sergent-chef sans histoires. Pas de femme, ni de môme. On sait simplement qu'il avait parfois des comportements irrationnels, limite violents envers les jeunes troufions dont il avait la charge. C'était pas un violeur malgré tout ! Un violent, c'est déjà pas si mal. Quand Chirac a mis fin à la conscription, il s'est trouvé tout con, presque inutile à la société. On laisse entendre au ministère des Armées qu'il a pas supporté sa mise à la retraite, qu'il a considéré qu'on le foutait au rencard puis au rebut. Incapable de s'adapter à la vie civile, paraît qu'il est devenu cinglé. On l'a arraisonné en 1996, à Verdun, dans un appartement cradingue du quartier Chicago, c'est son nom, j'invente rien, j't'assure ! Il ne supportait plus les cris des mouflets qui passaient et repassaient dans sa rue sur leurs mobylettes traficotées. Les gars du G.I.G.N. l'ont interpellé alors qu'il menaçait les passants avec son flingue. Mais rassure-toi, le sniper du dimanche s'est rendu sans difficulté. Simple opération de routine. Depuis, il végète dans un asile d'aliénés, à Metz. Si tu veux mon sentiment, ce mec-là, c'est comme un paquet égaré sur la route, un paquet que ses aïeux quincailliers ne sont pas allés récupérer aux objets trouvés. C'est toujours ça de gratté sur l'héritage, tu comprends. Tu sais, Mo, on a même vu des médecins de famille, intéressés ou complaisants – parfois les deux ! –, signer des certificats d'internement en bonne et due forme.

Carpentier avala ce qui lui restait de café en prenant bien le temps de récupérer la fine épaisseur de sucre qui caramélisait au fond de sa tasse. Puis il reprit :

– Bon, on a bien sûr tout vérifié. Il était bien entre ses murs capitonnés le jour des crimes. Pas de raison qu'il s'échappe ! Un alibi en béton armé pour lui, une fausse piste de plus pour nous. Et puis, de toi à moi : quelles raisons aurait-il eu pour venir liquider son père et le pote de son père ? J'te parle même pas de la sœur du pote, vu qu'il y a toutes les chances pour qu'il n'ait jamais vu sa bobine ! Pourquoi donc l'aurait-il zigouillée hein, tu peux me le dire ?

– J'en sais rien, répondit faiblement Lobgeois. De toute façon, j'y crois pas à cette piste. Tu sais Paul, y'a des jours comme ça où j'crois plus en grand chose…

L'adjudant se dressa brusquement et s'approcha de lui pour l'houspiller :

– C'est pas bientôt fini tes conneries, Lobgeois ? Regarde-toi et après regarde ceux qui t'entourent. T'as aucune raison de verser dans l'auto-flagellation ! Tu crois pas que ton copain préfèrerait pas être avec nous ce matin, plutôt que là où il est ? Et Astrid, qu'est-ce que t'en fais ? Et tes moutards ? T'en connais des cloches qui ont des mômes aussi beaux qu'les tiens ? Moi pas ! Et puis j'vais t'dire : des gamins j'en ai pas, ça a foutu not' vie par terre ma femme et moi, mais moi demain, à la différence de toi, y'a fort à parier que j'mourrai tout seul comme un vieux con si jamais j'viens à être veuf !

*

* *

Astrid l'expédia à la douche et au lit lorsqu'il revint au bercail annoncer la mauvaise nouvelle à Marisa et après qu'il eût longuement profité de l'étreinte accueillante de sa compagne. Les deux femmes s'occuperaient ensemble des premières formalités sitôt que la veuve aurait appelé ses proches en Alsace. Lobgeois s'allongea sur son lit, aux côtés de son chien. Il perçut les petits sanglots de la femme d'Hégeney qui rassemblait ses quelques effets dans la chambre voisine. L'instant d'après, son téléphone portable crachouilla une petite musique à la fois aigre et douce. C'était Jean-Noël Rivet, le rédacteur en chef de *L'Écho de la baie* qui venait aux nouvelles. Il était apparemment de fort méchante humeur.

– Dis-moi, Maurice. Tu sais que tu as raté la séance de conseil municipal de Saint-Riquier hier soir ?

– Ah oui, admit l'autre en bafouillant. Merde alors, je l'avais pourtant notée sur mon calepin, mais je l'ai oubliée ta séance. Ça arrive…

– Bien sûr que ça arrive, reprit l'autre, d'un ton de plus en plus vif. N'empêche que si j'avais pas réussi à joindre

Suzanne dans les temps, on serait passé à côté d'une belle empoignade entre la majorité et l'opposition !

– Non mais attends, Jean-No, c'est quoi ton histoire ? Encore cette salade autour des trottoirs ? Bordel, on s'en tape de leurs trottoirs à la con !

– Toi peut-être. Les lecteurs non ! Avec ces meurtres, tu t'égares ! On t'a pas embauché pour jouer les détectives mais pour rapporter les faits locaux !

Le ton monta d'un coup de plusieurs crans. Lobgeois s'assit dans son lit, prêt à riposter :

– Écoute-moi, Jean-Noël : premièrement, je me contrefous des trottoirs de Saint-Riquier, quand bien même ils seraient en platine dernier cri et même s'ils n'existaient pas j'm'en porterais pas plus mal. Y'a guère que ton beauf que ça intéresse, vu que c'est lui qui mène la danse avec les deux ou trois lascars qui forment ce que tu appelles pompeusement « l'opposition ». Si notre journal a pour vocation de lui offrir les clés du beffroi sur un plateau, alors oui, tu fais bien te t'adresser à Suzanne pour les comptes-rendus de ton héros ! Deuxièmement, tu peux compter sur moi pour aller te dénicher une petite occupation d'école par des parents d'élèves furieux contre l'impéritie de l'Administration ou même, si tu veux plus fort encore, une bonne intoxication alimentaire à la salmonelle dans les poubelles des collèges du Ponthieu ou du Vimeu ! C'est sûr que ça fera vendre, entre les vœux des maires et les résultats de promotion d'honneur ! Enfin Jean-Noël, merde ! Ouvre les yeux bon sang ! Les crimes de Rue font la une de tous les canards du coin. Je n'ai pas non plus besoin de te rappeler que les télés nationales se sont déplacées rien que pour ça ! À c't'heure, même TF1 s'en tape des trottoirs de Saint-Riquier ! C'est pas tous les jours que ça nous arrive ça ! À mon avis, ça leur parle plus que les trottoirs ou les cours de ferme de ton bled... Et n'oublie pas qu'avec toutes les infos que j'me suis crevé le derche à dégotter, on a tiré un peu plus de papier que d'habitude ; par les temps qui courent, j'y vois pas de raison de nous en plaindre !

– Mais tu délires, Lobgeois, tu mélanges tout ! reprit Rivet, décontenancé par ce qu'il venait d'entendre. Ramène chaque événement à sa juste place !

– Justement ! C'est aussi pourquoi je voudrais finir cet entretien par deux infos qui me paraissent de première main : d'abord la sœur de Fernand Priseur, tu sais celui qu'on a retrouvé bien cuit dans sa baraque à Hère ; oui, sa sœur disais-je, une certaine Marie-Rose Lherbier, a été retrouvée pendue chez elle, à Rollot, rue principale pour être précis. Pendue après avoir été rouée de coups. Torturée pour ainsi dire ! Aucun larcin apparent, rien qu'un corps désossé, brûlé au cigare, étranglé et finalement pendu par les pieds à un croc de boucher dans sa cave ! Au moment où les flics se préparaient à l'interroger sur la mort du frérot. N'est ce pas que ça donne à penser un coup pareil ? À tous les coups on gagne, j'te fiche mon billet que c'est le même équarrisseur que chez nous. Y'a pas de hasard, tout juste un grand mystère, mon Jean-Nono...

– Bon sang... Mais d'où tiens-tu cette info-là ? Tu aurais pu me prévenir plus tôt, merde alors ! Tu sais bien qu'on va boucler bientôt !

– Ah, j'te retrouve bien là, Jean-Noël... T'inquiète pas : je vais aller traîner demain du côté de Rollot et t'auras mon papier demain soir, par courrier électronique. Il me trotte dans l'ciboulot depuis hier soir, alors te crée pas de misères supplémentaires… Je voulais te dire ensuite que j'allais ce lundi à Reims, rencontrer la fille d'anciens commerçants de Rue. Elle a, paraît-il, des révélations importantes à faire. Et comme plus j'avance dans cette enquête, moins j'avance, j'vais pas faire la fine bouche, j'y vais… La méthode hypothético-déductive ça marche quand t'as quelques billes dans ta poche. Sinon, fume…

– Des révélations ? T'es sûr de ton coup, Maurice ?

– Elle a parlé d'interrogations et même de révélations. Ce dont je suis certain c'est qu'elle ne veut pas avoir à faire avec les poulagas car elle a peur qu'ils la prennent pour une folle… Tu sais, avec un troisième macchabée sur les bras, contemporain des deux autres, le règlement de comptes d'une histoire ancienne semble de plus en plus probable. Reste à savoir qui fait payer quoi à qui et d'une manière aussi diabolique. J'ai pris quelques renseignements auprès des associations d'anciens combattants du coin, celles que tu as eu la bonté de m'indiquer. Elles sont toutes formelles : Desaulnes et Priseur ne se sont distingués ni comme résistants, pas même vers la fin du film, à partir de l'été 44, comme le firent tant d'autres, sans doute plus opportunistes qu'eux ou qui avaient des choses qui leur pesaient sur la conscience ; ni comme collabos. De parfaits attentistes nos garçons… Ça me fait dire que nous n'avons pas trop à pinailler sur les témoignages indirects ou extérieurs. Les habitants parlent peu et, lorsqu'ils s'y risquent, ils se contredisent, s'embrouillent et finalement se rétractent. Les flics pataugent avec leurs indices et nos justiciers en soutane d'hermine sont à cran avec tous ces diseurs de bonne aventure !

Rivet marqua son embarras d'un silence prolongé. Il se racla la gorge pour y mettre fin :

– Bien écoute-moi, Maurice. T'as fait du bon boulot, c'est vrai. Va pour Rollot et pour Reims, mais n'oublie pas de me tenir au courant de tes recherches et de me caler ton papier avec photos d'ici quarante-huit heures. Il me faut un truc précis et suffisamment clair qui récapitule toute l'affaire, depuis le début, avec les derniers rebondissements ! Et, dernière chose : fais bien attention à toi. Le procureur s'étonne de la qualité de tes sources. Tu sais qu'une instruction est par nature secrète. Fais-en juste la remarque à ton ami Carpentier. Si ça venait à traîner, il ferait un parfait lampiste… Et quand les juges peuvent se faire un poulet, ils s'gênent pas !

– C'est entendu, mais, de toi à moi, Carpentier est à deux ans de la retraite, il s'en balance de Courrières. Sa peau vaut plus cher que la sienne. Et j'te parle pas de son efficacité.

– Peut-être. Mais pense un peu au journal et à l'équipe avec laquelle tu es censé travailler… C'est bien simple, on te voit plus au journal…

Lobgeois s'apprêtait à éteindre son appareil lorsqu'il reprit le fil de son propos :

– Au fait, Jean-Noël. La dernière info c'est que j'ai passé une partie de la nuit à veiller un vieil ami dont j'avais depuis longtemps perdu la trace et qui vient de mourir à l'hôpital maritime de Berck. C'est pourquoi tu me trouves à cette heure dans mon lit. Malheureux comme un chien et pelant de froid.

– J'pouvais pas deviner, Maurice. Excuse-moi et bonne nuit. N'oublie pas de m'appeler pour me dire où t'en es, hein ?

– Mouais, t'en fais donc pas…

Lobgeois tira les rideaux pour redonner sa part d'ombre à la chambre. Il coinça sa tête entre deux oreillers, posa la main sur la tête de son chien qui n'avait pas bougé et lança en baillant :

– Pauvre con ! Va-t-en faire ta fille sur tes putains de trottoirs ! Où tu veux, avec qui tu veux et comme tu veux, j'm'en tamponne le coquillard tiens ! Mais compte pas sur moi, garçon, pour venir te t'nir les pinces ou serrer celles de ton beau-frère !

Puis il conclut, montrant son front et s'adressant à son chien :

– Y'a pas marqué Ali le Comique ici, quoi merde !

*

* *

Rollot avait beau faire partie du département de la Somme, il fallait aller le chercher bien loin d'Abbeville ce fieffé bled ! Aux confins de l'Oise s'il vous plaît, le long de l'ancienne voie qui relie Amiens à Compiègne par Montdidier. C'était un interminable village-rue qui s'étirait sur plus de deux kilomètres, au cœur d'une région qu'on aurait pu croire déserte sans les quelques clochers qui émergeaient çà et là des champs de betteraves, ex-champs de bataille, ex-champs d'horreur transformés depuis en glorieux cimetières militaires : Courcelles-

Epayelles, Tricot, Méry-la-Bataille, Boulogne-la-Grasse, Bus-la-Mézière, tous ces jolis patelins de pierre pour Parisiens stressés fleuraient encore bien bon le grand carnage de 14-18. Lobgeois se souvint que Cendrars et ses baroudeurs avaient traîné leurs guêtres et leurs misères là. Toute la région de Montdidier, de Roye et de Noyon conservait les stigmates de ces temps douloureux où la folie meurtrière des hommes, aiguillonnée par des intérêts qui les dépassaient largement, s'était donnée à fond. À fonds perdus, bien entendu. Depuis, tous ces bourgs avaient été reconstruits, patiemment au cours des années vingt : fermes, baraques, puits et églises, tous avaient été redressés à grands renforts de briquettes rouges. Un monument aux morts planté sur un morceau de place invitait partout au souvenir de ces « enfants » que la patrie avait expédiés dans l'au-delà, comme ça, d'un coup, le tout sans que cette simple évocation ne suscitât un grand émoi, la grande colère qu'on eût été en droit d'espérer d'un monde européen qui se prétendait alors civilisé mais qui colonisait la planète pour mieux la piller, qui asservissait une majorité d'hommes et de femmes qui ne leur demandait strictement rien et qu'ils enrégimentèrent pour venir crever ici, loin de chez eux. « À nos glorieux morts », « À nos enfants morts pour la France… », même en lettres d'or, cette rhétorique hideuse sonnait mal.

Rollot s'était rendue célèbre pour un fromage qu'on fabriquait jadis et dont on louait le caractère et cette expression si particulière qui fait friser le nez des âmes un peu sensibles. C'était encore ici qu'on avait caressé l'espoir d'implanter un aéroport international qui aurait achevé d'anéantir ce petit coin de terre où le boulot s'était fait la malle. Quelques fermes affichaient encore des inscriptions hostiles au grand dessein expansionniste de quelques technocrates parisiens. On les gardait sous le coude, si d'aventure la fantaisie leur reprenait, à ces faiseurs d'histoires en blouses blanches. Maurice fit un détour par Le Frétoy-Vaux, une petite commune que l'administration prévoyait d'anéantir une seconde et dernière fois afin que des touristes, des golden boys et autres affairés s'envolent ou s'en viennent de pays lointains où ceux d'ici ne mettraient seulement jamais les pieds. La mairie-école semblait défier l'église en un combat douteux, à plusieurs centaines de mètres du premier pâté de maisons. Lobgeois goûta le silence des lieux ainsi que la douceur pâle de ce matin d'automne. Assis sur les degrés de la mairie, il grilla une cigarette en pensant à son ami Serge. Il éprouva à cet instant un curieux sentiment où le malaise se mêlait à une irrépressible nostalgie. Le passé collait à ses basques comme de la glaise. Impossible de se défaire de cette mélasse gluante ! La vie s'effeuillait peu à peu ainsi que font les arbres centenaires : chacun passait sa vie à mériter on ne sait quoi, le droit de vivre, de marcher, de respirer, de rire ou de pleurer. Le droit de mourir aussi, pourquoi pas ? Plus ou moins tôt, plus ou moins vite, plus ou moins violemment. Pour quelles raisons la mort frappait-elle celui-ci plutôt que tel autre ? Pourquoi s'acharnait-elle parfois avec tant de haine, avec autant d'application, sur un malade aux pieds et poings liés, cloué sur son lit d'hôpital ou bien sur une vieille femme de quatre-vingts piges qui ne demandait probablement rien d'autre qu'à couler paisiblement ses derniers jours sur la demi-retraite de son défunt mari ? Maurice Lobgeois gagna Rollot sans apporter la moindre réponse à ces supputations grisantes. Il n'eut aucune difficulté à dénicher la demeure des Lherbier, une villa cossue, plantée derrière un jardinet, en retrait d'une vingtaine de mètres de la route principale, bordée de larges trottoirs à camions. La chambre de l'étage ouvrait sur un coquet balconnet aux boiseries fraîchement repeintes. Des fleurs en pots gardaient l'entrée principale. Vraiment rien ne laissait supposer qu'un endroit si charmant venait d'être le cadre d'une si macabre découverte. Le journaliste fit quelques photos de la maison, ce qui lui attira quelques regards fort peu amènes d'un groupe de badauds en faction devant le portillon. Il y avait là trois femmes et deux hommes, occupés à deviser, l'air grave. À l'intérieur, des gendarmes s'employaient encore à chercher des indices. Là, comme à Rue, le bourg était complètement abasourdi par les évènements odieux qui venaient de frapper une vieille innocente apparemment bien intégrée et estimée de tous. Maurice s'avança vers le groupe qui stoppa immédiatement sa conversation. Ne dit-on pas des murs qu'ils ont parfois des oreilles ? Notre homme tenta de se montrer avenant. Il déclina son identité et sa profession, n'hésitant pas à caresser son auditoire dans le sens où il semblait vouloir être caressé : la douleur, la colère, la révolte. Une femme se présenta à lui comme une voisine de la défunte. Elle se mit à pleurnicher dès l'énoncé de la première question. Nul n'avait vu ni entendu quoi que ce soit, si ce n'est qu'une petite voiture bleue, immatriculée dans la Marne, avait stationné la veille du meurtre, à deux cents mètres en contrebas, après le virage et l'étude notariale. Personne ne connaissait cette auto, pas même son conducteur que personne, non personne, n'avait aperçu. La voiture était arrivée à la tombée du jour. Le lendemain matin, elle n'était plus là. Tous les voisins interrogés par les forces de l'ordre étaient affirmatifs. Ils ne se connaissaient aucune connivence avec un habitant de la Marne, à moins que la voiture ait été louée. Un brigadier très indiscret lui confirma plus tard, que cette piste, loin d'être négligée, faisait l'objet d'investigations sérieuses par les services de police. Le tueur n'était après tout qu'un homme et, à ce titre, il était tout aussi faillible qu'un autre. Pour l'heure il travaillait en artiste, sans laisser filtrer le moindre indice, la plus infime brèche. Pour corser un peu l'affaire, voilà que les témoins potentiels ne s'accordaient que sur le numéro départemental de la plaque minéralogique et non sur le reste. Même le modèle de véhicule divisait. Le temps d'aller retrouver un éventuel propriétaire, pour peu que la caisse ait été dérobée à la sauvette sur le parking d'une gare ou d'un hypermarché, le suspect avait eu largement le temps de fuir à l'étranger.

Maurice n'obtint pas grand chose des voisins, mis à part, comme souvent en pareil cas, une invocation bien sentie de la peine de mort. Midi dans le jardin de Jean-Marie... Pas de quartier pour les criminels ! C'est comme pour les violeurs d'enfants, faut leur couper les couilles pour pas qu'ils recommencent ! Et les leur faire bouffer ! Comme en Algérie avec les felouzes ! D'ailleurs, qui d'autre qu'un étranger, ou un fou, ou les deux, c'est tellement plus pratique ; qui d'autre pouvait s'être livré à une telle ignominie, hein, je vous l'demande, monsieur ? On laisse entrer n'importe qui et on laisse faire n'importe quoi maint'nant en France alors, allons-y ! Et qu'un sang impur abreuve nos sillons ! Tant qu'on y est !

France mère des arts... Maurice abandonna son auditoire à ses certitudes aussi peu engageantes et nauséabondes, puis il s'en fut déjeuner d'un sandwich et d'une pression au petit café situé à la sortie du bourg, au carrefour de Boulogne-la-Grasse, Mortemer et Courcelles. L'endroit était presque désert. Seuls deux ou trois jeunes jouaient au billard derrière l'étagère aux journaux. On percevait leurs rires et leurs commentaires à la dérobée. C'était toujours un peu de civilisation gagnée. Un type sans âge stationnait debout au comptoir, devant un ballon de blanc. Il fumait un cigarillo de mauvaise qualité qui empestait. La radio lançait quelques airs à la mode et le patron, un jeune type plutôt avenant, essuyait quelques verres à pied.

Une voiture immatriculée dans la Marne pouvait appartenir à n'importe qui, songea Lobgeois en griffonnant son calepin. Et pourquoi pas au fils Desaulnes tiens, le cow-boy de Verdun, l'ancien juteux de Mourmelon ? D'abord séduit par la coïncidence géographique, Maurice écarta cette piste assez vite. L'homme était interné depuis plusieurs années, abîmé pour toujours entre son lit sanglé, une table et deux chaises. Il n'avait pas eu de père, pas beaucoup plus de mère si ce n'est l'armée, jusqu'à ce qu'à son tour elle aussi le laisse comme un chien blessé tout seul sur le carreau. Pour tout dire, Philippe Desaulnes n'avait pas eu de vie. Pas de risque. Et du reste, s'il avait voulu commettre un acte aussi odieux, il n'aurait pas attendu tout ce temps pour s'exécuter. Sauf à se découvrir un mobile, un vrai. L'aban don ? La rancune ? L'appât du gain ? Mais alors de quels gains ? Pourquoi, en pareil cas n'aurait-il pas d'abord choisi de faire leur fête aux quincailliers odieux qui, en voulant coûte que coûte protéger leur notabilité, avaient décidé du destin minable de sa mère et de lui-même. Non, cent fois non, tout cela ne collait pas ! La cible du troufion, comme celle du basané ou de l'idiot du village, ça prenait d'autant moins que la victime n'avait fait l'objet ni de violences sexuelles ni d'un larcin visible. En revanche, l'autopsie révélait qu'une longue séance de torture lui avait laissé le corps lardé de brûlures de cigares ou d'allume-cigares. On approchait l'immonde… et cette ignominie sadique devait bien correspondre à quelque chose de précis. La pièce empestait le tabac, paraît-il.

Une fois surprise et maîtrisée, il avait suffit au bourreau de bâillonner sa victime le plus soigneusement possible, puis de lui ligoter pieds et poignets pour la faire souffrir à loisir. Elle n'avait rien eu à avouer, rien qui nécessitât qu'elle parle. Elle n'avait eu qu'à subir et souffrir. Ses yeux caverneux étaient cramés de larmes, ses cheveux en bataille maculés de son propre sang. Le cinglé qui avait osé un coup pareil avait étranglé sa victime pour finir avant de lui fracasser la mâchoire avec un outil qui ressemblait à un marteau. De mémoire de médecin légiste, on n'avait jamais connu pareil acharnement depuis au moins trente ans, c'est-à-dire depuis le crime de Liancourt. À l'époque, un jeune dérangé s'était acharné sur une vieille dame qu'il connaissait. Elle l'avait pris depuis longtemps en amitié parce qu'il avait été dressé à coups de ceinturons par d'hypothétiques parents, sans doute des voisins. Ils étaient proches, confidents peut-être. Un soir, le môme était venu lui soutirer du fric. Vainement. Plusieurs dizaines de coups de couteaux, le corps piqueté de brûlures de cigares avaient eu raison de sa résistance. Dans un cas comme dans l'autre, il fallait avoir engrangé une incroyable réserve de haine pour verser dans un acte aussi insensé. Il fallait avoir atteint les berges sans retour de la folie furieuse pour prendre le temps de martyriser des victimes incapables de se défendre. Cette affaire des vieux de Rue commençait décidément à glisser dans la morbidité totale.

Alors qu'il quittait le café de la Madeleine et bien qu'il fît plutôt doux, Lobgeois frissonna. Cette enquête le mettait de plus en plus mal à l'aise. Il se remémorait les conseils de Serge Hégeney, quelques heures plus tôt, alors qu'ils déambulaient sur l'esplanade de Berck, sans toutefois pouvoir avancer d'un cheveu dans sa réflexion. Qu'est-ce qui pouvait bien conduire un homme à faire preuve d'autant de cruauté, même pour se venger ? Quelle saloperie lui avait-on faite dans le passé qui le poussât à agir ainsi avec le raffinement d'un boucher de troisième zone ? Toutes ces questions restaient en suspens. La peur s'immisçait partout, entretenait toutes les psychoses, les dernières dérives à la mode. Pour l'heure, l'assassin errait encore dans la nature, à la recherche de sa future victime. Jeanne Freux peut-être.

*

* *

Maurice Lobgeois avait eu le nez fin en pénétrant dans le vaste hall de la gare de Reims. Il s'était instinctivement avancé vers Martine Decournon, retraitée de l'Éducation nationale. Elle l'attendait dans un imperméable beige du dernier chic. Elle était une de ces femmes que la vie avait plutôt gâtées : fille unique, instruite, bien mariée, femme et grand-mère épanouie. De petite taille, on appréciait son port et sa tenue qui la rendaient encore bien désirable. Elle affichait un sourire gracieux qui avait dû mettre en confiance plus d'un usager du service public. Le trajet jusqu'à son domicile, un appartement propret perché au troisième étage d'un bel immeuble de la rue de Vesle, fut relativement court. Ils avaient jusqu'alors échangé des banalités, des politesses, bref, parlé pour ne rien dire. L'intérieur était aussi douillet et chargé que Lobgeois l'avait imaginé : des gamins dans des cadres, un papier peint aux couleurs chaudes avec une frise bleue ciel à mi-hauteur. Une cheminée en marbre rose. Maurice releva encore de fausses rosaces en support de lustres, une cuisine équipée qui exhalait un parfum de safran et une télévision dernier cri sur laquelle on avait disposé la photo d'un chien dont il n'aurait su dire la race et qui venait tout juste de passer l'arme à gauche. L'époux de madame travaillait pour quelques mois encore dans le très lucratif négoce de champagne. Tout allait pour le mieux dans le meilleur des mondes.

Madame Decournon servit un café « équitable » dans une vraie fausse cafetière ancienne émaillée de bleu et de blanc, le tout agrémenté d'une tarte dont elle revendiqua fièrement la maternité. Maurice lui en fit compliment alors que son hôtesse n'en demandait pas tant. Ce garçon estimait que tout ce qu'on lui offrait était toujours bon à prendre et qu'il avait été bien éduqué pour songer un seul instant au contraire. Cette malsaine hypocrisie lui valut d'être copieusement resservi, lui qui ne supportait pas les pommes cuites. La directrice se défit peu à peu de son air emprunté et, lorsqu'elle tira une vieille boite à biscuits de derrière un buffet bas où elle avait coutume de ranger sa vaisselle d'apparat, son visage s'empourpra. Elle semblait visiblement embarrassée.

– Je vais vous montrer quelques photographies qui, je l'espère, pourront intéresser votre enquête. Je tiens la plupart de ces photos de mes parents, plus quelques-unes de mes grands-parents, d'oncles et de tantes. Je suis très conservatrice, vous savez !

En à peine un quart d'heure de temps, elle ressuscita les siens : des hommes et des femmes qui avaient fait leur temps, une foultitude de souvenirs passés et effacés que la mort avait charriés depuis des années. À présent qu'on étalait leurs visages sur une table, même sur des clichés de mauvaise qualité, c'était comme s'ils étaient tous en vie et que personne ne les avait oubliés. Combien de nos aïeux restent ainsi figés sur la pellicule, sur ces petites photos carrées aux bords crénelés, d'un noir et blanc de mauvaise qualité, sans que personne, parfois, ne sache les reconnaître ?

– Je m'appelle Decournon, mais mon nom de jeune fille c'est Michaux, comme le poète et peintre. Mes parents, que voici, étaient originaires de la banlieue parisienne, du Pré Saint-Gervais pour être précise. Mon père était artisan coiffeur, ma mère institutrice, comme je le fus moi-même. Grâce à elle du reste. En fait, Maman a été nommée dans la Somme à la rentrée 1939, c'est-à-dire trois mois après qu'ils se soient mariés. Tenez, regardez cette photo, n'est-ce pas que c'était un beau mariage pour l'époque ? Là c'est la mairie du Pré. Sur cette photo, c'est l'école Jean Jaurès où ma mère venait d'apprendre son métier. N'est-ce pas qu'ils étaient beaux ? Mon mari dit toujours qu'il aurait bien aimé récupérer leur Traction... Ils n'avaient qu'une toute petite vingtaine d'années et, comme rien ne les retenait sur Paris, ils se sont installés à Rue au moment précis où la guerre éclata. Papa fut incorporé bien sûr mais, après la débâcle, il put regagner son domicile où ma mère l'attendait. Il avait réussi à ne pas être fait prisonnier et à s'épargner plusieurs années de stalag. Il m'a souvent raconté qu'il avait vadrouillé dans le Loiret avec d'autres conscrits et qu'ils s'étaient déguisés en paysans, enfin, c'est une histoire un peu abracabrantesque comme il savait en inventer... De retour dans la Somme, il a d'abord travaillé pour le compte d'un coiffeur local, puis pour son propre compte lorsque celui-ci prit sa retraite en lui vendant son fonds. Tenez, regardez ces photos... Avril 1944 : là c'est son magasin, avec ma mère et une de mes tantes. Dans le berceau là, c'est moi...

Maurice considérait les clichés d'un œil distrait, déployant mine de rien des efforts considérables pour ne pas trahir sa fébrilité. Il n'était pas venu pour entendre la mère Decournon deviser sur la vie et l'œuvre de ses vieux. Il lui tardait qu'elle entrât enfin dans le vif du sujet. Mais elle prenait son temps, passant l'une après l'autre les photos en revue. À les regarder comme ça, les parents de la directrice formaient un petit couple sans histoire, avec les gestes gauches de deux gamins de vingt berges cueillis à froid par les aléas de la guerre. Lui était petit, un rien tassé, engoncé dans un costume qu'il paraissait avoir grand hâte d'ôter avant de sauter sur Bobonne, la messe dite et la jarretière comblée. Elle affichait un sourire ravageur, le regard d'une sorte de conquérante au front décidé, drapée dans une longue robe blanche. Tout cela était tellement banal, tellement caricatural, que Maurice Lobgeois se retint de rire. Le père Michaux adorait la photographie et, vaille que vaille, il avait accumulé année après année une collection impressionnante de clichés de sa ville d'adoption, des gens, des monuments, des cafés et des bourgs du bord de mer. Des animaux aussi. Il mitraillait tout ce qui lui passait sous les yeux, fêtes, mariages, enterrements, communions.

– J'ai conservé son petit appareil photo dans son étui, le tout gardé précieusement dans une malle au grenier... Tenez, voyez cette photo. Je l'ai retrouvée il y a une huitaine de jours. J'avais une crise de cafard. J'étais seule ici en attendant que mon mari rentre d'un long déplacement dans l'Est. C'est comme ça que je suis tombée sur cette photo et c'est à cause d'elle que vous êtes ici aujourd'hui. Voyez, monsieur, tous ces jeunes gens attablés à une terrasse d'un café de Rue : je suis sûre que vous les connaissez ! « 14 juillet 1943 », tenez, mon père a noté la date au verso. Leurs visages ne vous diront sans doute rien mais, si je décline leurs identités, vous allez vite faire le rapprochement. Le grand échalas assis près de la table, avec ses grandes jambes, son chapeau en feutre et ses brodequins, c'est Henri Desaulnes. Ce petit chien jaune à ses côtés, c'était le nôtre. Tenez, tout est inscrit derrière. À côté de lui, ce gringalet trapu avec sa moustache à la Clark Gable, c'est Fernand Priseur. Je ne connais pas les deux autres garçons, mais celui-là, le plus à droite, semble regarder de très près Marie-Rose Priseur, la sœur de Fernand Priseur, cette belle jeune femme aux longs cheveux dorés que vous apercevez là, avec son chapeau à larges bords et qui tient sa bicyclette... C'est curieux de se dire que ces trois-là sont morts en quinze jours d'intervalle. Et, d'après ce que vous m'avez dit tout à l'heure en venant, quand on songe dans quelles circonstances... Moi, je dois vous avouer que ça m'a bouleversée et qu'il fallait que je parle de tout ça à quelqu'un. C'est pour cela que je me suis permise d'appeler votre journal.

Maurice lui fit un vague signe de la tête puis il contempla longuement la photo. Sa main droite tremblait un peu à présent. 14 juillet 1943... La terrasse d'un bistrot, cinq jeunes dans la force de l'âge qui rient et devisent devant un bock. Une jeune femme dans sa robe à fleurs est là qui les regardent comme s'ils étaient des héros. C'est curieux comme la guerre lui parut à cet instant si lointaine et si proche...

– Marie-Rose était une amie de Maman, mais leurs chemins se sont détournés après la Libération. Elle s'est mariée avec un dénommé Louis Lherbier, un ingénieur ou quelque chose comme ça. Elle cherchait surtout un bon parti pour quitter la ville. Avec ce type, on a longtemps dit qu'elle fut bien servie, bien qu'on ne le connaissait pas réellement cet homme. Quant à mes parents, ils ont quitté le bourg pour tenter leur chance à Reims, vers

1947-48. Je ne vous dirais pas comment ça s'est fait, une annonce dans un journal spécialisé si ma mémoire est bonne. Ma mère n'eut guère de difficultés à se faire muter. Voyez-là, cette Marie-Rose... C'était une jolie plante, n'est-ce pas ? À l'époque, elle travaillait comme modiste à Abbeville, ce qui explique le chic avec lequel elle était toujours habillée. Papa aimait taquiner ma mère en disant qu'elle était de loin la plus belle femme de Rue. « Après ta mère », s'empressait-il de rectifier lorsque ça sentait trop le roussi pour lui. Maman n'appréciait pas vraiment ce genre de plaisanterie... « Derrière des paroles en l'air, il y a toujours un fond de vérité », disait-elle...

Le téléphone retentit et les fit sursauter. Martine Decournon éconduisit une interlocutrice qui s'enquerrait d'une prochaine partie de bridge au cercle rémois. Lorsqu'elle vint se rasseoir à table, elle plongea une main mal assurée dans la boîte dont elle extirpa une courte enveloppe d'un mauvais papier bleu horizon, le genre d'enveloppe qu'on utilise généralement les jours d'élections. Sur le devant, quelqu'un avait gribouillé « Libération » au crayon noir.

– Voyez ces trois photos, monsieur. Moi, lorsque je les regarde, je crois toujours que je vais défaillir... Tenez, prenez ! Regardez donc...

Maurice eut un geste de recul. Il avait déjà vu ce genre d'images chez des photographes de renom, Capa entre autres. Sur la première, on apercevait trois types armés de fusils, la casquette ou le béret vissés sur la tête, encadrant une femme en pleurs qu'un quatrième gars s'appliquait à tondre. On l'avait assise sur une chaise et, pour qu'on vit bien son visage, ils s'étaient légèrement écartés, riant, fiers d'exhiber leur trophée : une femme. La photo ne montrait rien d'autre qu'eux. Il était impossible de déterminer l'endroit précis où s'était déroulée la scène. On apercevait un mur crépi ainsi qu'un bas de porte ouverte qui faisait songer à l'entrée d'un commerce. Le cliché était d'une extraordinaire violence, les traits de la malheureuse victime disaient toute la cruauté de la guerre et des lendemains qui pour certains avaient déchanté. Avec ou sans jugement. Martine Decournon avala un reste de café et servit un fond d'Izarra verte dans deux petits verres fumés. Lobgeois remarqua qu'elle se retenait de pleurer.

– Le type qui tond la fille là… c'est mon père… Et c'est juste devant chez nous… Quelle misère…

Un silence pesant gagna la pièce. Maurice Lobgeois murmura :

– C'est… C'est votre… Et qui sont les autres types ?

– Priseur est là, la moustache en moins. L'autre, le grand dadais, c'est Desaulnes. Le troisième, c'est celui que papa ne connaissait que sous le sobriquet du « Singe ». Mais tenez, regardez plutôt l'autre cliché…

La deuxième photo montrait les mêmes protagonistes à l'exception du coiffeur, quelques instants plus tard, dans un endroit totalement différent. La femme avait été tondue et sa robe déchirée laissait poindre un sein flasque. Une croix gammée venait de lui être peinte sur le crâne, son visage portait manifestement la trace de coups. Sa bouche saignait, peut-être avait-elle été violée. Desaulnes et Priseur la tenaient chacun d'un bras sans qu'elle ose opposer la moindre résistance. Chose curieuse, un gamin se trouvait là, les yeux exorbités, criant, pleurant de douleur, en proie à une crise de folie, comme s'il était supplicié lui aussi. Un bras, la main d'un corps que la photo masquait le retenait puissamment par l'épaule et le cou. Était-ce « le Singe » qui le maintenait en respect ou bien alors le père Michaux ou un quidam ramassé en chemin ? À y regarder de plus près, le gosse semblait avoir été battu lui aussi, griffé, giflé probablement. Mais qui était donc cette femme ? Et qui était cet enfant ? Était-ce seulement le sien ou celui d'un autre ?

Madame Decournon était blême. L'évocation de cet épisode abject la mettait mal à l'aise. Elle commença par disculper son père, absent de la deuxième photo.

– Papa n'était pas un mauvais bougre, vous savez. S'il a cédé aux sollicitations de ses copains, car ces types étaient ses copains, c'était dans l'euphorie de la Libération. Rue avait été libérée par les alliés, des Canadiens, des Polonais aussi je crois. Là comme partout, on a fêté l'arrivée des héros avant d'engager la traque aux collabos, les vrais, les faux, les petits davantage que les gros. On a fait ça partout, vous savez monsieur… Mon père a accepté de tondre cette femme après qu'on l'ait fait boire plus que d'ordinaire. Maman, pour je ne sais quelle raison, n'était pas chez nous. Je suis convaincue qu'elle ne l'aurait pas laissé s'égarer avec ces gars-là. Et puis, de vous à moi, ils ont fait ça plutôt en vitesse et en cachette. Les habitants de Rue ne sont pas des monstres, jamais ils n'auraient toléré qu'on s'en prenne à une femme et à son gamin. Regardez monsieur Lobgeois : quel âge peut-il bien avoir ce mioche ? Quatre ans ? Cinq ans ? Guère plus…

« Soixante-cinq ou soixante-six ans, ça peut nous faire un parfait coupable… », murmura le journaliste hébété.

« Bon sang, ce serait trop beau. Mais pourquoi diable a-t-il cherché à se venger si tardivement ? »

Si toutes se bousculaient désormais dans sa tête, Lobgeois était disposé à s'abstenir de poser la moindre question et à laisser s'épancher son hôtesse. Il touchait au but, maintenant qu'il tenait probablement et l'assassin et son mobile. Carpentier s'arrangerait pour les aveux et pour les preuves. Pour l'heure, le plus dur paraissait être fait.

– La femme en question s'appelait Mathilde Meyer. Elle était alsacienne. J'en parle au passé parce qu'il paraît qu'elle est morte depuis plusieurs années. (Long silence) J'ai quelquefois eu l'occasion d'évoquer cette histoire avec mes parents. Curieusement, Papa éprouvait à chaque fois le besoin de rappeler le destin de cette malheureuse que l'avance des troupes allemandes avait conduite jusqu'ici. C'était une belle femme, ça oui… Non seulement elle avait de l'instruction mais elle avait en plus une situation enviable : elle était premier clerc chez un grand notaire d'Abbeville. Néanmoins, elle vivait dans une maison relativement modeste qu'elle louait avec son père dans la rue des Remparts, à Rue. Elle se rendait chaque jour à son travail par l'autocar ou par le train. Comme elle était plutôt du genre avenante et pas bégueule pour deux sous, elle s'était attiré la sympathie d'une partie des filles de sa génération. Elles sortaient ensemble et se recevaient. Elle était ainsi devenue la meilleure amie de Marie-Rose Lherbier… Maman, sans doute un peu envieuse, disait qu'elles allaient toujours par deux et qu'elles n'avaient pas toujours bon genre. Elles avaient le même âge, l'âge de l'insouciance, de la jeunesse, celle contre laquelle même une guerre ne peut pas faire grand-chose. Autant la première était blonde et grande, froide et plutôt réservée, autant l'autre était brune et beaucoup plus gironde…

Cinq heures du soir tintèrent à la franc-comtoise. Le chat de la maison pénétra dans la salle depuis le balcon. D'abord surprise, Martine Decournon reprit son récit :

– En 1941, soit deux ans après son arrivée – vous m'excuserez de n'être plus trop certaine des dates, je les tiens de mes parents qui, eux-mêmes, se contredisaient parfois –, Mathilde Meyer était une femme connue et appréciée dans tout le village. Ce que nul ne savait et ce que tout le monde découvrit à la Libération ou quelques mois plus tôt, c'est qu'elle avait fait la connaissance d'un sous-officier allemand, à Abbeville. Elle-même aurait involontairement causé sa perte puisqu'on raconte qu'elle se serait vantée de sa conquête auprès de Marie-Rose qui, à ce qu'on en a dit depuis, aurait très mal pris la chose. D'ici à ce qu'elle l'ait dénoncée, par dépit, il n'y aurait pas des kilomètres… Le gamin que vous voyez sur cette photo, c'est le fils de Mathilde, le fruit d'amours forcément jugées coupables après la guerre quand sonna pour chacun l'heure des règlements de comptes avec sa conscience et plus accessoirement avec les Alliés… La maison de Mathilde, subitement surnommée « la Bochesse » par quelques excités, fut mise à sac par nos lascars, passablement enivrés par la perspective de rosser une proie facile. Fernand Priseur était le plus éméché de toute la bande. C'est lui qui avait suggéré de mettre le feu à la propriété. Seul le père de Jeanne Freux les avait arrêtés à temps, et pour une raison évidente : cette baraque était la sienne et il la louait à la famille Meyer depuis son arrivée sur Rue.

– Vous dites qu'ils habitaient rue des Remparts ?

– Absolument. Je suis formelle.

– Alors je crois pouvoir dire que Jeanne Freux habite cette maison. Je l'y ai rencontrée il y a quelques jours. Même qu'elle m'a fichu dehors *manu militari*...

– C'est vrai qu'on dit d'elle que c'est une sacrée personnalité ! Pour en revenir aux faits, je dois vous dire que Mathilde habitait cette maison avec son fils qu'elle élevait seule. Le père Meyer avait fermé les yeux quelques mois plus tôt. Le jour des faits, le gamin fut entraîné avec sa mère à travers les rues, malgré les protestations d'un collègue instituteur à qui les agresseurs menacèrent de casser la figure s'il tentait d'appeler la gendarmerie. Puis ils vinrent cogner chez mon père en menaçant de descendre sa vitrine s'il ne s'exécutait pas sur-le-champ. Papa était un faible, c'est vrai... Il détestait la violence, mais il n'osait pas dire non. Malgré les cris du gosse et les larmes de sa mère qui l'étreignait en le conjurant de se calmer, il ouvrit son tiroir et sortit sur le trottoir avec une tondeuse à moutons qu'il dégaina à la cantonade. Lui aussi fut gagné par l'hystérie des autres types. Il était devenu comme fou, complètement incontrôlable. Quatre hommes armés jusqu'aux dents pour une femme et son fils, avouez qu'ils furent de sacrés misérables...

– Comme vous dites, madame, et j'ai bien peur hélas qu'ils aient payé récemment le prix fort pour ça, longtemps après, alors qu'ils croyaient leur forfait à l'abri de toute redevance. Quand je pense que personne n'a osé essayer de les inquiéter pour ça pendant soixante ans ! Eux-mêmes ont du tout oublier, passer tout ça en pertes et profits ! Sans doute pensaient-ils qu'ils emporteraient leurs saloperies au paradis. Dommage pour eux...

Madame Decournon regardait fixement la table, parlant à voix basse, chuchotant comme on fait à confesse.

Les mots appelaient d'autres mots, mais ceux-là étaient chaque fois plus difficiles à lâcher.

– Mon père aussi donna dans la démesure, à sa façon ; ce qui en fait un coupable au même titre que les autres, remarquez bien. Il s'est contenté de tondre Mathilde et de rentrer chez lui. Je dis « contenté » non pas pour le défendre puisqu'il était indéfendable, mais pour l'exempter du viol et des violences du Pont Noir. Pourtant je fais l'aveu que c'était le plus brave des hommes et qu'il ne s'est jamais remis de ce viol de l'été 44. Il en pleurait chaque fois qu'il en parlait. Il n'a jamais très bien compris pourquoi il avait fait ça, vous savez... Il s'est même excusé, je crois, dans une longue lettre qu'il adressa quelques années plus tard à sa victime et au gosse. C'est lui qui fit toutes les recherches pour la retrouver chez elle, en Alsace. À ma connaissance, cette lettre est restée sans réponse. « Qui ne dit mot consent », disait-il pour se donner un peu de réconfort à défaut d'une absolution. Un jour que nous nous trouvions en vacances en Vendée et que nous nous promenions sur une plage, il me prit par le bras et me fit part de son intention de se rendre à Strasbourg pour la revoir et lui parler. Peut-être en était-il épris, de Mathilde, allez donc savoir ce qu'il tramait dans sa tête ! Cette femme ne l'avait jamais laissé indifférent. Toujours est-il que ma mère mit très vite un frein à toutes ces manigances ! Je peux vous dire que lorsque le ton montait à la maison, elle le traitait immanquablement de lâche. Elle savait comment et où lui porter les coups les plus douloureux... Elle faisait mouche à chaque fois. « Et qu'est-ce que t'aurais fait à ma place, toi qu'es si maligne ? », qu'il lui disait. Ma mère attendait la question et, toujours, elle jubilait. Elle le fixait droit dans les yeux et là, glaciale, elle lui lançait : « Moi ? J'aurais agi en homme ! »

Madame Decournon ne put retenir un sourire en évoquant cette scène.

– Deux ou trois semaines avant de s'éteindre, nous fêtions l'anniversaire d'un de mes deux fils, ici à Reims. Mon père avait beaucoup vieilli, il était totalement dépassé par les cris et la joie de nos invités, enhardis par cette belle journée d'été. Eh bien, vous me croirez si vous voulez mais il a fallu qu'il en reparle de cette histoire de tonte ! Je n'oublierai jamais ses yeux… on aurait dit qu'ils rapetissaient, qu'ils allaient disparaître pour de bon. Il reniflait, il bégayait. Toute l'assistance s'était tue pour l'écouter. Ce n'est qu'après que certains s'accordèrent à dire qu'il avait un peu forcé sur l'alcool, mais moi qui le connaissais bien, je savais qu'il était encore ému par son geste insensé. Pauvre papa…

Martine liquida son petit verre d'alcool et ajouta :

– Pour en finir avec cette histoire lamentable, sachez qu'il n'y eut aucune suite judiciaire, pas même un rapport de gendarmerie. Tout le monde a plus ou moins su, plus ou moins couvert, allez savoir ce qui s'est dit après ! À lire les résultats des enquêtes, ils ne sont pas légions les gens du coin qui se souviennent et qui oseront vous parler de cette histoire-là. Et pourtant, on en a fait des misères à cette pauvre fille ! Vous parlez, une Alsacienne ! Pour ainsi dire une presque Allemande qui couche avec un Boche en temps d'occupation, ça excite les velléités de vengeance. Que voulez-vous ? La guerre était finie, il fallait des coupables. Nos hommes avaient été matés, soumis durant quatre années par d'autres hommes ici ou dans des camps de prisonniers. Ils se défoulèrent comme ils purent, sur les femmes de préférence, coupables du pire péché qui soit : la collaboration horizontale. Des femmes aussi s'y sont mises ; or, toutes n'étaient pas des anges... Cette histoire m'a beaucoup remuée, comme vous pouvez vous en douter. Depuis, j'ai lu un ou deux livres là-dessus. C'est une horreur !

Ah, j'allais oublier l'essentiel : Mathilde Meyer et son gamin ont quitté la région. On a longtemps subodoré qu'ils avaient été aidés par un ami du notaire chez qui elle avait travaillé, un propriétaire terrien installé dans l'arrière-pays. Après quoi, mes parents ont préféré quitter la région pour venir s'installer ici. Tous les ponts ont été coupés et nous n'eûmes plus aucun contact avec la Somme. Mes parents sont morts à Reims. Tous les deux.

Maurice soupira profondément. C'est lui qui accusait le coup à présent. Lorsqu'il se leva de sa chaise, il crut que ses jambes pesaient trois cents kilos chacune et qu'il ne pourrait jamais rejoindre la gare. Il obtint sans peine d'emporter les photos. Ses mains tremblaient. L'émotion, sans doute. Il avait le sourire exténué de celui qui vient de toucher le gros lot. Il était convaincu de tenir la clé de toute l'énigme. Le gamin, même sexagénaire, pouvait faire un assassin idéal ou, à tout le moins, un parfait commanditaire. Restait à alerter Carpentier au plus vite, ce qu'il fit du salon de Martine Decournon, encore toute retournée du récit et des confidences qu'elle venait de livrer à un inconnu.

– Merde alors... merde de merde, répéta l'adjudant. Si j'avais cru un truc pareil, on m'aurait traité de cinglé ! Bon, il reste à savoir qui est ce môme, ce Meyer, et où il crèche à Strasbourg. Et puis faudra retrouver la mère Freux ! À ce propos, nous sommes allés chez elle ce matin. Avec l'aval du juge. Si t'avais pu voir ça ! La cagna était sans dessus dessous comme c'est pas possible, comme si on l'avait mise à sac ou, comme ça paraît à mon avis le plus plausible, comme si la vieille, morte de trouille, avait rassemblé trois hardes, quelques billets de banque avant de foutre le camp, dare-dare. Tu me croiras peut-être pas mais sur le mur de la salle à manger et sur le miroir de sa salle d'eau, quelqu'un a inscrit « TVC ». T'as une idée de ce que ça peut vouloir dire ça, TVC ?

– Non, pas la moindre, mais tu veux que je te dise : c'est sûrement ça qui lui foutu le feu aux fesses à Mamie !

Maurice Lobgeois prit congé de son hôtesse, s'accusant au passage d'avoir été bien sot de l'avoir tant faite languir et d'avoir tenu pour peu de prix la détermination avec laquelle elle voulait s'acquitter d'un soupçon qui l'empêchait de dormir. Il promit de lui réexpédier les photos dès qu'il en aurait fait des copies. Ils s'embrassèrent comme deux bons camarades lorsqu'un agent de quai siffla le départ de l'express pour Paris qu'il fut à deux doigts de rater.

*

*   *

– T'as quand même sacrément bien bossé, Rouletabille... On est près du but c'est vrai, on a un mobile en béton armé, mais on n'a pas des masses de preuve...

Le soir-même, de retour devant la grande cheminée de la maison forestière, Astrid, Carpentier et Lobgeois considérèrent longuement les clichés à l'aide d'une grosse loupe, à la recherche d'un détail qui changerait leurs conjectures en certitudes. Le tout en saucissonnant joyeusement. Le beau Randy Travis réchauffait la pièce d'une douce complainte du sud étasunien. Le chien roupillait sur une chaise, surveillant du coin de l'œil le vieux greffier miteux qui s'était approché de l'âtre en grinçant. Astrid avait occupé une partie de sa journée à accompagner Marisa dans toutes ses funèbres démarches, puis elle l'avait raccompagnée jusqu'à la gare d'Amiens. À cette heure, la veuve Hégeney ne devait plus être très éloignée de Strasbourg où ses enfants l'attendaient, précédant de peu la dépouille de leur père. Meyer, Hégeney... par un curieux raccourci de l'histoire, il avait beaucoup été question de l'Alsace au cours des dernières heures.

Les photographies parlaient d'elles-mêmes, mais, cependant, chacun ne put s'empêcher de donner libre cours à son écœurement.

Carpentier et Lobgeois convinrent d'aller interroger le père Lahire car lui seul pouvait encore déterminer le nom et la personnalité de celui qui se faisait appeler « le Singe ». S'il était encore de ce monde alors, il était en grand, en très grand danger. Ce gars-là, c'était pour l'adjudant Carpentier l'une des dernières chances de coincer l'assassin en flagrant délit. Quatre des cinq protagonistes étaient déjà hors circuit. Le père Michaux était mort depuis quelques années d'une rupture d'anévrisme, trois autres complices venaient d'être liquidés froidement, en l'espace de deux semaines, sans que l'assassin ne laisse un minimum de traces aux enquêteurs de la police criminelle. Il ne faisait pas le moindre doute que le vieux secrétaire de mairie ne pouvait pas ne pas avoir été tenu informé de cette histoire de tonte et de règlement de comptes.

– Je ne sais pas si vous voyez la même chose que moi, osa Astrid, mais à l'arrière-plan de la deuxième photo, on aperçoit quelque chose de flou, on dirait de la végétation, des herbes hautes. Ça pourrait bien être une rivière, non... ?

– Ça pourrait même être la Maye, renchérit Carpentier, la Maye du côté du Pont Noir, à l'endroit précis où Desaulnes a été retrouvé mort, le cul dans la flotte !

– Ce qui reviendrait à dire, renchérit Lobgeois, que l'assassin a voulu orchestrer la mort de chaque coupable, poussant le vice jusqu'à lui donner une sorte de sens, en faisant revivre à chaque victime un lieu, un geste, une posture, en rapport direct avec la scène de la tonte… S'ils se sont contentés d'une tonte car, si je commence à comprendre pourquoi il a cramé la baraque du Père Priseur, je ne comprends pas pourquoi il aurait trempé le cul d'Henri Desaulnes dans la Maye. Quant à pendre Marie-Rose par les pieds… Ou bien nous nous égarons complètement, ou bien ces salauds n'ont pas voulu tout photographier… Ou bien, en dernière hypothèse, il nous manque encore d'autres photos pour finir le puzzle ! D'après ce que m'a dit madame Decournon cet après-midi, il est certain que nos loustics ont voulu foutre le feu à la maison des Meyer avant de se faire la fille et de salir le môme. Si l'idée avait germé dans la tête de Priseur, voilà qui pourrait bien expliquer qu'on l'ait retrouvé carbonisé dans la sienne…

Carpentier resservit du café à chacun après avoir rallumé un cigarillo qu'au grand dam d'Astrid, il avait laissé choir dans un vieux cendrier sur pieds dégoté récemment sur une brocante. La maîtresse de maison frisa le nez, lui décochant une moue de dégoût.

– Au fait, une simple question, demanda-t-elle. D'après vous, qui est l'auteur des photos, puisque madame Decournon assure que son père n'était plus avec les autres à la rivière ?

– Je crois l'avoir deviné, dit Maurice. Cette question n'a pas cessé de me turlupiner dans le train, dès le départ de Reims. Il ne peut s'agir que de Jeanne Freux. Photographe de métier : regardez comme le cliché est net, tellement net que ça ressemble à du Leica. Et puis, ces clichés expliqueraient assez bien sa compromission, son départ, volontaire ou forcé, de sa baraque. Quant à l'inscription TVC, je dois avouer qu'elle me laisse pantois…

Il soupira une nouvelle fois et, se tournant successivement vers Paul puis vers Astrid, il ajouta :

– Tout ce qu'on sait, c'est qu'avec « le Singe », c'est la dernière victime potentielle connue. Allons ! Il n'y a plus de temps à perdre !

Chapitre 5

À l'heure du dénouement, l'excitation gagna toute la région. Jean-Noël, le rédacteur en chef de *L'Écho de la baie*, claironnait à qui voulait l'entendre que son équipe était sur le point de mettre la main sur l'assassin des trois vieux Ruéens, que le mobile était une vieille vengeance, un dommage de guerre et rien de plus. Un gros fait divers servi par une rancœur tenace ! Cette attitude infantile, parce qu'elle risquait fort de pousser le meurtrier dans ses derniers retranchements et, entre autre chose, de coûter ce qui lui restait de vie à Jeanne Freux, lui valut d'être blâmé par le juge d'instruction.

Au petit jour, Carpentier et Lobgeois se rendirent à l'hospice où le vieux Jules Lahire finissait d'avaler son troisième bol de café noir.

– C'est une force de la nature, vous savez, affirma la directrice. Il exige d'avoir ses cinq bols de café par jour, sinon il fait suer le monde jusqu'à ce qu'il obtienne son dû.

Quand il vit s'approcher Lobgeois, qu'il reconnut immédiatement, il lui sourit généreusement. Il avait non seulement reçu son paquet de clopes, mais il en avait déjà fumé plus d'une sur le balcon de sa chambre ou dans son cabinet de toilettes, désespérant à la fois les femmes de service et l'infirmière qui ne parvenaient pas à mettre la main dessus.

– Vous v'nez pour m'arrêter, lança-t-il rigolard à l'adresse de l'adjudant Carpentier, au moment précis où celui-ci lui tendait la main.

– Certainement pas, monsieur, nous venons juste vous poser quelques questions. Les dernières, rassurez-vous !

Maurice tira les deux photographies de sa poche. Le vieux chaussa ses lunettes, haussa les épaules et, après avoir marqué un long temps de silence, il s'écria :

– Un jean-foutre, ce Desaulnes… Et l'autre, le Fernand, il valait pas plus cher. Du chiendent, ces gars-là, du chiendent… pouvez bien m'en croire !

– Vous vous souvenez de cette histoire de femme tondue ? poursuivit Carpentier.

Jules Lahire marqua un nouveau temps d'arrêt, avala sa salive comme s'il avait besoin de rassembler tout son courage, et dit :

– Bien sûr que j'm'en souviens ! Évidemment ! Comment qu'on pourrait oublier une belle jeune femme comme elle ? Ah ! qu'est-ce qu'elle était belle ! J'la revois passer à vélo près de la Barrière. Elle avait un sourire, bon Dieu ! Et de l'instruction qu'elle avait avec ça ! Elle avait fait des études de droit, là-bas à Strasbourg. Son père était fier d'elle et il avait de quoi ! Les gars du village en avaient tous le béguin d'sa fille, alors vous pensez bien, quand le bruit a couru qu'elle s'était fait faire un mioche par un Boche, ils étaient tous furieux, ils ont tous voulu lui faire la peau et, de vous à moi (Il baissa le ton), se la faire tout court... En ce temps-là, c'était facile... Qui serait allé se plaindre aux flics, hein ? Des violeurs c'étaient ces gars-là, du gibier de potence... des lâches ! Et nous autres avec...

Paul et Maurice échangèrent un regard consterné. Pourquoi ce vieux bougre n'avait-il rien dit lors de sa première visite ? Avait-il, lui aussi, un contentieux à faire payer à sa façon aux victimes ou bien, plus simplement, n'avait-il pas vu dans ce sinistre pandémonium, la vengeance d'un moutard humilié soixante ans plus tôt ?

Il n'était pas dix heures du matin. Au dehors, une pluie fine portée par un vent d'ouest fort s'était mise à tomber. Le vieux beffroi, dressé sur ses ergots, semblait s'irriter de ce mélange tiédasse porté par la mer toute proche. La place centrale était déserte. La chambre du vieux, brusquement, s'obscurcit.

– Personne n'a pu empêcher ces saligauds d'agir. Même pas moi. Ils étaient saouls comme des bourriques et, quand ils étaient éméchés, ils pouvaient être dangereux, très dangereux même. C'étaient des dingos d'la gâchette ! J'ai bien tenté d'appeler des gars, mais eux non plus n'voulaient pas s'y frotter à ces loufias-là. Y'en avaient même que ça f'sait sourire qu'on tonde cette femme, une demi-boche, comme ils disaient. Je m'souviens qu'il y avait deux filles avec eux : la sœur à Priseur qui quittait jamais son frangin ; pardi, je crois bien qu'elle en était amourachée de celui-là ! C'était une famille de drôles vous savez, même qu'on disait que l'père il couchait avec la fille et qu'la fille s'abouchait avec le fils ! C'étaient des brutes, des sauvages, les Priseur ! Pas des gens intéressants, pas du bon chuque non, non. Et puis, y'avait aussi la Jeanne au père Freux, celle qu'est devenue photographe, on sait pas avec quels sous d'ailleurs... Ah, les saligauds ! C'est que j'me rappelle bien maintenant !

« Pas trop tôt ! », songea Maurice en cherchant du regard Carpentier qui venait très probablement de se faire la même réflexion.

Piqué par on ne sait quelle mouche, le vieux se redressa dans son fauteuil. Maintenant son visage exprimait une franche colère :

– Ils sont venus la chercher chez elle, la p'tite et son mioche. Ils les ont tirés par les cheveux et à coups de pieds jusque chez Michaux, le coiffeur ! Ils l'ont tondue devant chez lui et puis après ça, ils ont tous foutu le camp dans une carriole...

– Savez-vous où ils sont allés, monsieur Lahire ?

– J'en ai pas la moindre idée mais, à voir vos photos, ils sont pas allés bien loin. Au Pont Noir peut-être, après Lannoy, là-bas... (Puis, relevant la tête en direction du couloir et vociférant) Eh là, la Simone ! T'oublies pas mon café, non ?

Une femme grassouillette et courte sur pattes pénétra dans la chambre en traînant les pieds. Elle tenait une cafetière à la main et resservit l'ancêtre sans penser un seul instant que ses hôtes pourraient eux-mêmes se satisfaire de ce qui semblait n'être qu'un mauvais jus de quatrième catégorie. Le vieux eut un rictus de dégoût. C'était un jour de grande verve :

– C'est pas pire, remarquez bien, que çui d'la guerre. À l'époque, fallait s'contenter d'une saloperie d'décoction d'orge... Z'avez pas connu ça vous, z'étiez trop jeunes... Avec une tchiote bistouille, ce s'rait fameux, mais c'est interdit par le règlement ! ajouta-t-il, fataliste, en haussant les épaules.

Maurice enchaîna, de peur que pépère ne s'endorme à nouveau :

– Pourquoi selon vous, personne n'est intervenu pour les aider ? On dit qu'un instituteur a tenté de s'interposer mais qu'ils l'ont menacé...

– J'ai pas gardé souvenir de ça, ajouta Lahire en se grattant le front. Vous avez sans doute raison. Tout ce que je sais c'est qu'on l'a tondue dans la rue, à la va-vite, et que le reste, ça s'est pas passé ici en tous cas. Après ça, ces deux malheureux sont partis comme des voleurs après avoir été recueillis par Vargeant, un gros cultivateur des environs de Crécy, un ami du notaire chez qui elle travaillait. Elle allait pas rentrer à Rue dans sa maison saccagée avec sa croix gammée peinturlurée sur la tête ! (Montrant la photo et soupirant) Ah ! regardez-moi ça, voyez comment qu'ils l'ont souillée ! Pourquoi qu'ils l'ont grimée comme ça ces salopards, hein ? À quoi ça leur servait à ces fumiers ? Elle avait causé de tort à personne cette petite, sauf à s'être refusée à ces garçons de ferme... L'était trop bien pour ces souillons-là !

Carpentier ouvrit la fenêtre de la chambre afin d'allumer une cigarette qu'il tendit à Jules :

– À ce propos, monsieur Lahire, avez-vous connu un homme qui fréquentait ce groupe, un type qui aurait été présent ce jour-là et qui se faisait surnommer « le Singe » ?

– Ah ! J'crois bien ! C'était une fieffée ordure aussi, çuy-là. Un petit collabo qui avait, paraît-il, moi, de c'que j'en sais ; qui avait, paraît-il, ses entrées rue Lauriston avec les canailles de Bony et Lafond. Mais c'était pas un gros poisson lui ; non, non. Lui c'était plutôt un troisième couteau, un pas futé-futé. C'est souvent les pires remarquez bien, ceux qui s'salissent les mains. Quand il a senti le vent tourner à Paris, il est venu se refaire une virginité ici après le débarquement des Américains. Faut dire qu'on le connaissait trop dans son village et qu'personne n'aurait cru à ses boniments ou son double jeu. Il avait été assez couillon pour se pavaner avec des poules dans des cafés d'Abbeville et d'Amiens. Il faisait son bellâtre avec une Traction. Fallait bien qu'il ait du carburant pour rouler avec sa carlingue ! Il claquait un pognon fou qu'il devait sûrement gagner avec ses traficotages alors que nous on se pelait de froid et on crevait de faim. Sans compter qu'il a dû torturer des patriotes ! Saleté ! (Il tira, avec violence, une nouvelle taffe de sa clope, ce qui immanquablement le fit tousser) Un « résistant de septembre », voilà ce que c'était que c'te pourriture ! Une sale petite frappe ! J'crois bien qu'il en était d'la tonte à la fille Meyer… On dit qu'il est mort… Mais c'est encore un qu'est passé à travers les gouttes !

– Tout juste, monsieur Lahire, l'assura Carpentier. Mais dites-moi un peu : est-ce que vous connaissez son vrai nom ?

– Oui, enfin j'crois m'rappeler. Il s'appelait Sarnon ou Larnon. Il était pas de Rue, ah ça non ! Il était d'un bled comme Quesnoy-le-Montant ou Saigneville. En tous cas, d'un village beaucoup plus au sud… Je sais pas ce qu'il est d'venu, on dit qu'il est mort… Oui, oui, il s'rait mort. Mais l'bon Dieu m'est témoin qu'c'était un pas grand-chose…

– Et le gosse de la petite Meyer… Il est né à Rue, selon vous ?

Le vieillard hésita avant de rendre sa réponse. La question le gênait :

– Je l'aimais bien moi, cette petite… J'aurai bien pris la fille et le mioche avec après la guerre… J'ai pas été bien courageux sur ce coup-là… Ils auraient pas été malheureux avec moi… Je me suis renseigné sur leur compte, passe que j'étais près à les recueillir, moi. Le gosse, il est né à Abbeville, dans une arrière-salle de bistrot. C'est la fille Tuquet, la sage-femme, qui me l'a dit, oh bien après, et par hasard qu'on causait le jour de la naissance de ma première… Je l'ai jamais revu ce gamin-là. La mère non plus d'ailleurs ! Oh c'est sûr qu'elle a dû nous en vouloir à nous tous, alors qu'c'était une bande de dépravés qui l'avait chahutée. C'étaient pas des résistants ces gars-là, c'étaient des propres à rien ! Faut pas dire, c'étaient pas des résistants ! Les résistants c'étaient des types comme ça, des mecs en or. Y'en a même plus d'un qu'a morflé par ici, vous savez ! (Un long silence, le temps que vieux écrase sa cigarette en tremblotant de rage dans le bol vidé de son café) Les vrais résistants n'ont rien su de cette histoire. C'était d'abord une affaire d'ivrognes ! Ah, quand j'pense qu'on a embauché le Desaulnes à la ville, avec tout le tort qu'il avait fait dans sa jeunesse et à c'te pauv' fille Meyer… Un maraudeur, un braconnier, un voyou, un violeur, voilà c'que c'était ! J'm'étais permis de l'dire au maire, mais que voulez-vous, il m'a pas écouté. Je l'revois hausser les épaules. Il a dû croire que j'étais jaloux. « J'ai promis sa place à son père, j'peux pas rev'nir en arrière, qu'il m'a dit ! » Il a quand même bien fait sa vie çuy-là ! J'étais sûr qu'il finirait comme ça !

Les deux compères abandonnèrent le père Lahire à la contemplation de son journal, non sans auparavant lui avoir glissé le reste d'un paquet de Gauloises. Un sourire égrillard illumina son visage de vieux môme.

– C'est pour vous. Mais faut pas le montrer, grand-père, c'est entre nous…

– Merci bien, j'vais l'planquer sous mon traversin. Elles le trouv'ront pas, les drôlesses !

Maurice et Paul poussèrent jusque chez Max qui les reçut dans son arrière-boutique. Là, ils devisèrent une demi-heure. Le ton passa successivement du grave au guilleret, du dégoût à l'inquiétude. Beaucoup de gens avaient eu vent de l'affaire. Nombre d'entre eux avaient vu ou su quelque chose. Demain c'est sûr, les langues se délieraient les unes après les autres. Pourtant, à l'époque il s'était trouvé bien peu de braves pour empêcher que le drame se produise. Aujourd'hui encore, le silence ou l'indifférence avaient coûté leur vie aux coupables. Nul n'avait osé faire le rapprochement entre les crimes de Rue et cette histoire de tonte, de viol collectif et de violences en réunion qui avait réapparu au grand jour des années et des années après. Pour l'heure, les avis de recherche concernant Jeanne Freux ne donnaient rien d'autre que de faux témoignages. Des témoins affirmaient l'avoir aperçue à Cannes, quand d'autres, beaucoup plus formels l'avaient vue à Beauvais, dans une poste du vingtième arrondissement de Paris ou encore à Dôle, sur un marché. En fait, elle pouvait être partout et elle était nulle part. Ça voulait dire qu'elle était sérieusement en danger et que, selon toute vraisemblance, elle était probablement déjà passée dans le royaume des ombres.

*

* *

En fin de journée, l'équipe de Carpentier avait rassemblé suffisamment d'informations pour alerter le juge et le procureur d'Abbeville. La « Catastrophe » et Bunel lancèrent un mandat d'arrêt à l'encontre de Franz Meyer, ressortissant français, né de père inconnu, à Abbeville, le 3 mars 1941. L'acte d'état civil, retrouvé dans les registres de la sous-préfecture, ne précisait aucunement s'il était marié ou non. On sut très vite qu'il vivait encore et qu'il demeurait dans une petite rue située à proximité de la place de Haguenau, dans le centre de Strasbourg. Toutes les issues de sa maison étaient hermétiquement closes lorsque trois gendarmes vinrent l'interpeller. Un appel à témoins fut relancé, des portraits de Meyer et de Jeanne Freux diffusés dans toutes les gendarmeries de France et, plus généralement, dans les corridors de toutes les administrations, jusqu'aux barrières de péages autoroutiers. Les enquêteurs strasbourgeois collectèrent quelques informations laissant apparaître que Franz Meyer avait été professeur de lettres dans un lycée de la capitale alsacienne et que, jusqu'à la mort de sa mère, le 2 février 2002, il avait vécu à ses côtés. Fidèlement. Il ne s'était pas marié et ne revendiquait la paternité d'aucun enfant. Meyer menait l'existence tranquille et sans grand relief d'un vieux garçon cajolé par l'unique femme de sa vie : sa mère. Elle-même ne s'était jamais mariée, choisissant de vivre dans le souvenir d'un petit sous-officier originaire de Frise, mort dans les ruines de Berlin peu de temps avant Hitler et qui s'appelait Wilhelm Fröhne, probablement professeur de philosophie dans le civil. Cet homme était le père de son seul enfant. Une photographie du soldat campait encore dans son cadre doré, sur la table de chevet de Mathilde Meyer. Elle semblait avoir toujours attendu le retour de ce grand bonhomme qui souriait gauchement au photographe en ne sachant trop que faire de ses deux longs bras. La chambre était restée en l'état, le lit était fait, les armoires, les penderies étaient toutes pleines de ses effets personnels, comme si son amante allait rentrer de courses d'un moment à l'autre. Les enquêteurs mirent la main sur une boîte à l'intérieur de laquelle ils collectèrent quelques courriers échangés soixante ans plus tôt par les deux amoureux. La lettre du coiffeur était là aussi, soigneusement pliée dans son enveloppe. Les deux amoureux n'attendaient que la fin de la nuit nazie pour vivre ensemble et élever leur enfant. Ils avaient décidé de partir s'installer quelque part, dans une ville de la Hanse, peut-être Hambourg, peut-être Brême.

Lorsque les gendarmes s'étaient rendus chez lui pour interpeller Meyer, les voisins, d'abord stupéfaits, avaient été formels : le professeur était un excellent homme, en tous points. C'était un type serviable et ouvert, parfois jusqu'à l'excès. À les entendre, et il n'y avait aucune raison de mettre leurs témoignages en doute, l'assassin présumé des violeurs de sa mère était un homme de foi audessus de tout soupçon qui donnait et de son temps et de son argent à l'église ou à plusieurs associations caritatives. Rien ne lui appartenait vraiment, mis à part cette maison trop propre avec ses deux fantômes. Vu de Rue, ce genre d'information lapidaire signait sa culpabilité.

*

*   *

Puis on retrouva la trace du « Singe », à la mairie de Quesnoy-le-Montant. Il était mort et enterré depuis plus de quarante ans. Vivant de petits métiers – maçon, garagiste, marchand de cycles –, sous des noms d'emprunt, on l'avait retrouvé pendu dans une grange, à l'arrière de sa propriété de Vervins où il s'était retiré. À l'époque, nul n'avait réellement prêté attention au fait que ses parties génitales avaient été arrachées et retrouvées souillées dans son jardin à moitié bouffées par les fourmis, à quelques mètres du corps pendouillant à sa corde. Lorsqu'il apprit la nouvelle, Lobgeois ne put s'empêcher de songer à cette sombre héroïne d'un héros d'Erskine Caldwell, une matrone infâme qui faisait commerce d'avortements illégaux qui le plus souvent se terminaient en drames et qui, au comble de la démence, s'amusait à émasculer ses amants.

Sur le coup, la presse locale avait évoqué l'affaire et puis, le temps passant, le dossier avait été déclaré clos, faute d'indices probants. Le passé vert-de-gris du bonhomme, ses liens plus ou moins avérés avec le milieu, tout cela plaidait pour un règlement de comptes entre demi-sels, même si, à l'époque, André Tarnon semblait s'être définitivement rangé des voitures. Personne, à part peut-être une sœur, n'était venu pleurnicher sur sa tombe. L'enquête devait démontrer quarante ans plus tard qu'au même moment – c'est-à-dire au printemps 1963 –, le jeune Franz Meyer, étudiant en lettres modernes à l'université libre de Strasbourg, s'était trouvé bidasse au camp de Sissonne, planté à une vingtaine de bornes de Vervins. Un certain Philippe Desaulnes, instructeur, en était aussi…

*
* *

L'histoire prit fin le 13 novembre 2005, lorsque Franz Meyer fut reconnu dans un restaurant d'Amiens par un commis serveur qui, s'en allant retirer un formulaire de carte grise à la préfecture deux heures avant, était tombé en arrêt devant la photo du suspect. Comme on l'avait fait patienter un certain temps dans la file du grand hall, juste le temps qu'il faut pour s'irriter des aigreurs de l'administration française, le jeune homme avait eu largement le temps de contempler le visage du meurtrier : un mètre quatre-vingt deux, 64 ans, cheveux blonds et courts, taillés en brosse, yeux clairs chaussés de lunettes fines et dorées. Il était formel. C'était bien lui qui dînait au fond du restaurant, table dix-sept, planté dans son costume sombre avec sa cravate assortie ! C'était bien lui, avec ses mains fines et longues, très soignées, qui dégustait ses plats en multipliant les gestes raffinés ! C'est encore lui, Franz Meyer, qui n'opposa aucune résistance aux policiers qui l'interpellèrent en douceur à la sortie du restaurant sur le coup de onze heures du soir. Transféré au poste de police, il avoua d'un coup les meurtres d'Henri Desaulnes, Fernand Priseur, Marie-Rose Lherbier, André Tarnon, mais aussi celui de Jeanne Freux dont le corps avait été retrouvé la veille, affreusement déchiqueté, en contrebas de la voie ferrée Paris-Calais, à hauteur de Longpré-les-Corps-Saints. La vieille dame avait été retrouvée ligotée et bâillonnée. Le cheminot n'avait pas eu le temps de freiner. Elle n'avait eu aucune chance de s'en tirer vivante. Sur un reste de corps, une inscription avait été peinte en rouge : TVC. Un vieil appareil photo Leica gisait intact à ses côtés. On devait apprendre par la suite de l'intéressé, que « TVC » signifiait « tu vas crever » et que l'appareil photo était l'un des derniers cadeaux que le grand-père de l'assassin avait eu le temps de faire à sa fille, à la Noël 1938. Ce cadeau de prix faisait tellement envie à Jeanne Freux, alors simple ouvrière entichée de photographie, qu'elle le lui avait dérobé, en septembre 1944, lors du pillage de sa maison, quelques instants avant qu'il ne témoigne, à sa façon, de la cruauté avec laquelle on avait fait payer à sa propriétaire sa liaison passée avec son amant allemand.

Quand le lieutenant de police avait demandé à Meyer d'expliquer les raisons de ses gestes, il s'était contenté de répondre :

– J'ai simplement voulu nous venger ma mère et moi d'un crime dont nous fûmes les victimes à la Libération, et dont tous ces gens furent les auteurs… C'est fait désormais. J'assume l'entière responsabilité de mes actes et je n'ai rien d'autre à ajouter pour le moment.

L'officier de police remarqua qu'il était apparu soulagé, heureux d'avoir accompli son macabre devoir. Il avait allumé une cigarette en souriant, marquant de cette façon à quel degré de satisfaction il était parvenu. Lorsqu'il fut présenté au juge d'instruction, il réitéra les mêmes propos laconiques avant de sombrer dans une attitude de profond mutisme.

– Je ne dirai plus rien à présent… Contentez-vous de mes aveux puisque je ne me rétracterai pas. Ce que j'ai à dire, je l'écrirai un jour ou l'autre. Avant le début de mon procès. Peut-être…

Meyer refusa l'assistance d'un avocat commis d'office. Il fut écroué à la maison d'arrêt d'Amiens, dans l'attente de son procès. Il demeura strictement fidèle à sa tactique : ne rien dire puisque ses crimes parlaient pour lui. L'horreur déployée pour chacun d'eux signait l'ampleur de sa rancune et de sa colère. Cette colère, c'était la colère d'un enfant qu'on avait obligé à suivre le long calvaire de sa mère, un gamin qu'on avait violenté, un gamin à qui on avait volé sa jeunesse, un gamin qu'on avait rendu fou de haine. Sa conduite en prison fut exemplaire : placé seul dans une cellule, il ne fit pas de bruit, se conformant au règlement avec le dernier zèle. Lorsqu'on lui adjoignit un camarade de chambrée, il ne lâcha rien, de peur d'avoir affaire à une taupe de la direction. Puis, visiblement en confiance, il lui apprit patiemment à lire et à écrire. Là s'arrêta sa compassion. Meyer consacra ses heures à lire et à relire Montaigne, Balzac et quelques romans policiers qu'il empruntait à la petite bibliothèque installée au sous-sol, tout près de la salle de classe. Il déclina l'installation d'un poste de télévision dans sa cellule et se nourrit pour l'essentiel de biscuits secs et d'un mauvais café lyophilisé qu'il se procurait en cantinant. Jamais il ne renonça à fumer. Atteint d'un cancer du poumon et se sachant condamné, il mourut sans se battre, quelques semaines avant que ne s'ouvre son procès, au grand regret des plaignants et de la presse qui attendaient un grand déballage et la mise à plat de certaines pratiques en vigueur au moment de la Libération du territoire. Le « monstre froid », comme l'avait surnommé la rumeur et la presse publiques, était parti sans rien lâcher. Il était demeuré maître du jeu, jusqu'au bout. Sa vie entière avait été gâchée par le souvenir d'une belle journée d'été au cours de laquelle sa mère et lui avaient été lapidés par une bande de jeunes abrutis aveuglés par l'alcool. Tous avaient été traqués, repérés un à un avant d'être liquidés impitoyablement, avec l'aveuglement du vengeur que rien n'arrête. Chaque crime avait été méticuleusement pensé, dans les moindres détails. À chaque crime répondait un scénario macabre, implacable, répugnant. Au bout du rouleau, l'assassin laissa quelques notes auprès de lui, à l'hôpital de Fresnes où il mourut. Son corps fut récupéré par des proches qui, observant ses dernières volontés, l'inhumèrent aux côtés de sa mère au cimetière central de la ville de Strasbourg.

*

*   *

– Allez viens Nonnette, on s'en va…

Maurice et Astrid sortirent les derniers du petit cimetière de Lembach où Serge Hégeney reposait à présent. « Dans le pays de mon enfance… comme pour Mitterrand avec Jarnac », aimait-il répéter.

Leurs pas crissaient sur le gravier blanc. La nuit était tombée sur la forêt vosgienne et les deux amants avaient décliné une dernière fois l'invitation de Marisa et de ses deux fils, Paul et Charles. La famille vivait dans une maison construite au début des années quatre-vingt dix, à Souffelweyersheim, un patelin de la banlieue nord de Strasbourg. Tous se reverraient une dernière fois le lendemain, ils se l'étaient promis dans un nuage de sanglots.

Le froid, la disparition de Serge et le tumulte qui avait entouré l'arrestation de Meyer les tenaient épuisés tous les deux, au point que l'un et l'autre ne rêvaient plus que d'un bon repas chaud et d'une vraie nuit réparatrice, comme si la chose ne leur était pas arrivée depuis de longs mois. C'est tout juste s'ils n'enviaient pas cette sorte de routine qui rend les couples faussement heureux.

Sans le vouloir, ils rattrapèrent quelques amis du défunt, endimanchés comme eux et tout aussi pétrifiés par le froid. Ceux-là regagnaient leurs autos ou, pour les plus chanceux, le seuil de leurs maisons. La brume était tombée d'un coup sur le bourg et, du silence qui figeait les rues, on n'entendait guère que le bruissement de la Sauer qui serpentait derrière les réserves à bois. L'air humide exhalait des parfums de sapin brûlé. Maurice avait les yeux rougis. Il saisit le bras de sa compagne qui n'opposa aucune résistance et se rapprocha plus encore de lui. Son corps, emmailloté de cuir, tremblait comme une feuille abandonnée aux premiers frimas de l'hiver. La cérémonie religieuse avait été émouvante, avec une profusion de bougies et de chants très beaux. L'église était pleine de gens que Lobgeois prit le temps de bien observer, fidèle à ses habitudes. Il était ému, figé devant le cercueil qu'il n'avait osé bénir. Serge s'y serait retourné plusieurs fois, forcément. Il avait posé sa main sur le coffre verni. À la sortie, deux ou trois inconnus s'approchèrent de lui et le remercièrent d'avoir si bien déclamé un passage du « Pauvre Rutebeuf » de Villon, celui que Léo Ferré avait mis en musique autrefois. Serge, l'ami des jours anciens de sa jeunesse, était reparti vers cette terre qu'il chérissait profondément et dont lui seul savait peindre l'histoire et l'âme. C'est lui qui, dans l'affaire Meyer, l'avait aiguillé sur la piste du passé, ce passé dont les familles gardent quelquefois jalousement les secrets les plus sordides, leurs saloperies plus ou moins avouables. Les secrets de familles sont pareils à des blockhaus qu'on voudrait conquérir, qu'on voudrait soulever ; mais ce sont toujours des forteresses inexpugnables qu'on ose à peine approcher, des murs qui tombent avec le temps en emportant des secrets qu'ils n'ont jamais trahis. Ces secrets ressemblent à des territoires inconnus où nul ne peut s'aventurer, à moins d'être habité d'un trop plein d'insouciance, de folie et de beaucoup de courage.

Paradoxalement, le plus difficile dans l'histoire ne tient pas dans ce simple exercice physique consistant à aller s'enquérir de faits et de mots perdus. C'est surtout parce que d'autres exhalent des relents nauséabonds, des propos, des gestes, des coups bas plus ou moins avouables qui mettent votre propre existence en péril qu'un homme révèle sa vraie personnalité, en bousculant violemment le passé. Comme Meyer venait de le faire. On enterre, on étouffe, on dissimule, individuellement ou collectivement, instinctivement ou involontairement, par peur ou par intérêt. À quoi bon savoir ? À quoi bon dire les choses ? À quoi sert la vérité ? À qui ? D'autant qu'une vérité, bien malin celui qui peut dire où elle se niche. Nul ne s'approchera jamais d'une vérité parce que celle-là en vaut parfois une autre, de même valeur, et qu'il n'est rien d'aussi subjectif qu'une vérité. Sauf à ce qu'elle soit étayée de preuves irréfutables. Pour ce qui est de la douleur des autres, jamais elle ne parviendra aux degrés où se perche la nôtre. Le monde tel qu'il est inspire à l'égoïsme, ou pire, à la cécité. Il convoque l'oubli, l'enfouissement des paroles, des morts et des autres. Malheur aux vaincus ! Voilà comment un homme comme Franz Meyer, un type jusqu'alors sans histoire, connu et respecté des autres, était devenu un parfait pourri en moins de temps qu'il ne faut pour le dire. Ainsi avait-il laissé mûrir sa haine lentement, sous un vernis de respectabilité, travail, église, désintéressement, altruisme exacerbé ; et puis un jour, son heure venue, se sachant d'avance vaincu par une maladie plus sournoise encore que sa rancœur, il avait réglé ses comptes avec la dernière cruauté. Lobgeois rendait souvent grâce à Simenon qui, en fin connaisseur de ces choses, se plaisait à dire que toutes les familles du monde traînent un squelette au fond de leurs placards.

Serge Hégeney, comme Franz Meyer, dont il était à peu de choses près un contemporain, connaissait assez bien les hommes pour se permettre d'aller dénicher dans le tréfonds de leur âme leurs aspects les plus noirs, les moins ragoûtants. Il savait aller au fond des choses en explorant leur passé avec les mêmes gestes minutieux des archéologues qui explorent les nécropoles mérovingiennes. Il savait que de la pénombre jaillissait quelquefois la lumière, et cette petite certitude-là le tenait dans un optimisme raisonnable. Ainsi connaissait-il le prix qu'avaient payé naguère les Alsaciens, coupables de proximité géographique et culturelle avec l'ennemi d'outre Rhin. Qui sait ce qu'il aurait dit de la démarche de Meyer s'il avait simplement vécu quelques jours de plus.

Astrid et Maurice reprirent le chemin de leur hôtel, une vaste demeure cossue, truffée de riches et vieux Allemands, nichée dans la vallée, sur la route de Bitche, à l'extrémité du village de Niedersteinbach. En chemin, Lobgeois songea à Meyer qu'on avait coincé l'avant veille, bêtement, dans ce petit restaurant d'Amiens dont il connaissait la patronne et où il lui arrivait très souvent d'aller déjeuner lorsqu'il couvrait les assises de la Somme. Comme toujours en pareil cas, l'affaire Meyer s'était réglée d'un rien, grâce à sa perspicacité têtue certes, mais aussi et bien davantage grâce au témoignage de Martine Decournon qu'il projetait de revoir au retour pour la remercier et lui restituer ses photos originales. Elles retrouveraient sans doute la vieille enveloppe bleu horizon, tout au fond de la boîte à souvenirs, puis ce serait l'oubli, derrière une pile d'assiettes.

Le restaurant du Cheval Blanc fut un enchantement pour leurs yeux fatigués. Le gewürz chantait dans les verres, des marmots joyeux couraient entre les tables, excitant la patience des serveurs en livrées rouges. Demain, les deux amants prendraient le temps d'aller saluer Serge une dernière fois, puis avant de quitter les siens, ils monteraient jusqu'aux ruines du Wasigenstein, ce fier château qu'il évoquait souvent le soir, dans les cafés d'Amiens, lorsqu'ils étaient étudiants.

– Tu verras comme ils sont beaux, tous ces châteaux. Ils sont tous en ruines peut-être, mais ils nous survivront tous, ça tu peux me croire…

*

* *

L'heure du retour venue, toute l'équipe du journal fit une belle fête à son héros. Tous les invités burent, rirent et chantèrent beaucoup. Ses collaborateurs offrirent à Maurice un réveil matin dernier cri, un machin drôlement perfectionné et d'une totale inutilité qui projetait l'heure au plafond. Il écopa aussi d'une carte Michelin à jour afin qu'il se souvienne du chemin qu'il devait emprunter jusqu'à Abbeville où l'on plaignait ses trop nombreuses absences. On enterra un temps l'affaire des trottoirs de Saint-Riquier. Celle-là ressurgirait bien assez tôt, bien assez vite, sur le dos de ses pompes, comme une terre gorgée d'eau dégoulinant sur le macadam d'une route. *L'Écho de la baie* fit ses plus gros tirages durant tout le mois qui suivit l'arrestation du coupable, donnant des nouvelles de l'instruction, harcelant l'assassin jusque dans sa cellule. Il ne pouvait y avoir que des perdants dans cette histoire.

La vie à Rue reprit ses tours. La petite ville put à nouveau respirer, laisser les jours succéder aux jours. Le printemps serait là bientôt et, d'ici la saison touristique, chacun aurait recouvré ses esprits. La commune retrouverait son allant joyeux, son parfum si particulier qui mêle le picard d'ici à la rigueur british de quelques vacanciers excentriques. Max, l'ami libraire, réinstallerait ses étals, les affiches publicitaires des feuilles à scandales parisiennes. Quant à Maurice Lobgeois, il reprendrait sa route, jonchée de chiens écrasés, de tournois de pétanque et de reines d'un jour. Il fréquenterait encore longtemps ses chanteurs écorchés de la rive gauche, et la vallée de la Maye, plus que jamais, fredonnerait les airs crépusculaires du vieux père Cash et de ses grands copains de la Sun.

Des crimes commis par Franz Meyer, cet enfant de nulle part, on ne parlerait plus que de loin en loin. Ils diviseraient quelques temps encore les chaumières de France et de Navarre puisque crimes et criminels peuplent nos univers de falots tristes aux yeux éteints. Il y aurait les pour, il y aurait les contre. On reparlerait de la peine de mort et, sans toujours se l'avouer vraiment, de la peine de vivre aussi quand, dès l'enfance, on doit se trimballer le douloureux passif de ses vieux. On ferait tout ça oui, sans compter sur tous ceux qui se foutent à la fois de la vie comme de la mort. On publierait un ou deux bouquins sur l'affaire, juste de quoi faire vivre le commerce et engraisser des avocats frustrés de plaidoirie. Puis le temps ferait le reste. Le temps, dans son œuvre immuable, toujours recommencée, caresserait de l'œil son enfant unique et chéri : l'oubli, l'oubli qui coule comme une rivière paisible, traçant irréversiblement le sillon de notre amnésie collective. Faussement salvatrice.

Chapitre 6

Huit jours avant son décès, que les bigots soucieux de bien paraître dans la presse préfèrent appeler son « rappel à Dieu », Franz Meyer avait fait transmettre le document suivant, rédigé de sa main, à François Bunel, juge d'instruction en charge de son dossier, ainsi qu'à Maurice Lobgeois, journaliste à *L'Écho de la baie* à Abbeville. Ce document, publié *in extenso* dans ce journal, constitua le point d'orgue de l'affaire des crimes de Rue, Rollot, Vervins et Longpré.

« Mémorandum de Franz, Charles, Marie, Meyer ».

Hôpital pénitentiaire de Fresnes, 16 février 2006,

Monsieur le juge,
Monsieur le journaliste,

Le long mémorandum dont j'entreprends aujourd'hui la rédaction risque d'autant plus de vous surprendre qu'il fait suite à mon refus, que vous, monsieur le juge, n'avez de cesse de qualifier « d'obstiné », de répondre à vos questions. N'ayant toujours entretenu qu'un rapport distancié, car définitivement méfiant avec la justice de ce pays, il ne me paraissait ni sain ni utile de ressasser toujours les mêmes réponses à des questions qui, de toutes façons me furent maintes fois posées, depuis la gendarmerie d'Amiens où je fus conduit après mon arrestation, jusqu'au seuil de votre bureau. N'y voyez aucun caprice, pas même un quelconque mouvement d'humeur à l'encontre de votre personne. Ce courrier, rédigé de mes mains et confié aux bons soins de mon avocat, parlera pour moi, une fois pour toutes. Voilà qui vous permettra de clôturer enfin l'instruction d'un procès dont je me suis laissé dire qu'elle entamait beaucoup de votre temps. Soyez tranquille, je ne me rendrai pas à vos reconstitutions, elles ne vous seront d'aucune utilité et j'ai bien peur hélas, que ce travail ne vous soit d'aucune utilité concrète, tant mon état de santé, plus précaire chaque jour, s'accommode de moins en moins bien des conditions de détention qui sont les miennes, bien que je sois néanmoins le premier à reconnaître qu'elles restent cent fois plus acceptables – ou cent fois moins immondes, comme il vous plaira – que celles de mes congénères, plus négligés que moi, moins fortunés et surtout moins tenaillés que je ne le suis par la tempête médiatique qui a grossi au fur et à mesure des crimes dont je m'attribue pleinement l'unique et entière responsabilité. Peu m'importe de souffrir davantage, puisque tel est mon lot. J'attends mon heure avec la patience que m'imposent la souffrance et la maladie. J'attends. La vie m'a tellement tué à petit feu depuis l'âge de quatre ans que je ne crains plus de lui fausser compagnie. Toujours je n'ai passé mon temps qu'à échafauder les rets de ma vengeance. Il faut croire qu'ils étaient bien solides pour que mes victimes, bien que toutes d'un âge avancé, y tombassent les unes après les autres et que vous ne fissiez rien pour m'empêcher d'accomplir mon funeste destin ! Ainsi suis-je devenu un assassin, un « serial killer » ayant prémédité ses actes depuis des décennies, depuis l'âge où l'on joue ordinairement aux billes avec ses camarades jusqu'à celui où l'on perd ses heures en parties de cartes. Je fus et resterai un bien mauvais Edmond Dantès, incapable de pardonner à ceux qui, voici soixante ans, brisèrent ma vie et celle de ma défunte mère. Aussi ne crains-je aucune justice, ni la vôtre, ni celle de Dieu si d'aventure je venais à devoir m'y soumettre. D'ailleurs, au risque de vous être désagréable, messieurs, je ne suis pas sûr d'être des vôtres le jour où mon procès débutera aux assises. Je sais que vos ambitions réciproques aimeraient bien s'en nourrir. À chacun sa fuite en avant. Sans doute aurai-je mis la clé sous la porte d'ici là, rejoignant dans une même nuit mes proches, mes amis et tous les autres, des milliards d'anonymes que la terre, un jour, a portés.

Je veux, par ces quelques lignes, énoncer ma vérité, ma version des faits, loin de tout ce tapage et plus loin encore des élucubrations qu'il m'a été permis de lire ou qui m'ont été rapportées des journaux télévisés par les surveillants de ma cellule. Ce document a valeur de témoignage officiel et d'aveu. Ils sont définitifs. Vous en ferez ce que bon vous semblera puisque vous ne disposez apparemment d'aucune preuve et qu'il ne faudra plus compter sur votre serviteur pour venir vous porter la contradiction. Ma conscience s'en est arrangée et je ne crains pas de la défendre quand il le faudra. Je tiens enfin à ce que cette lettre puisse un jour être portée à la connaissance du grand public. Il a, lui aussi, besoin de comprendre les motivations d'un homme qu'à cette heure il aimerait voir pendu haut et court au bout d'une corde, comme le fut l'une de ses victimes. Je ne suis ni plus ni moins vil qu'un autre et mes réactions personnelles, si tant est qu'elles aient, sinon du poids, du moins un peu de prix, inclineraient elles aussi du côté de la vengeance si les motivations ayant conduit l'assassin à tuer demeuraient pour toujours obscures. Quel sentiment curieux que la vengeance ! Cette idée de vengeance, voyez-vous, obscurcit toute ma vie. Elle a guidé chacun de mes pas depuis ma jeunesse, et cela nonobstant mon éducation, mon goût des autres et la piété extrême dont j'ai voulu accommoder mes actes jusqu'à l'heure de mes premiers crimes. La vengeance a fait de moi un aveugle assoiffé de fiel et de rancune. Ce cancer-là ne m'a tenu en paix qu'avec la mort de Jeanne Freux.

Mon premier souvenir, messieurs, aura bientôt soixante-deux ans. Je suis né à Abbeville (Somme), le 3 mars 1941, au fond d'une salle de billard, vers les cinq heures du matin. Il y avait eu une alerte et ma mère, prise de contractions, n'avait pu se traîner jusqu'aux abris. Je suis l'enfant, vous le savez déjà, d'un amour que la guerre et la morale asservie, toujours bien pensante de l'époque, interdirent, entre une jeune Alsacienne réfugiée à Rue depuis octobre 1938, madame Mathilde, Jeanne, Henriette Meyer, née à Cleebourg (Bas Rhin), le 20 mars 1917, et un sous-officier allemand de la Wehrmacht, monsieur Wilhelm Fröhne, né à Husum (province du Schleswig-Holstein, Allemagne), le 3 septembre 1917. Tous deux sont décédés depuis : le premier en avril 1945, quelque part, à une trentaine de kilomètres du centre de Berlin (un doute a longtemps subsisté quant à l'identification de sa dépouille) ; la seconde, à Strasbourg, le 2 février 2002.

Ils étaient jeunes, deux jeunes amoureux égarés malgré eux, dans une tempête qui n'incombait pas à des gamins de vingt ans, mais à tous les renoncements de leurs aînés respectifs. Comme je n'ai nullement la prétention de vous assommer par les rigueurs d'un cours d'histoire, je ne m'étendrai pas sur les faits multiples qui embrasèrent l'Europe. Je ne puis malgré tout taire la lâcheté des dirigeants occidentaux, qui se conjugua sciemment et d'une manière si admirable avec les ambitions jamais assouvies de la corporation des marchands de canons qui, non content d'avoir installé le fascisme sur plusieurs trônes, emportèrent avec lui quelques dizaines de millions de victimes, avant de ramasser une nouvelle fois la mise quand vint le temps où les survivants durent relever des ruines les villes qu'ils avaient arasées. Ces faits sont connus. Je voudrais seulement, en revendiquant la paternité des cinq crimes avec préméditation – parlons plus explicitement d'une longue maturation de soixante ans – dont vous avez noirci ma mise en examen, je voudrais seulement tenter d'expliquer mes motivations, encore qu'elles aient été en partie dévoilées par le témoignage de la fille d'un des acteurs du drame (le coiffeur qui tondit ma mère) et par les recoupements opérés, conjointement semble-t-il, par la gendarmerie et par la presse locales.

J'ai tué successivement André Tarnon, Henri Desaulnes, Fernand Priseur, Marie-Rose Lherbier née Priseur et enfin Jeanne Freux, c'est-à-dire tous les protagonistes du lynchage odieux survenu le 15 septembre 1944, dans l'après-midi, d'abord au domicile de ma mère, puis devant l'échoppe du coiffeur où elle fut tondue, et enfin à Lannoy, écart de Rue (Somme) sur les rives de la rivière Maye, où elle fut battue, violée et jetée à l'eau sous mes yeux. Ce crime (saccage et tentative d'incendie de notre maison de la rue des Remparts, violences verbales et agressions physiques réitérées sur la personne d'une femme dans l'incapacité de se défendre ainsi que sur un mineur de moins de quinze ans, le tout suivi d'un viol en réunion en présence de ce même mineur...), ce crime qu'on punirait de nos jours avec la dernière et excellente sévérité, n'a jamais fait l'objet du moindre commencement d'enquête, pas même d'une simple investigation policière. L'euphorie de la Libération aidant, il est passé sous le boisseau, à l'instar d'autres faits du même genre. Dans les années qui suivirent cet épisode odieux, nul ne s'est soucié de savoir ce que nous étions devenus, ni comment ma mère et moi avions vécu les heures terribles où, abandonnés au lieu-dit du Pont Noir, près de Rue, nous avons tenté de reconstruire deux existences que ces cinq sinistres individus venaient de briser. Durant combien de nuits ai-je été réveillé d'un affreux cauchemar, toujours le même ! Un cauchemar au cours duquel je retrouvais le visage ensanglanté et souillé de ma mère. J'étais là, face à son corps nu, déchiré et maculé de boue ! Seulement les temps avaient changé, j'avais une arme au bout des doigts et, malgré cette menace ses agresseurs m'observaient en riant, persuadés que je n'oserais pas tirer. Et je ne tirais pas ! Je revivais chaque fois le calvaire de ma mère aussi bien que je le vécus ce jour-là lorsque je me promis de retrouver ces gens afin de leur faire payer leurs actes puisque la suite nous prouva qu'il n'était pas possible d'obtenir quelque réparation par la voie judiciaire et que ma mère elle-même y répugnait. J'avais à peine quatre ans messieurs, oui, quatre ans ! Et mon Dieu, qu'est-ce qu'un enfant de quatre ans à qui l'on fait subir pareille infamie ? Comment peut-il survivre à ces instants de folie où les adultes, ne se contrôlant plus, s'en prennent à sa mère ? C'est bien avec ce 15 septembre-là qu'il m'a fallu tenter de vivre tant d'années jusqu'à ce soir qui me trouve alité dans cette chambre cellulaire glacée en train de vous écrire. Jamais je n'ai pu me défaire de ce jour où mon existence bascula brusquement, irrémédiablement. J'y ai reçu mon comptant de coups moi aussi : Marie-Rose Priseur m'a ceinturé, griffé, giflé, injurié, au point que j'en ai longtemps conservé les marques dans le cou. On eût dit qu'elle prenait un plaisir infiniment cruel à s'acharner sur moi, qu'elle me forçait à regarder ces hommes qui tenaient ma mère par les bras et la violaient ! Oui, je dois avouer que ma douleur n'était rien face à la contemplation de celle de ma mère ! C'est elle qui m'arrachait des cris de douleur et des larmes, pas autre chose !

Bien des années après, parce qu'elle avait probablement peur d'être à nouveau jugée et qu'à cette occasion son honneur soit une nouvelle fois jeté en pâture, malgré mes demandes insistantes et réitérées, celle-ci s'opposa toujours à déposer une plainte en bonne et due forme. Cette résolution ne fit qu'étayer la mienne : je fis serment d'accomplir seul ce que je croyais être mon devoir de justice, jurant n'avoir de repos que lorsque ceux-là auraient expié leurs crimes, ces crimes qui appelleraient les miens en retour. J'ai consacré deux années de ma vie à préparer mon coup, le plus méticuleusement possible. Je les ai tous épiés chez eux ou dans la rue, notant la moindre de leurs habitudes. J'eus cette chance notable qu'à l'exception d'André Tarnon, que j'avais liquidé quarante années plus tôt dans des circonstances sur lesquelles je reviendrai, tous fussent encore en vie et en excellente santé. J'espérais qu'ils aient peur, j'espérais qu'ils souffrent avant d'expier ! Le croirez-vous peut-être, messieurs ? Pas un n'a daigné se souvenir des faits quand je lui dévoilais mon jeu et mes funestes intentions. Ils ne comprenaient pas ou faisaient mine de ne pas comprendre. Ils étaient comme tétanisés qu'on vînt ainsi cogner si tardivement à la porte de leur mauvaise conscience ! Sans doute espéraient-ils que le temps, plus encore que leur grand âge vaudrait prescription. Tous se trompèrent et, par surcroît, pas un ne tenta de sauver sa peau par de quelconques excuses, ni même de simples regrets. Seul le coiffeur, dans une longue lettre qu'il adressa à ma mère à la Noël 1959, a dit toute la honte qu'il avait ressentie après ce jour-là, une honte qui le taraudait encore, pour n'avoir su dire non, d'une part, et pour s'être enfui à l'approche du Pont Noir, sans même alerter les secours, d'autre part.

Ma mère et mon grand-père avaient choisi de s'installer à Rue, sachant que quitter l'Alsace était un crève-cœur qu'ils souhaitaient provisoire. Grand-père avait combattu dans les rangs prussiens au cours de la première guerre mondiale et, s'il ne revendiquait pas un amour immodéré pour la France, il détestait cette Allemagne de Guillaume II qui avait asservi sa région. C'était un authentique Alsacien, un social démocrate atypique, très porté sur les choses de la religion. Les photographies de famille décrivent un petit barbu chaussé de fines lunettes d'écaille ouvrant sur un front largement dégarni qui laissait deviner le caractère buté d'un vieillard sûr de son fait et peu enclin à ce qu'on ferraillât avec lui sur ses principes. Ma mère disait qu'il était colérique mais qu'en retour, privilège des gens intelligents et généreux dont je suis certain de n'avoir pas hérité, il n'était jamais rancunier. Sa bibliothèque personnelle témoignait de son goût pour la poésie, le théâtre de Corneille, la littérature de Loti et les arts précolombiens. Mon aïeul était un homme cultivé, c'est un fait, mais il n'éprouvait guère le besoin de noyer ses connaissances ou ses principes dans une phraséologie pompeuse qui l'eût écarté de ceux que la vie lui donnait l'habitude de côtoyer. Les aléas de l'existence en avaient fait un fonctionnaire des contributions indirectes. Économe, vivant de peu, il s'enorgueillissait de n'avoir jamais un sou vaillant sur lui et de consacrer son temps pour les autres dans le plus total désintéressement. C'était un humaniste, un homme juste et droit, que l'actualité versa tout naturellement dans une opposition farouchement résolue aux nazis qui l'auraient vraisemblablement passé par la torture et par les armes une fois la France à genoux, s'il n'avait prit soin de quitter sa terre natale à temps. Veuf depuis 1931 d'une femme de Saverne qui tenait un emploi de dactylographe, ma mère fut son unique fille. À peine venait-elle d'achever ses études qu'ils décidèrent de quitter l'Alsace en octobre 1938 pour s'installer en Picardie où ils n'avaient pourtant aucune attache. Je ne me suis jamais expliqué ce choix géographique, du moins pas avant l'été 1978 où me fut donnée une réponse que je réserve à la fin du présent récit. Père et fille plièrent bagages au lendemain des accords de Munich. La guerre, évitée de justesse, n'était que partie remise. La mobilisation cessa aussi promptement qu'elle avait commencé. Grand-père n'était pourtant pas dupe des intentions du Chancelier Hitler, mais comme son mentor Léon Blum et nombre de ses compatriotes, il donna lui aussi dans le « lâche soulagement ».

Au terme de plusieurs années d'études juridiques, ma mère avait choisi de devenir notaire. La famille disposait de quelques économies et de plusieurs arpents de vignes dans la région d'Andlau et de Ribeauvillé. Ce pécule permettait de « voir venir » comme le répétait souvent mon grand-père. Ma mère était une femme remarquable, brillante, pleine de sensibilité. Elle était par surcroît d'une grande beauté, bien qu'elle ne manifestât jamais le désir de s'exposer aux regards des autres. Elle était belle, belle et rieuse, ouverte aux choses de l'esprit. Nul doute que ce fut autant par la somme de ses convictions humaines que par ses qualités professionnelles ou bien encore par l'éventail de sa culture qu'elle put assez facilement revendiquer un emploi de second puis de premier clerc au sein de l'étude abbevilloise de Maître Édouard Bardet.

Le père et la fille louèrent une petite maison à Rue, celle-là même dont nous fûmes délogés brutalement en septembre 1944, et que j'ai retrouvée, non sans émotion, le jour où m'étant introduit chez Jeanne Freux qui l'habitait depuis la Libération, je venais échafauder mon dernier crime. Comme ma mère était de nature aimable (nature qu'elle conserva jusqu'à son dernier souffle), elle ne tarda pas à s'allier la sympathie de quelques filles de son âge avec lesquelles elle fréquentait certains bals et avec qui il lui arrivait de prendre le train pour Abbeville. Jeanne Freux, sa voisine, était une ouvrière assez frustre qui travaillait en usine, à Sailly-Flibeaucourt si ma mémoire est bonne. Quant à Marie-Rose Priseur, c'était une grande blonde qui exerçait la profession de modiste, dans une modeste boutique installée à proximité de la sous-préfecture. Ces trois femmes devinrent très vite des amies proches, presque inséparables. Nul ne trouvait à y redire, pas même mon grand-père qui vivait sa nouvelle existence à la manière d'un exilé aigri. Je ne puis m'empêcher après coup de la trouver un peu contre nature cette amitié et, malgré le temps qui, à ce qu'il paraît, aide à la compassion, j'ai peine à admettre que ces trois femmes furent de si grandes complices, au point que, dit-on, il était impossible d'en croiser une sans qu'elle ne fût affublée des deux autres. Les trois jeunes femmes brûlèrent leurs vingt ans côte à côte lorsque la guerre s'invita en Europe, le 3 septembre 1939. Il n'y avait pas un an que ma famille habitait Rue.

Une fois passée la « drôle de guerre », le pays fut envahi puis soumis en quelques semaines. La vie suivit son cours malgré tout, entre les ruines et les privations. Mon grand-père, abasourdi par l'ampleur de la défaite et conscient qu'il ne reverrait probablement jamais l'Alsace, mourut en janvier 1941, c'est-à-dire quelques semaines avant ma naissance. Entre-temps, dans la deuxième quinzaine du mois d'août 1940, ma mère avait fait la connaissance d'un certain Wilhelm Fröhne, un sous-officier de la Wehrmacht qu'elle avait croisé par hasard à l'étude où, avec quelques camarades, ils s'étaient installés, d'autorité. Il faut dire que la propriété de Maître Bardet était l'une des rares bâtisses qui restât encore debout au lendemain des bombardements qui venaient d'anéantir presque totalement la ville. Autre privilège de taille : Maman parlait couramment l'allemand et fut souvent mobilisée comme interprète. Fröhne avait à peu près son âge. C'était un type originaire du nord de l'Allemagne dont l'arrivée au pouvoir d'Hitler, pourtant saluée par toute sa famille et sans doute aussi par lui-même (c'est une simple supposition que rien ne me permet d'étayer), avait retardé son projet d'étudier puis d'enseigner la philosophie. Le Docteur Goebbels s'en chargeait à présent, de la philosophie ! Il se lia d'amitié avec ma mère et bientôt l'amitié se changea en amour. Maman s'afficha à plusieurs reprises aux bras de cet homme, comme elle l'eût fait ailleurs, avec d'autres conquêtes, en d'autres circonstances. Or, c'était la guerre, une guerre que les Français venaient de perdre dans des conditions qui défient toujours le plus élémentaire bon sens. C'était la guerre, ce qui revient à dire que s'afficher au bras d'un suppôt de l'Occupation était une démarche intolérable aux yeux d'une population vaincue qui en subissait les rigueurs et les atrocités. Se sachant enceinte, elle décida de cacher la vérité à son père et à ses proches. Elle inventa je ne sais trop quel subterfuge pour aller s'installer à Abbeville arguant des difficultés de la circulation, la fatigue, la peur des contrôles et du couvre-feu. Elle demeura près de l'homme qu'elle aimait, sans affecter la plus élémentaire discrétion.

Je vis le jour prématurément, en mars 1941, dans les circonstances que j'ai rappelées plus haut. Mon grand-père venait de mourir, mais par un curieux effet de la providence, je venais de prendre sa place. Ma mère voulut cacher cette naissance à ses amies de Rue qu'elle croisait maintenant de loin en loin. Toutefois, ce qui devait arriver arriva : l'une d'elles, Marie-Rose, l'aperçut un jour cheminant au bras de son amant, tandis qu'ils déambulaient le long du canal de la Somme, entre la ville et le petit bourg de Cambron. La scène se passait en juin 1942. Mon père, en uniforme, me tenait dans ses bras. Marie-Rose Priseur accepta d'autant moins cette découverte « fortuite », qu'elle eut le sentiment d'avoir été trahie par son amie. Enfin, parce qu'il est dit qu'un malheur n'arrive jamais seul, un homme dont elle était éprise venait d'être passé par les armes à Amiens pour faits de résistance. Cette surprise attisa la rancœur de cette femme qui, en plus de ses chagrins, souffrait comme tout un chacun des restrictions liées à l'Occupation. Elle ne fut pas longue à mettre Jeanne Freux dans la confidence et, en quelques jours, plusieurs habitants de Rue eurent à connaître les errements de la « fille Meyer », que quelques-uns, à compter de ce jour, surnommèrent la « Bochesse ». La rue la jugea coupable d'avoir couché avec un gradé allemand, coupable de l'avoir aimé, coupable d'en avoir eu un enfant. Lorsqu'en janvier 1943, Jeanne Freux apprit la mort de son seul frère, qui, de retour d'un stalag de Poméranie avait été retrouvé mort d'épuisement et de fièvre en gare de Creil, elle cessa immédiatement toute relation avec nous. Elle en conçut une haine des Allemands dont nous fîmes plus tard les frais.

Fröhne dût quitter Abbeville en septembre 1943, au moment où le sort de la guerre commençait sérieusement à basculer. Jamais il ne revit ma mère, qu'il abandonna à son sort avec son jeune enfant. Elle décida de demeurer à Abbeville, logeant dans une petite chambre que Maître Bardet lui louait pour une somme modique. C'est là que nous vécûmes jusqu'à la libération de la ville, une libération que ma mère affirme avoir accueillie avec bonheur, quand bien même ce bonheur se teintait d'appréhension pour le sort de l'homme qu'elle aimait toujours et dont elle demeurait sans nouvelles depuis de longs mois. Elle croyait en ses paroles, à ces paroles qu'on s'échange fébrilement sur le quai d'une gare : ils s'étaient promis de se retrouver pour vivre ensemble, une fois la guerre passée, quels qu'en puissent être l'issue et le prix à payer.

Paris fut libérée en août 1944, le nord de la France le fut dans la foulée. Ma mère décida de rentrer à Rue où nous avions encore notre maison ainsi que quelques effets. Notre première visite fut pour le grand-père qu'on avait inhumé provisoirement au cimetière communal. Maman occupa nos soirées à m'apprendre à lire, à écrire et à compter. Chaque soir la trouvait au mieux mélancolique, au pire en proie à une grande anxiété et, lorsque je l'observais, outre qu'elle m'apparaissait dans sa grande majesté coutumière, je la voyais pensive, introvertie, tellement loin d'ici et de moi. Elle allait d'une pièce à l'autre, surveillant les allées et venues de la rue, le nez le plus souvent collé à la fenêtre. Je voyais bien qu'elle se forçait à sourire, à me faire rire, à faire comme si tout était normal. Mais le cœur et l'esprit n'y étaient pas. Notre retour à Rue avait été glacé. Les regards se dérobaient sous nos pas, les amies de Maman passaient à vélo devant la maison sans jamais s'arrêter. Nous ne recevions personne et personne, pas même nos voisins, ne nous adressaient la parole, fût-ce pour échanger deux banalités, s'enquérir de notre santé, nous gratifier d'un bonjour ou d'un bonsoir.

Fataliste, ma mère était résolue à attendre que la 2e DB de Leclerc ait libéré l'Alsace, projetant ensuite de regagner Strasbourg où, pensait-elle, elle se rapprocherait du reste de notre famille et de l'homme qu'elle aimait. Nous étions en septembre 1944 et moi je devais faire ma rentrée à l'école publique des garçons. J'étais fier.

Le matin du 15 septembre, Maman et moi étions allés fleurir la tombe de mon grand-père au cimetière. Au retour, nous avions fait un détour chez l'épicier puis chez le boucher. Rien de bien particulier ne s'était passé jusqu'à notre retour à la maison, sauf que là nous attendaient trois types et deux femmes que je ne connaissais. La porte d'entrée avait été forcée à coups de pieds et ces gens s'étaient attablés dans la cuisine. Les trois garçons étaient occupés à liquider les quelques bouteilles d'alcool que mon grand-père serrait dans l'armoire de la salle à manger où ils étaient allés les soutirer. Je sus beaucoup plus tard qu'il y avait là Jeanne Freux et Marie-Rose Priseur que ma mère, elle, reconnut de suite. En revanche, elle n'avait jamais vu aucun des types qui les accompagnaient : Fernand Priseur, Henri Desaulnes et André Tarnon qui s'était enfoncé un béret basque jusqu'à hauteur des yeux et qui riait sans arrêt, comme s'il était ivre. L'un d'eux avait posé une arme sur la table.

– On t'attendait, la pute…

Maman m'agrippa par la manche et, comme elle s'apprêtait à me conduire au jardin par la porte qui donnait sur la petite véranda où des chats avaient coutume de venir aguicher mon grand-père, Tarnon tendit sa jambe en avant, précipitant ma chute et mes pleurs :

– Ben alors, min tiot schleuh, te v'là donc tombé à Stalingrad, comme tin boche de père…

Furieuse, ma mère perdit ses moyens : elle se précipita au-dehors pour appeler crânement une aide qui ne vint pas. Priseur sortit le premier derrière elle, en lui gueulant des insanités. Il l'attira jusqu'à lui par les cheveux, la serra violemment contre lui pour lui baiser le cou. Devant sa résistance, il la jeta sur le pavé depuis le trottoir jusqu'au centre de la rue, tandis que Marie-Rose Priseur lui cracha au visage.

– C'est pour tout ce qu'tu nous as fait !

La suite se résuma en une fuite, à un interminable cauchemar, une longue marche ponctuée de coups et d'injures à travers la ville. Priseur voulut incendier notre maison pour qu'il ne demeurât aucune trace de notre passage. Il avait stocké un jerrican d'essence sous la table de la cuisine et s'apprêtait à en verser le contenu partout lorsque notre propriétaire, le père Freux, l'en empêcha in extremis, estimant qu'il ne souhaitait pas d'ennuis avec les forces de l'ordre et qu'il tenait par-dessus tout à sa bicoque. Priseur s'exécuta avec regret. En liquidant ce triste sire, je jure n'avoir éprouvé le moindre remords. Sa baraque à lui a flambé comme un fétu de paille.

Quelques passants attirés par les cris s'attardaient sur le pas de leurs portes, certains riaient, d'autres, visiblement dégoutés, hochaient la tête et rentraient désabusés chez eux. Seul un homme, dont je sus quelques années plus tard qu'il se destinait à être mon instituteur, avait tenté de les calmer. Mais face à la brutalité de cette meute enragée, il n'avait pas osé insister. Nous étions seuls, ma mère et moi, livrés à une poignée d'ivrognes qui voulaient faire le coup de poing sur deux proies faciles. Les cinq comparses allèrent débaucher le coiffeur qui tenait une échoppe dans la rue des frères Caudron. Celui-ci tergiversa de longs instants puis, sous la menace et les encouragements des autres, il rejoignit le cortège nanti d'une tondeuse dont il paraissait très fier.

– Ça marche bien pour les troufions ton truc, ça marchera aussi pour les poules à Boches !

Maman, couverte de coups et de crachats, fut tondue juste devant chez lui par Michaux le coiffeur, sous les rires et les quolibets. Vous dire ce que j'ai ressenti à cet instant messieurs, me coûte toujours beaucoup d'efforts, au point que vous-mêmes ne le comprendriez pas. Certaines nuits, il me semble revoir le coiffeur qui s'approche de ma mère, à pas de loups. Il a un regard menaçant, des yeux de fou. Elle lâche un cri d'effroi qui l'enhardit. Alors, sans hésiter, il saisit ses cheveux et se met à la tondre, méthodiquement, ainsi qu'il fit ce jour-là. Jamais je n'ai pu oublier le bruit mécanique de cet engin de mort. Jamais, messieurs, jamais je n'ai pu m'en défaire ! Mais Dieu m'est témoin que c'est pourtant ce bruit venu du fin fond de l'enfer qui m'aida à liquider ces lâches en employant leurs procédés, soixante ans plus tard.

Une fois leur forfait accompli, tous s'engouffrèrent dans une camionnette que Desaulnes était allé récupérer entre temps dans la remise d'une propriété appartenant à la famille Lobry. Nous y fûmes précipités sans ménagement ma mère et moi. De là nous partîmes en direction d'Abbeville. Tous ricanaient, juraient tous leurs saints en tenant solidement ma mère à qui ils promettaient la juste récompense de sa coupable attitude. À moi, ils garantissaient le plus joli spectacle qui se put concevoir. Terrorisé, j'avais trouvé refuge contre ma mère, les yeux perdus, ne comprenant rien à ce que tramait cette troupe de salauds qui empestaient l'alcool et naviguaient visiblement dans un état second. Que diable pouvaient-ils bien nous reprocher ? Quel crime impardonnable avions-nous commis pour mériter qu'on nous traînât ainsi comme on ne le ferait pas avec des chiens ? Nous vivions seuls, simplement, sans rien attendre des autres. Ma mère me parlait quelquefois de mon père. Elle évoquait un soldat perdu au loin, dans une contrée où il faisait très froid et où il fallait être bien courageux pour ne pas succomber. Elle m'avait montré la photo de cet homme fluet qui plastronnait, timide, dans un costume en tweed, deux ou trois ans avant que ne débute le grand carnage qui allait fatalement le coucher lui aussi en terre. J'avais bien compris qu'elle retrouvait à chaque fois un semblant de gaieté chaque fois qu'elle me montrait ces photos. Elle-même faisait semblant de croire à son improbable retour.

La camionnette lancée sur la route de Forest-Montiers, bifurqua brusquement sur la gauche après que Michaux, paniqué, ait manifesté violemment le souhait d'en descendre, sous un flot d'insultes. Nous le vîmes prendre ses jambes à son cou sans demander son reste et détaler bien au-delà de la ligne de chemin de fer. Nous fûmes bientôt rendus au Pont Noir. C'est là qu'on stoppa la machine et qu'on nous fit descendre, ma mère et moi. Toujours sans le moindre égard. Maman gémit lorsque Tarnon voulut déchirer sa robe.

– T'inquiète pas, catin, on vient de t'faire une coupe à la mode. Ça t'a pas coûté pas un rond en plus ! De quoi qu'tu t'plains ?

Les femmes tirèrent d'autres bouteilles du fond du camion ainsi qu'une caisse sur laquelle on m'installa de force, sans doute pour que je sois placé aux premières loges. Les coups plurent de partout sur le corps de ma mère : coups de poings, gifles, crachats, insultes. Le tout sous mes yeux d'enfant qui hurlait. Marie-Rose Priseur me tenait solidement et, quelquefois me cognait en me traitant de petite peste brune.

– Regarde, regarde bien ce qu'on va lui faire à ta garce de mère !

Soudain, j'entendis un bruit sec suivi d'une plainte. Un filet de sang vint sourdre de la commissure des lèvres de Maman, à demi K-O. Ses yeux exorbités cherchaient les miens. Sa chemise venait d'être déchirée, on avait arraché son corsage et un sein s'échappait de ce qui restait de quelques lambeaux de vêtements. Bientôt on lui dessina sur le crâne un curieux symbole à la peinture noire. J'appris plus tard qu'il s'agissait d'une croix gammée. Cette infamie suprême précéda le viol dont elle fut la victime et dont les sieurs Priseur, Tarnon et Desaulnes se rendirent successivement coupables. Le coiffeur avait décampé mais les deux femmes étaient restées, se perdant en rires demeurés. Suzanne Freux poussa l'audace jusqu'à prendre des photos avec l'appareil qu'elle venait de nous voler. Je dois vous préciser que toutes ces photos furent ensuite envoyées à chacun des protagonistes et que toutes ont été retrouvées par mes soins à proximité de leurs cadavres… Je ne m'explique pas les raisons pour lesquelles elle s'est amusée à reproduire ces clichés. Peut-être avait-elle l'intention de se couvrir, de se dédouaner ou de faire chanter ses complices au cas où cette affaire tournerait mal pour eux. J'avoue n'avoir pas eu le temps de lui poser la question. Je puis néanmoins faire l'aveu qu'elle seule eut l'idée du viol, arguant qu'une fille à soldats ne mégotait jamais sur ses clients, qu'ils fussent français ou allemands ! Les gars avaient acquiescé, il faut dire qu'il n'avait pas fallu les convaincre longtemps.

– Y'a qu'le Paris-Calais qu'est pas passé d'ssus, à c'te traînée !

Le viol passé, alors que ma mère s'était retournée pour pleurer, quelqu'un avait lancé :

– Regardez, on dirait qu'elle a encore chaud au cul ! Elle a encore l'feu au cul, tiens ! J'propose qu'on lui r'froidisse sin t'chu !

Ce quelqu'un-là, c'était Henri Desaulnes. Oui messieurs, c'est bien ce sinistre individu qui, avec l'aide de ses deux compères précipita ma mère à moitié nue dans l'eau de la Maye, à l'emplacement précis où vos services, monsieur le juge, l'ont retrouvé. J'ai attendu patiemment qu'il sorte de son café, sans me montrer. Là, je lui ai proposé de le raccompagner en voiture. Comme il était passablement éméché et que je l'avais aguiché avec une bouteille de gnôle, il ne s'est pas méfié de moi. Aucune de mes victimes d'ailleurs n'eut réellement le temps de se méfier de moi. J'ai d'abord voulu l'assommer mais, n'y parvenant pas, je l'ai étranglé puis transporté à dos d'homme jusqu'à la rivière où j'étais allé en reconnaissance quelques heures auparavant. Il est inutile de vous dire à quel point ce pèlerinage macabre m'avait remué, d'autant que rien n'avait vraiment changé. Non content de raviver de douloureux souvenirs, cet endroit m'avait conforté dans ma décision d'éliminer ce pourri avec tous ses complices. Quant à Jeanne Freux, le train Paris-Calais auquel elle aimait tant faire allusion, ne l'a pas épargnée.

Il m'a suffit de lui fixer un rendez-vous par téléphone. Je m'étais introduit chez elle quelques jours auparavant et, à l'aide d'un rouge à lèvres quelconque j'avais tracé un « TVC » sur les murs et les glaces, TVC comme « Tu vas en crever », sombre prophétie qu'elle avait lancée à la figure de ma mère avant qu'on ne la viole. À mon tour, je l'ai terrorisée à force de la harceler. Je l'ai mise en garde contre les effets d'une dénonciation aux forces de police, l'engageant à me verser une somme de vingt mille euros pour me faire à jamais oublier. Je lui ai fait croire que je disposais de plusieurs complices qui n'hésiteraient pas à l'éliminer, où qu'elle vienne à se trouver sur terre, si d'aventure j'étais interpellé par la police. Je reste saisi par le fait qu'elle ait cru à mes balivernes, qu'elle ne m'ait pas vendu et qu'elle m'ait si facilement offert et sa personne et ses billets de banque. Lorsque je l'ai cueillie en gare d'Abbeville avec une valise que j'avais souhaitée vide pour donner le change, (à l'exception des vingt mille euros que je me fis, avant de la tuer, un malin plaisir à brûler sous ses yeux affolés, elle qui semblait tenir à l'argent plus encore qu'à sa propre existence), j'ai d'abord pensé qu'un piège allait m'être tendu. Autant dire que je ne m'expliquerai jamais la passivité avec laquelle elle me suivit jusqu'à ma voiture. Je revois encore la pâleur quasi moribonde de cette femme lorsque je déclinais mon identité et le mobile de mes appels. Je n'étais pas un bandit de grand chemin non, j'étais juste le petit bonhomme qu'elle avait raillé, qu'elle avait forcé à assister au supplice de sa mère ! Ainsi l'ai-je séquestrée dans une cabane au fond d'un lopin de terre abandonné, à quelques encablures des étangs de Long. Je l'y ai poussée sans pitié, sans regarder qu'elle crottât ses souliers ni même qu'elle se vautrât dans la boue de la peupleraie. Elle vécut là, bâillonnée, ligotée, les derniers jours de sa vie, contemplant avec effroi les photos de ses amis réduits à l'état de cadavres. « Tu vois, moi aussi j'aime bien prendre des photos... », lui répétais-je. De là où nous étions, nous entendions les trains glisser dans la nuit comme des serpents en quête d'une proie. La vieille tremblait comme une feuille. Elle me jetait des yeux pareils à ceux de l'actrice Sylvie apprenant la mort de son rejeton dans « Thérèse Raquin ». La peur avait changé de camp et je n'en étais pas même satisfait.

Oui messieurs, allez-y ! Tenez-moi pour fou, un fou furieux même ! Oui ! Je l'avoue ! J'avoue n'avoir fait preuve d'aucune retenue ni d'aucune compassion pour ces hommes et pour ces femmes qui brisèrent nos vies. C'est vrai qu'ils étaient vieux et sans moyen de défense ! C'est vrai que je ne suis qu'une ordure, mais convenez que j'ai appris à bonne école. Jugez messieurs, jugez ! Après tout, je n'attends rien de vous ni de personne.

Lorsque Tarnon, après l'avoir copieusement assommée, viola ma mère, je crus mourir. Desaulnes et Priseur firent de même, sans la moindre pitié. Rien de cette sordide mise en scène ne me fut épargné. Il faisait beau, il faisait même très chaud, ces gens étaient en train de nous assassiner sans la moindre vergogne. J'ai d'abord liquidé Tarnon, de sang-froid. Je l'ai étranglé chez lui, pendu dans sa remise puis émasculé. J'avais été impressionné par le spectacle de son sexe qu'il montrait en sautillant devant une assistance hilare. Il gueulait qu'elle (ma mère) allait goûter à son « canon de 75 » et qu'elle verrait ce qu'elle verrait ! Je ne regrette pas d'avoir débarrassé la terre de ce triste sire de la collaboration, cet affidé des interrogatoires musclés et des trafics en tous genres de la rue Lauriston. Il est mort le 8 septembre 1963 par là où il avait péché. À l'époque, j'étais militaire, aspirant au camp de Sissonne et j'avais eu l'opportunité de croiser, par le dernier des hasards, le fils de Desaulnes qui lui était militaire de carrière. C'était un jeune type misérable et complètement abîmé qui ne s'exprimait qu'en gueulant après les conscrits. Une permission m'avait permis de passer la fin du mois d'août à Strasbourg où j'avais trouvé ma mère dans un état de torpeur que je ne lui connaissais guère et dont elle ne voulut pas trahir la cause. Je profitais d'une de ses absences pour fouiller la maison de fond en comble. La belle obstination que je déployais à cette occasion me permis de mettre la main sur une lettre qu'André Tarnon venait de lui adresser quelques jours plus tôt. Il la mettait en demeure de lui faire envoyer un mandat postal de plusieurs milliers de nouveaux francs, sous peine de salir à nouveau sa réputation sur Strasbourg où il se vantait de pouvoir compter sur l'aide de quelques complices. Ivre de colère, je décidais de ne pas attendre, comme je me l'étais d'abord promis, que ma mère mourût, pour liquider nos anciens agresseurs. Tarnon servirait en quelque sorte de cobaye.

Souvent je me revois, cheminant de nuit sur cette route menant de Sissonne à Vervins, à travers la Thiérache ; je me revois sonner chez Tarnon, cet homme qui m'ouvrit sa porte et que je reconnus en un éclair, un éclair de peur, il va sans dire ! Je savais ma victime célibataire et je me fis passer pour un collectionneur de Peugeot 203 qu'on avait recommandé à un spécialiste de la marque. Lui non plus ne s'était pas méfié l'ombre d'un seul instant. Je l'ai assommé, bâillonné puis ligoté. Je me suis présenté à lui lorsqu'il reprit connaissance. Ensuite, je lui ai montré le courrier qu'il avait envoyé à ma mère et là, comme sous l'emprise de la folie, je me suis mis à le battre avant de l'étrangler. Ensuite, j'ai simulé une pendaison avec une corde que j'avais achetée à Châlons et que j'avais conservée dans le coffre de ma voiture. Ce n'est qu'au moment de quitter les lieux que je choisis de lui couper les parties. À aucun moment je n'ai tremblé ni regretté mon geste. Ma mère venait d'être vengée de ce fumier.

Marie-Rose Lherbier était de toute la bande la personne la plus raffinée. Ce fut aussi la plus perfide, celle qui m'imposa, en me battant et sans jamais cesser de m'insulter, de contempler le long calvaire de ma mère. Cela justifiait à mes yeux la macabre mise en scène de Rollot. Je n'eus qu'à attendre la nuit pour me faufiler à travers le petit vasistas situé à l'arrière de la villa. J'avais repéré cette issue par une reconnaissance patiente et discrète des lieux. J'ai toujours attaché beaucoup de prix à la préparation de mes terrains de chasse ainsi que le font tous les tueurs en série. Tous les profileurs vous diront que dans ce genre de crimes, rien n'est jamais laissé au hasard. La partie fut cependant des plus faciles puisque je surpris la victime dans son sommeil le plus profond. Son réveil fut plus délicat. Marie-Rose Lherbier, devant ma détermination, me cracha au visage en gueulant qu'elle ne regrettait rien, que j'étais un assassin et que ma mère, cette maudite traînée, lui avait fait du tort. À l'entendre, notre calvaire n'était que la juste récompense de son comportement. « Et si c'était à refaire, je recommencerai ! », osa-t-elle ajouter en me lançant un regard de défi. C'était plus que je n'en pouvais supporter. Je me suis acharné sur elle.

*

* *

Tous ces gens sont repartis gais et contents, comme ils étaient venus, dans leur camionnette, une bonne heure après qu'ils nous y aient déposés et torturés. Ils nous laissèrent là, comme des misérables. Maman hurlait de rage et de douleur. Son corps entier portait les multiples coups et contusions qu'elle avait reçus. Elle s'extirpa de l'eau comme elle put, remisa en reniflant et en tremblant les quelques effets éparpillés le long de la berge, puis elle m'attira vers elle. À cet instant, comme je la pressais de questions, elle me serra frénétiquement dans ses bras, m'embrassa le plus fort qu'elle put en me recommandant de me taire. Elle m'assura que tout était fini, qu'il faudrait tout oublier. Je ne sais pas comment nous fîmes pour couvrir la vingtaine de kilomètres qui nous séparaient d'Abbeville où Maître Bardet nous accueillit, éberlué. Le brave homme nous hébergea quelques jours avant de nous confier aux bons soins de son plus proche ami, Edmond Vargeant.

Vargeant était un grand propriétaire terrien de Machiel, une petite commune située à quelques kilomètres de Crécy, en bordure de sa forêt domaniale. Nous vécûmes là quelques mois, auprès de cette famille dont ne savions rien, mais qui nous donna ce qu'elle avait, le temps de panser nos plaies et de régler les détails de notre retour en Alsace.

Edmond Vargeant vivait avec sa femme et son père. « Oncle Edmond » était un homme terrible, une vraie force de la nature qu'on aurait dit taillée dans le roc. Lorsque nous l'aperçûmes pour la première fois, nous eûmes ma mère et moi un mouvement de recul. Il portait un chapeau en velours marron et un costume du même tissu grossier. C'était le costume qu'il réservait à ses affaires et ses visites en ville. Vargeant était un résistant de la première heure qui, à trois reprises, était passé à travers les mailles du filet milicien. Il portait une fine moustache noire et fumait sans relâche un odieux tabac gris. Cet homme était la gentillesse incarnée et moi qui avais à l'époque toutes les raisons de me défier de lui comme de tous les adultes, je ne pus longtemps résister au cœur d'or de ce grand et gros bonhomme dont le visage avait été partiellement brûlé lors d'un assaut au Mort-Homme. Lui seul savait me faire rire et oublier mes misères aux mauvaises nuits. Edmond Vargeant fut plus qu'un père pour moi. Il nous avait accueillis simplement, dans le bureau de Maître Bardet. Le corps décharné de ma mère l'avait tout d'abord horrifié et un sentiment de colère avait traversé le récit du viol que le notaire avait cru judicieux de lui faire. À l'époque déjà, ma mère n'avait pas voulu qu'il la conduise en auto jusqu'à la gendarmerie pour y déposer plainte.

– Il le faut, mademoiselle Meyer, il le faut cependant...

Bardet avait estimé, à juste titre, que ma mère et moi n'étions plus en sécurité sur Abbeville et qu'il fallait d'abord nous mettre au vert quelques semaines, le temps de nous refaire un semblant de santé. Je crois qu'il ambitionnait une petite carrière politique et qu'il n'avait pas d'intérêt à ce que la mésaventure de ma mère fît le tour de la ville. Ils convinrent que maman recommencerait à travailler pour lui quand les jours d'euphorie laisseraient place à un peu plus de normalité. Nous demeurerions chez les Vargeant qui se chargeraient d'aller vider notre maison de Rue et ma mère leur verserait chaque quinzaine un petit pécule.

Je me remets aussi très bien « Grand-Père Armand », le beau-père d'Edmond... Celui-là était tellement vieux, tellement recroquevillé près de l'immense cheminée picarde de la cuisine, qu'il me faisait parfois peur. Lorsqu'il se relevait, il dépliait un corps de près d'un mètre quatre-vingt-dix. Avec ses longues moustaches blanches, ses longs bras au bout desquels tremblaient de longues mains fines et creusées, cet homme avait quelque chose qui rappelait François Cavanna ou quelque héros champêtre d'un roman de George Sand. Parfois, il m'attirait vers lui pour me chanter des chansons dans un patois auquel je ne comprenais rien. Je l'accompagnais chaque soir « aux bêtes » et je devins, à ses côtés, un petit vacher acceptable.

La Mamée était le surnom qu'on donnait ordinairement à la femme d'Edmond. Elle lui avait donné six fils et trois filles qui, pour la plupart avaient tracé leur chemin. Seuls l'aîné et la cadette restaient à demeure. Cette femme d'apparence sèche et revêche m'aima de suite comme son propre petit-fils, m'octroyant des avantages dont nul autre ne pouvait se targuer, pas même ses propres rejetons, beaucoup plus âgés que moi il est vrai. J'aimais passer du temps, chaque soir que l'entretien de sa maison lui donnait un peu de repos, à caresser ses longs cheveux couleur de cendre. Elle chantait des chansons de Charles Trenet qu'elle repassait sans se lasser sur son phonographe. Parfois, lorsque quelque folie lui passait par la tête, elle m'arrimait sur ses genoux, prenait mes bras avec force et entonnait :

– Monsieur, monsieur, vous oubliez votre cheval ! Ne laissez pas ici cet animal, il y serait vraiment trop mal…

C'était une maîtresse femme implacable qui fut aux petits soins pour nous. Avec elle j'avais tous les droits. C'est elle qui m'inscrivit à l'école communale de Machiel, c'est elle encore qui m'y conduisait et m'en ramenait chaque jour. À la rentrée des classes 1944, elle m'offrit un joli cartable en cuir fauve, une ardoise avec un cadre en bois et une fine boîte de couleurs que j'ai conservée longtemps.

Après s'être tenue alitée plusieurs jours, ma mère reprit peu à peu son travail à l'étude. Mais elle était devenue triste. Le sourire avait déserté le visage jusqu'alors si jovial de cette femme devenue atone et terne et qui, en dépit des efforts qu'elle fit, le demeura jusqu'à la fin de ses jours, la tenant le plus souvent éloignée des hommes et du monde.

C'est ainsi, dans ce contexte et dans ces conditions un peu étranges, auprès de cette famille totalement désintéressée, que nous recouvrîmes un peu de goût à l'existence, ma mère et moi. Les Vargeant furent plus qu'une famille pour nous. Ils avaient compris notre détresse et déploré la cruauté avec laquelle un quarteron d'ivrognes venait de nous faire payer une énième cuite.

– J'en arrive à en éprouver le dégoût du genre humain, tonnait quelquefois Edmond. Et dire que je connais bien la plupart de ces salopards-là…

Nous regagnâmes Strasbourg en juin 1945, mais je revis régulièrement les Vargeant, notamment lors des vacances d'été où je venais renforcer la cohorte des moissonneurs. En outre, j'entretenais avec eux une correspondance épistolaire que vous dénicherez sans peine dans mes papiers personnels. J'y parlais de tout et de rien et, en retour, mes parrains m'expédiaient des timbres, un petit mandat pour Noël, mon anniversaire et les Pâques. Peu de temps avant sa mort, au cours de l'été 1963, c'est-à-dire à l'époque où j'effectuais mon service militaire, quelques jours avant qu'André Tarnon ne passât de vie à trépas, Edmond m'avait entretenu personnellement de la guerre, des horreurs de la collaboration et des règlements de comptes de la Libération. Il m'avait invité à faire preuve de retenue, à faire taire ma colère et tenter de comprendre les hommes. Ça valait mieux, estimait-il, que de verser dans la haine ordinaire qui sert à ces mêmes hommes de défouloir. La violence ne pouvait pas réparer une autre violence. La vengeance, disait-il, ce n'est pas la justice... Je l'entends encore, le cher homme, m'entretenir de la justice. C'était piquant de voir à quel point il s'y raccrochait, à sa morale. Il y croyait comme il croyait aux hommes, en fervent militant MRP qu'il était. Tous n'étaient pas des saints c'est vrai, mais aussi, tous n'étaient pas des salauds. Mais, répliquais-je, comment ne pas haïr des hommes, des femmes, des quidams restés à jamais impunis de leurs crimes ? Comment ne pas vouloir refuser et se détacher d'un système qui niait de manière si flagrante et aussi scandaleuse les droits les plus élémentaires de la défense ? Comment ne pas, dans d'aussi tragiques conditions, vouloir substituer la vengeance sommaire, aveugle et crue, – je n'en disconviens pas –, à une justice aussi aveugle, amnésique ?

– La justice des hommes est à l'image des hommes eux-mêmes. Elle se construit jour après jour, pas à pas. Elle a ses langueurs qui font qu'on croit qu'elle va s'éteindre et puis, tout d'un coup, sans qu'on sache vraiment pourquoi, voilà qu'elle est prise de violents coups d'accélérateur. Elle est ainsi faite qu'elle ressemble au balancier d'une belle pendule que l'horloger le plus expérimenté ne saurait correctement caler pour qu'il marchât d'un bon pas. Tantôt le balancier fuit outrageusement d'un côté, tantôt il repart de l'autre, avec le même excès, la même violence...

Le lynchage et le viol de ma mère hantaient les nuits de cet homme qui cultivait pour celle-ci une amitié et une admiration profondes. Bien qu'il n'en fit jamais cas, il apaisa sa conscience et fut heureux d'avoir pu nous accueillir, nous protéger, nous soulager enfin. Il le fit sans même nous connaître, sans rien attendre en retour, pour la simple raison qu'il était de nature charitable et bonne, ainsi que le sont, je le dis, la grande majorité des habitants de cette région de France. Il attendit longtemps avant de me parler personnellement du drame qui nous avaient affectés. J'approchais de mes quinze ans et j'étais persuadé qu'un jour ou l'autre, il s'y risquerait. Il connaissait mon état d'esprit, il savait quel degré de haine je vouais à ces gens. Un jour que lui et moi rentrions d'Hesdin où il était allé négocier une affaire de bestiaux, nous fîmes halte à une station-service qui se tenait au lieu-dit du carrefour de la « Cabane bambou ». Il voulait à tout prix prendre un rafraîchissement et quand il avait décidé quelque chose, il n'y avait plus rien à ajouter. Il fallait se soumettre et se taire. Nous sommes entrés dans un petit estaminet attenant à la station pour y boire un bock de bière. Vergeant avait avalé une bonne moitié de la sienne et demeurait muet, ses grosses mains posées à plat sur la table, le regard fixant nonchalamment le va-et-vient des autos sur la grand-route. De mon côté, le sachant de nature taciturne, surtout lorsqu'une contrariété le tenait, je me tenais coi, sans m'attendre le moins du monde à ce que, son verre posé sur la table, il me fixe gravement pour me dire :

– Les salauds qui ont fait ça… il faudra leur pardonner. Tu ne pourras pas vivre avec ça toute ta vie mon gars, tu pourras pas. Je sais que tu es en colère, mais la haine est mauvaise conseillère… Ta mère elle-même a fait un choix qu'avec le temps j'ai fini par trouver raisonnable.

Si j'admets n'avoir pas écouté ses appels renouvelés à la pondération et moins encore ses appels à la clémence, je dois avouer qu'ils m'ont secoué et qu'ils interpellent régulièrement ma conscience. Ce fut pourtant la seule fois où je trahis cet homme pour lequel j'avais tant d'affection. À la Saint-Louis 1963, je liquidais André Tarnon, pour des raisons et dans des circonstances que vous connaissez et que je vous laisse à présent le soin d'apprécier.

En 1978, je me rendis pour la dernière fois au domaine de Machiel accompagné de ma mère. Par-delà l'émotion qui étreignait nos cœurs chaque fois que nous franchissions le seuil de la propriété où nos hôtes nous attendaient, nous ne pouvions nous empêcher de revivre instinctivement les premières heures que nous avions passées ici, en 1944 alors que nous n'étions que deux oiseaux blessés et que rien n'obligeait ces gens à nous porter secours. Un soir, le souper passé, l'un des fils d'Edmond m'entraîna discrètement dans une pièce qui tenait lieu de bureau à son père et qu'on avait laissée en l'état. Il ouvrit discrètement la porte d'une armoire antique dont il tira une boîte à chaussures. De l'intérieur de celle-ci il retira un paquet de lettres entouré d'un gros élastique, un cordon-bleu, un tablier marqué M et B ainsi que deux jeux de gants blancs immaculés.

– Ils appartenaient à ton grand-père Émile… Mon père et lui étaient de grands amis. C'est mon père qui a trouvé une place de clerc à ta mère. Ils ont fréquenté la même loge maçonnique abbevilloise à partir de 1939. Pour quelques mois seulement. Ensuite Pétain s'est intéressé de près à la Franc-maçonnerie… Mais sache que les deux hommes s'étaient rencontrés quelques années plus tôt lors d'un convent. Ils étaient vénérables de leurs loges respectives et ils venaient les y représenter au siège, rue Cadet. Maître Bardet en était aussi. Tous s'étaient rapprochés à cette occasion et conservaient des liens fraternels étroits. Toutes ces choses sont à toi maintenant. À toi d'en faire bon usage...

Messieurs, au terme de ce testament, je crois ne devoir mériter aucune compassion. Du reste, je ne réclame rien. Chacun jugera. J'assume l'entière responsabilité de mes actes, dans toute son horreur, sa lâcheté, sa bassesse. Je saurai me défendre quand sonnera l'heure des comptes. Je n'éprouve aucun regret ni, paradoxalement, aucun contentement d'avoir fait ce que j'ai fait. J'ai fait ce que j'avais le sentiment de devoir faire, me plaçant de fait dans la posture d'un assassin parmi les plus abjects. Sans doute qu'aveuglé par la haine je me suis lourdement trompé, mais sachez que j'ai consacré ma vie entière à tenter de m'affranchir comme je le pouvais de ce fardeau terrible dont vous connaissez à présent les tenants et les aboutissants. J'ai fait quelques études grâce auxquelles j'ai pu devenir un digne professeur déclamant la bonne parole à ses élèves. Je me suis efforcé de les détourner du penchant simplificateur de la vengeance qui guette chacun de nous dès lors qu'il se sent l'âme éprouvée d'une quelconque injustice. Mes lèvres ont pourtant bien souffert car jamais je n'ai cru réellement à la portée de mes paroles. Je me suis impliqué dans de multiples associations caritatives pour donner un sens à ma vie. Je fus longtemps un parangon du syndicat au sein duquel je militais. Je fus durant quarante années un professionnel respecté et bien noté par mes supérieurs. Il ne vous sera pas difficile d'établir toutes ces choses avec précision si le cœur vous en dit. J'ai cru en Dieu mais Il ne me fut pas toujours d'un grand secours dans les moments de grande solitude. Toujours Il s'est gardé d'arrêter mon bras quand celui-ci allait frapper une victime. J'aspire néanmoins en Sa miséricorde et Le prie chaque jour. L'idée de la vengeance m'a taraudé toute mon existence sans que je puisse m'en ouvrir à d'autre que Lui, pas même à ma mère que je n'ai pas voulu quitter ni inquiéter ; choisissant de réserver au jour de son départ l'accomplissement complet d'une vengeance dont jamais, je le répète avec gravité, je ne l'entretins. Elle ne l'aurait pas acceptée, j'en fais foi devant Dieu. À l'heure où la fin me guette, j'exprime solennellement un seul regret : celui d'avoir trahi la parole du Dieu auquel je continue de croire mais aussi celle de ma mère, foulant aux pieds mes aspirations humanistes les plus profondes. Mon existence ne fut qu'un long et douloureux parjure. Une insupportable contradiction.

J'en mourrai inconsolé.

Je souhaite qu'une fois mon décès dûment constaté, ma dépouille puisse être inhumée au cimetière central de Strasbourg, dans le caveau où ma mère repose en paix aux côtés de mes grands-parents depuis près de trois ans.

Veuillez agréer, Messieurs…

Signé, Franz Meyer »

FIN

Chez le même éditeur

Collection polars en région

1. *Saint-Étienne Santiago,* de Jean-Louis Nogaro
2. *Rouge Beaujolais,* de Jean Périlhon
3. *Le gourou des Terres Froides,* de Nicole Provence
4. *La disparue des Baronnies,* de Viviane Veneault

Dans la collection Polars en nord

Une nuit de Carnaval, de Christophe Lecoules

ISBN 978-2-914657-39-6

Prix : 12 €

« Anne-Marie, tu n'as pas de mari ! Anne-Marie, tu n'as pas d'enfant ! » Le chef de la brigade criminelle de Dunkerque en est persuadé, la solution de la série en cours se trouve dans ces quelques vers tirés d'une comptine oubliée. Cette année, le Carnaval dunkerquois est rythmé par le sinistre bruit des corps qui tombent…

RAVET-ANCEAU

Éditions Ravet-Anceau
5, rue de Fives
BP 90019
59651 Villeneuve-d'Ascq cedex
Tél. : 03.20.41.40.70
Fax : 03.20.41.40.75
www.ravet-anceau.fr

Composition : Nord Compo, Villeneuve-d'Ascq (59)
Impression : SEPEC, Péronnas (01)
Achevé d'imprimer en novembre 2007
Dépôt légal : décembre 2007
ISBN : 978-2-914657-42-6
EAN : 9782914657426

Ravet-Anceau, éditeur depuis 1853, est membre de l'Association des Éditeurs du Nord et du Pas-de-Calais.